FORCES OPPOSÉES

Forces Opposées

Le Voyant

aldivan teixeira torres

CONTENTS

1- 1

Forces Opposées
Le Voyant
Forces opposées

Le Voyant
©2017-Le Voyant
Tous droits réservés.

Ce livre, y compris toutes ses parties, est protégé par le droit d'auteur et ne peut être reproduit sans l'autorisation de l'auteur, revendu ou transféré.

Courte biographie: Le Voyant, provenant d'Arcoverde-PE, développe la série le voyant. Il a commencé sa carrière littéraire à la fin de 2011 avec la publication de son premier roman Forces opposées le mystère de la grotte. Pour une raison ou une autre, il a cessé d'écrire et n'a pas repris sa carrière qu'au deuxième semestre de 2013. À partir de ce moment-là il ne s'est jamais arrêté. Il souhaite pouvoir contribuer, au moyen de ses écrits, à la culture Pernambucana et Brésilienne, en éveillant le plaisir de lire sur ceux qui ne possèdent pas encore l'habitude. "Pour la littérature, l'égalité, la fraternité, la justice, la dignité et l'honneur de l'être humain pour toujours" est sa devise.

Dédicace

« *Tout d'abord, au Dieu créateur pour qui tout vit; Aux maîtres de ma vie qui m'ont toujours orienté; A ma famille, bien qu'ils ne m'ont pas encouragé; A tous ceux qui n'ont pas encore réussi à rassembler les « Forces opposées" de leur vie.* »

Message

"Le royaume des cieux est semblable à un homme qui a semé la bonne semence à la campagne. Une nuit, pendant que tout le monde dormait, son ennemi est venu, a semé la zizanie au milieu du blé, et est reparti. Lorsque le blé a poussé et que les épingles ont commencé à se former, la zizanie est apparue en même temps. Les serviteurs du maître de la maison vinrent lui dire: Seigneur, n'as-tu pas semé une bonne semence dans ton champ? D'où vient donc qu'il y a de l'ivraie? Le propriétaire répondit: "C'est un ennemi qui a fait cela. Et les serviteurs lui dirent: Veux-tu que nous allions l'arracher? Non, dit-il. Il peut arriver qu'en ramassant l'ivraie vous arrachiez aussi le blé. Laissez croître ensemble l'un et l'autre jusqu'à la moisson Et au temps de la moisson je dirai aux moissonneurs: Ramassez d'abord l'ivraie, et liez-la en bottes pour la brûler. Quand au blé, amassez-le dans mon grenier. Mathieu 13,24-30.

<u>Résumé</u>

Dédicace

Message
Introduction
Une nouvelle ère
Préparatifs
La montagne sacrée
La Cabane
Le premier défi
Le deuxième défi
Le fantôme de la montagne
Le jour D
La Jeune
Le frisson
Un jour avant le dernier défi
Le troisième défi
La grotte du désespoir
Le miracle
La sortie de la grotte
La rencontre avec la gardienne
Au revoir la montagne
Le voyage dans le temps
Où suis-je ?
Premières impressions
L'hôtel
Le repas
Une promenade par la ville
Le château noir
Les ruines de la chapelle
L'ordre
Réunion d'habitants
Conversation décisive
Vision

Le début
Le chemin de fer
Changement de résidence
L'arrivée au bungalow
Audience avec le préfet
Réunion d'agriculteurs
Retour à la maison
L'annonce
Le premier jour de travail
Le pique nique
La descente de la montagne
Les excès du commandant
Messe
Réflexions
Le trou
La foire
Le cas de la vache
La presse
Message
Rencontre
Confession
Commérage
Voyage à Recife
Retour à l'intérieur
Mariage Arrangé
Visite
Raclée
La cousine de Gerusa
La "bénédiction"
Phénomènes
Une nouvelle amie

Un jour avant le mariage
Tragédie
Le nuage noire
Les martyrs
Fin de la vision
Témoignage
Retour à l'hôtel
L'idée
La figure du commandant
Le travail
La première rencontre avec Christine
Retour au château
Le message II
Aller au Climério
Décision
L'expérience dans le désert
Les adorateurs des ténèbres
L'expérience de la possession
La prison
Dialogue
La visite de Renato
La troisième rencontre avec Christine
La invocation de l'ange
La bataille finale
L'effondrement des structures existantes
Conversation avec le commandant
Adieu
Le retour
Chez moi
Post-livre

Introduction

"Forces opposées" se présente comme une alternative pour surmonter la grande dualité existante en chacun de nous. Combien de fois, dans la combien de fois, nous ne faisons face à des situations dans lesquelles les deux alternatives présentent des points favorables et défavorables et choisir l'une d'elles devient un véritable martyre. Nous devons apprendre à réfléchir et nous nous interrogeons sur ce qui est le vrai chemin à suivre et les conséquences qui en résultent de ce choix. Enfin, nous avons besoin de rassembler les "forces opposées" de nos vies et les faire fructifier. Donc, nous pouvons atteindre le bonheur tant attendu.

Quant en ce qui concerne le livre, nous pouvons dire que celui-ci surgit d'un cri que j'ai entendu à la grotte du désespoir. Ce cri a été la cause de toutes les aventures racontées dans le livre. Avec la mission accomplie, je souhaite avoir atteint mon plus grand objectif qui est celui de faire rêver, même si ce n'est qu'à une seule personne. Voilà ce qui est proposé d'autant plus que nous vivons dans un monde plein de violence, de cruauté et d'injustice. Les "forces opposées" ne seront jamais les mêmes après sa publication et je ne peux pas attendre pour commencer une nouvelle aventure en ensemble avec les lecteurs qui auront la même intention.

L'auteur

Une nouvelle ère

Après avoir essayé de publier un livre, sans succès, je sens mes forces se restaurer se revigorer. Enfin, je crois à mon talent et j'ai la foi que je vais réaliser mes rêves. J'ai appris que tout a un temps et je crois être suffisamment mature pour réaliser mes objectifs. Rappelez-vous toujours que: Quand quelqu'un veut bien atteindre un objectif, tout l'univers conspire à lui permettre d'y aboutir C'est comme ça que je me sens: avec des forces renouvelées. D'un coup d'œil, je regarde les œuvres que j'ai lus et que certainement ont enrichis ma culture et mon savoir. Le livre traduit des atmosphères et des univers inconnus pour nous. Je sens que je dois faire partie de cette histoire, la grande histoire qui est la littérature. Peu importe si je suis anonyme ou un grand écrivain, reconnu dans le monde entier. Ce qui intéresse c'est la contribution que chacun fait à ce grand univers.

Je me sens heureux pour cette nouvelle attitude et je me prépare pour réaliser un grand voyage. Un voyage qui changera mon histoire et celle de tous ceux qui patiemment pourront lire ce livre. Allons ensemble dans cette aventure.

Préparatifs

Je prends ma valise avec mes effets personnels de première nécessité: Certains vêtements, quelques bons livres, mon crucifix et mon ma Bible inséparables et quelques papiers pour écrire. Je ressens que j'aurai beaucoup d'inspiration dans ce voyage. Peut-être que je ne vais pas être l'auteur d'une histoire mémorable à bien des cœurs. Avant de partir, cependant, je dois dire adieu à tout le monde (surtout à ma mère). Elle est surprotectrice et ne me laissera pas partir à moins que je lui donne des bonnes raisons ou que je lui promette de retourner bientôt. Je sens qu'un jour je vais donner mon cri de liberté et je volerai comme un oiseau qui a créé des ailes et elle devra comprendre cela, parce que je ne lui appartiens pas, mais à l'univers qui m'a accueilli sans exiger rien de moi en contre part. C'est pour lui que j'ai décidé de devenir écrivain et mon rôle et développer mon talent. Quand j'arriverai à la fin du chemin et que je me sentirai comblé, je serai prêt à entrer en communion avec le Créateur J'ai la certitude que je jouerai un rôle important dans ce plan.

Je prends ma valise et je sens l'angoisse en moi. Des questions me viennent à l'esprit et perturbent mon cœur: Comment sera-t-il le voyage ? L'inconnu sera-t-il dangereux ? Quelles sont les précautions que je dois prendre ? Je prends ma valise (je le répète) et avant de partir, je cherche mes proches, pour leur dire adieu. Ma mère est dans la salle et elle prépare le déjeuner avec ma sœur. Je m'approche et j'aborde la question cruciale.

—Voyez-vous cette valise? Elle sera la seule compagne (à l'exception des lecteurs) de mon voyage que je suis prêt à réaliser. Je cherche la sagesse, la connaissance ou le plaisir de ma profession. J'espère que vous comprenez et que vous approuvez la décision que je viens de prendre. Venez me faire un câlin fraternel et donnez-moi vos meilleurs vœux.

—Mon fils, oubliez vos rêves, car ils sont impossibles pour les pauvres comme nous. J'ai vous ai déjà dit mille fois : Vous ne serez pas une idole ou quelque chose de pareil. Comprenez : Vous n'êtes pas né pour Être un grand homme. (Mère)

—Écoutes notre mère. Elle a beaucoup d'expérience et elle tout à fait raison. Votre rêve est impossible car tu n'as pas du talent. Accepte ta mission qui est d'être tout simplement un professeur de mathématiques. Tu n'auras plus que cela. (Sœur).

—Alors, vous ne m'embrassez pas ? Mais pourquoi ne croyez vous pas à mon succès ? Je vous garantis: Même si je dois payer pour réaliser mon rêve, j'aurai du succès, car le grand homme est celui qui croit en lui. Je ferai ce voyage et je vais découvrir tout ce que celui-ci peut me révéler. Je serai heureux, car le bonheur consiste à suivre le chemin que Dieu éclaire tout autour de nous pour que nous soyons vainqueurs.

Ayant dit cela, je me dirige vers la porte avec la certitude que je serai le vainqueur dans ce voyage. Voyage qui va me conduire vers une destination inconnue.

La montagne sacrée

Il y a quelque temps, j'ai entendu parler d'une montagne extrêmement hostile dans la région de Pesqueira. Elle fait partie de la Sierra de l'Ororubá (nom indien) où habite le peuple indien de xukuru. On dit qu'elle est devenue sacrée après la mort d'un sorcier mystérieux d'une des tribus xukuru. Elle est capable de faire que les souhaits deviennent réalité, si l'intention est pure est sincère. Celui-ci est le point de départ de mon voyage, dont l'objectif est de rendre possible l'impossible. Qu'en pensez-vous, lecteurs ? Alors, restez avec moi et faites attention à l'histoire.

Suivant la autoroute BR-232, arrivant à la municipalité de Pesqueira et environ à vingt-quatre kilomètres du siège de cette commune se trouve Mimoso, l'un de ses quartiers. Un pont moderne, récemment construit, permet l'accès à l'endroit qui se trouve entre les montagnes de Mimoso et d'Ororubá, baigné par le fleuve Mimoso qui coule au fond d'une vallée. La montagne sacrée se trouve juste à cet endroit et c'est vers ce point-là que je me dirigerai.

La montagne sacrée est à proximité du quartier et dans peu de temps je suis aux pieds d'elle. Mon esprit vagabonde dans des espaces et des temps lointains en imaginant des situations et des phénomènes inconnus. Qu'est-ce qui m'attend en montant entièrement la montagne ? Certainement des expériences pouvant me donner de la vitalité et suscitant la réflexion. La montagne est de petite taille (sept cents mètres) et à chaque pas que je fais je me sens plus confiant et avec une attitude d'expectative aussi. Des souvenirs des expériences vécues avec intensité à mes vingt six ans viennent à ma mémoire. Dans cette courte période, ont eu lieu des situations fantastiques qui m'ont fait croire que j'étais spécial. Je pourrai, peu à peu, partager ces souvenirs avec vous, lecteurs, sans culpabilité. Cependant, ce n'est pas les temps. Je continuerai à monter les chemins de la montagne dans le but de réaliser tous mes souhaits. C'est cela que je veux et pour la première fois je me sens fatigué. Peut-être que j'ai déjà parcouru la moitié du trajet. Je ne ressens pas la fatigue physique, mais surtout psychologique par le fait de supporter des étranges voix qui me demandent de revenir en arrière. Elles insistent beaucoup. Cependant, je n'abandonne pas facilement. Je veux arriver au sommet de la montagne à tout prix. La montagne respire pour moi un air de transformation émanant de ceux qui croient en leur sacralité. Quand j'arriverai là, je crois que je saurai exactement ce qu'il faut faire pour arriver au chemin qui va me conduire ver le voyage si attendu. Je vais persister dans ma foi et mes objectifs, car j'ai un Dieu qui est le Dieu de l'impossible. Continuons à marcher.

J'ai déjà parcouru 3/4 du trajet total et les voix continuent de me suivre. Qui suis-je ? Par où j'irai ? Pourquoi est-ce que je sens que ma vie va changer radicalement après l'expérience à la montagne ? En dehors les voix, il semble que je suis seul dans ce chemin. Est-ce que d'autres écrivains ont senti la même chose lorsqu'ils ont parcouru des chemins sacrés ? Je trouve que mon mysticisme sera différent à tout autre. Je dois continuer, je dois vaincre et supporter tous les obstacles. Les épines qui blessent mon corps sont extrêmement dangereuses pour l'être humain. Si je survis à cette montée, je peux me considérer un vainqueur.

Peu à peu, je m'approche du sommet. Je suis à quelques mètres. La sueur qui coule dans mon corps semble imprégné par des parfums sacrés de la montagne. Je m'arrête un peu. Est-ce que mes proches sont ils inquiets ? Eh bien, cela n'a pas d'importance maintenant. Je dois penser à moi en ce moment, pour atteindre le sommet de la montagne. Mon avenir dépend de cela. Encore quelques pas et j'arrive au sommet. Un vent froid souffle, des voix tourmentées confondent ma raison et je ne me sens pas bien. Les voix crient:

—Il y est arrivé, il sera heureux ! - Est-ce qu'il est vraiment digne ? - Comment a-t-il réussi à grimper sur la montagne ? Je me sens confus et idiot, je crois que je ne suis pas bien.

Les oiseaux crient, les rayons de soleil caressent tout mon visage. Où suis-je? Je me sens comme si j'avais pris de l'alcool le jour avant. J'essaie de me lever me un bras me l'empêche. Je vois qu'il y à côté de moi une femme une femme d'âge moyen, de cheveux blonds et une peau bronzée.

— Qui êtes vous ? Que m'est-il arrivé? Mon corps me fait mal. Je sens mon esprit confus et vague. Ce sommet est la cause de tout cela? Je pense que j'aurais dû rester chez moi. Mes rêves m'ont conduit jusqu'ici. J'ai gravi lentement la montagne, plein d'espoir pour un avenir meilleur et je vais me focaliser sur l'auto-croissance. Cependant, je ne peut pratiquement pas me déplacer. Expliquez-moi tout cela, je vous en prie.

—Je suis le gardian de la montagne. Je suis l'esprit de la Terre qui souffle par-ci, par-là. J'ai été envoyée ici parce que vous avez surmonté le défi. Voulez-vous réaliser vos rêves? Je vous aiderai à l'atteindre, fils de Dieu ! Vous avez encore beaucoup de défis à surmonter. Je vais vous préparer pour cela. N'ayez pas peur. Votre Dieu est avec vous. Reposez vous un peu. Je reviendrai avec de l'eau et de la nourriture pour répondre à vos besoins. Pendant ce temps, reposez-vous et méditez comme vous le faites d'habitude.

Ayant dit cela, la dame disparut devant mes yeux. Cette image inquiétante m'a rendu plus anxieux et plein de doutes. Quels défis devrais-je surmonter ? Quelles sont les étapes pour surmonter ces défis ? Le sommet de la montagne était vraiment un endroit merveilleux et tranquille. Du sommet, on pouvait regarder tout le petit groupe de maisons du Mimoso. Il représente un plateau plein de sentiers escarpés et plein de végétation partout. Cet endroit sacré, de nature intacte, m'aiderait vraiment à exécuter mes plans ? À devenir écrivain une fois que je l'aurais quitté ? Uniquement le temps pourrait répondre à ces questions. Face au retard de la dame, j'ai commencé à méditer sur le sommet de la montagne. J'ai utilisé la technique suivante: D'abord, je laisse ma tête claire (libre de toute pensée). Je commence à entrer en harmonie avec la nature autour de moi, contemplant toute la place mentalement. À partir de ce moment, je commence à comprendre que je fais partie de la nature elle-même et que nous sommes entièrement interconnectés, dans grand rituel de communion. Mon silence est aussi le silence de la mère nature; Mon cri est aussi son cri; Peu à peu, je commence à sentir leurs désirs et aspirations. Et de manière réciproque, je sens son appel de détresse pour la vie et les mentions qu'elle fait sur la destruction humaine: Déforestation, l'exploitation minière, la chasse et la pêche excessives, les émissions de gaz à effet de serre dans l'atmosphère et d'autres atrocités humaines; en contre part, elle m'entend et me soutient dans tous mes plans. Nous sommes entièrement interconnectés durant la réflexion. Toute cette harmonie et complicité m'a laissé tout à fait tranquille me permettant me concentrer sur mes désirs, jusqu'à ce que ce que quelque chose a changé: J'ai senti la même présence qui m'avait réveillé avant. J'ouvris les yeux lentement, et je me suis rendu compte que j'étais face à la même Dame qui s'est nommée la gardienne de la montagne sacrée.

— Je vois que vous avez compris le secret de la méditation. La montagne vous a aidé à découvrir un peu de votre potentiel. Vous allez beaucoup grandir dans tous les sens. Et je vous aiderait dans ce procès. D'abord, je vous demande d'aller retirer de la nature les poutres, les lattes, les piliers et les lignes pour ériger votre hutte et du bois pour faire un feu. La nuit arrive et vous avez besoin de vous protéger des animaux sauvages. À partir de demain, je vais vous transmettre la sagesse de la forêt qui vous permettra de vaincre le vrai défi: La grotte du désespoir. Uniquement un cœur pur peut survivre au feu de son analyse. Voulez vous réaliser vos rêves ? Alors, payez le prix pour eux. L'univers ne donne rien de gratuit à personne. Nous devons devenir dignes d'atteindre le succès. Celle-ci est une leçon que vous devez apprendre mon garçon.

—Je comprends. Je vais apprendre tout ce qui est nécessaire pour vaincre le défi de la grotte. Je ne sais pas de quoi s'agit-il, mais je suis confiante. Si j'ai déjà vaincu la montagne, je vais vaincre aussi la grotte de son sommet. Lorsque je serai sorti de là, je crois que je serai prêt pour tout vaincre et avoir du succès.

—Attendez, ne soyez pas si confiante. Vous ne connaissez pas la grotte dont je vous parle. Savez que de nombreux guerriers ont été testés par son feu et ont été détruits. La grotte ne sent pitié par personne, pas même par les rêveurs. Soyez patient et apprenez tout ce que je vous enseigner. De cette façon vous deviendrez un vrai vainqueur. Souvenez-vous: La confiance en soi aide étant donné qu'elle existe dans la juste mesure.

—Je comprends. Merci pour tous vos conseils. Je vous promets de les suivre jusqu'à la fin. Quand le désespoir de la doute m'assaille, je m'en rappellerai et de Dieu qui me protège toujours. Quand je n'aurai plus de sortie dans la nuit obscure de l'âme, je ne vais pas craindre. Je vais vaincre la grotte du désespoir ! La grotte d'où personne n'a jamais échappé.

La Femme a dit adieu amicalement, promettant de revenir le lendemain.

La Cabane

Un nouveau jour apparaît. Des oiseaux sifflent et chantent leurs mélodies, le vent vient du nord-est et sa brise rafraichit le soleil qu'à cette époque est même très for lorsque le soleil se lève. C'est le mois de décembre qui représente pour moi l'un des mois les plus beaux, parce c'est le mois où les vacances écolières commencent. Et c'est un repos bien mérité après une longue année consacrée aux études dans le cours de licence en Mathématiques. Le moment exige oublier toutes les intégrales, les dérivés et les coordonnées polaires. Maintenant, je dois m'occuper des preuves que la vie va me poser comme défi. Mon rêve dépend de cela. Mon dos me fait mal et cela est le résultat d'une nuit blanche passée dans le terrain battu que j'ai préparé. La cabane que j'ai construite avec tant d'effort et le feu que j'ai allumé m'ont donné une certaine sécurité pendant la nuit. Cependant, j'entendais toujours le bruit des hurlements et des pas autour d'elle. Où mes rêves m'emmènent ? À une extrémité du monde où les commodités de la civilisation n'arrivent pas. Qu'est-ce que vous feriez lecteur? Se risquer à faire un voyage pour réaliser vos rêves les plus profonds? Nous continuons le récit.

Emmitouflé dans des pensées et des questions, je ne me suis pas rendu compte qu'à côté de moi était une étrange dame qui a promis de m'aider dans mon chemin.

—Vous vous êtes bien éveillé ?

—Si bien signifie être tout entier, oui.

— Avant tout je dois vous communiquer que le sol sur lequel tu te trouves est sacré. Donc, ne vous laissez pas vous influencer par l'apparence ou pour l'impulsivité. Aujourd'hui c'est votre premier défi. Je ne vous apporterai plus d'eau ni de la nourriture. Vous devez vous procurer tout cela par votre propre compte. Suivez votre cœur dans toutes les circonstances. Vous devez prouver que vous êtes digne.

—Il ya de l'eau et la nourriture dans ce buisson ou je dois les obtenir ? Regardez, madame, que je suis habitué à faire les achats au supermarché. Voyez-vous cette cabane ? Elle m'a coûté beaucoup de sueur et je crois qu'elle n'est pas encore sûre. Pourquoi ne me donnez pas le don dont j'ai besoin ? Je crois que j'ai déjà prouvé d'être digne au moment que j'ai monté cette montagne si escarpée.

—Cherchez de la nourriture et de l'eau. La montagne n'est qu'une phase de votre procès d'amélioration spirituelle. Vous n'êtes pas encore prêt. Je dois vous rappeler que je ne donne pas des dons. Je n'ai pas le pouvoir pour faire cela. Je ne suis que la flèche qui vous signale le chemin. La grotte est celle qui réalise vos désirs. Elle est appelée la grotte du désespoir parce qu'elle est visitée par ceux dont les rêves deviennent impossibles.

—Je vais essayer. Je n'ai même pas rien à perdre. La grotte est mon dernier espoir de succès.

Ayant dit cela, je me suis levé et j'ai commencé à réaliser le premier défi. La dame disparut comme si c'était de la fumée.

Le premier défi

À première vue, je me rends compte qu'en face de moi il y a une route des sentiers battus. Je commence à marcher à travers elle. Devant ce buisson épineux il vaudrait mieux de suivre le sentier. Les pierres abattues sous mes pas semblent vouloir me dire quelque chose. Est-ce que je suis sur la bonne route ? Je pense à tout ce que j'ai laissé quand je suis parti à la recherche de mon rêve: le foyer, la nourriture, les vêtements lavés et mes livres de Mathématiques. Est-ce qu'il vaut la peine ? Je pense que je vais le découvrir (Le temps nous dira). L'étrange dame semble ne pas m'avoir tout dit. Même si je marche beaucoup, je ne trouve rien. La colline ne semblait pas être si grande dès que je suis arrivé. Une lumière? Je vois une lumière en face de moi. Je dois aller dans cette direction. J'arrive à une vaste clairière où les rayons du soleil reflètent clairement l'aspect de la montagne. Le sentier se défait et réapparaît divisé en deux chemins différents. Qu'est-ce que je dois faire ? Ça fait beaucoup d'heures que je marche et je me sens épuisé. Je m'assis un moment pour me reposer. Deux chemins et deux choix. Combien des fois dans la vie, nous devons faire face à des situations telles que celles-ci. L'homme d'affaires qui doit choisir entre la survie de l'entreprise et le licenciement de certains employés. La mère pauvre de la zone désertique du nord-est qui doit choisir l'un de ses enfants à nourrir. Le mari infidèle qui doit choisir entre sa femme et sa maîtresse. Enfin, il y a des nombreuses situations dans la vie. Mon avantage est que mon choix ne touchera autre personne que moi -même. Je dois suivre mon intuition comme la dame m'a recommandé.

Je me lève en choisissant le chemin à droite. Je marche à grands pas par ce sentier et peu de temps après, j'envisage une autre clairière. Cette fois, je trouve un puits d'eau et quelques animaux autour de lui. Ils se rafraîchissent dans l'eau limpide et transparente. Comment faire ? Je trouve de l'eau, mais il est infesté d'animaux. Je demande à mon cœur et il me dit que tous ont droit à l'eau. Je ne pourrais ne pas les respecter et les priver de ce bien. La nature donne en abondance ses ressources pour la survie de tous les êtres. Je suis l'un de ses fils qu'elle tricote. Je ne suis pas supérieur au point de me considérer son propriétaire. Avec mes mains, j'ai accès à l'eau et je la réserve dans un petit pot que j'ai apporté de chez moi. La première partie du défi est accomplie. J'ai besoin, maintenant, de trouver de la nourriture.

Je continue à marcher en avant, par le sentier, dans l'espoir de trouver quelque chose à manger. Mon estomac grogne, puis qu'il est passé midi. Je commence à regarder à côté. Peut-être que la nourriture est à l'intérieur de la forêt. Combien des fois nous choisissons le chemin le plus facile, mais ce n'est pas celui qui nous conduit au succès .Pas toujours le grimpeur qui parcourt un sentier est le premier à atteindre le sommet d'une montagne. Les raccourcis mènent plus vite à l'objectif. Avec cette pensée, je quitte le sentier et peu de temps après je trouve un bananier et un cocotier. C'est d'eux que je vais obtenir ma nourriture. J'ai besoin de grimper sur eux avec la même force que j'ai escaladé la montagne. J'essaie une, deux, trois fois. J'y arrive. Je rentre maintenant à la cabane, car j'ai atteint le premier défi.

Le deuxième défi

Lorsque je suis arrivé à la cabane, j'ai trouvé la gardienne de la montagne plus éblouissante que jamais. Ses yeux ne peuvent pas se séparer des miens. Je pense que je suis vraiment spécial pour Dieu. À tout moment je peux sentir sa présence. Il m'a fait ressusciter dans tous les sens. Quand j'étais au chômage, il m'a ouvert les portes. Quand je n'avais plus d'opportunités de continuer à me développer professionnellement, il m'a ouvert des chemins. Quand je traversais une crise, il m'a libéré des amarres du diable. Enfin, ce regard d'approbation de l'étrange dame m'a fait rappeler de l'homme que j'étais il y a peu de temps avant. Mon objectif actuel était de vaincre peu importe les obstacles que je devais surmonter.

—Alors, vous avez surmonté le premier défi. Félicitations ! (La dame a exclamé). Le premier défi avait comme objectif d'explorer votre capacité à prendre des décisions, de partage et de sagesse. Les deux chemins représentent les "Forces opposées" qui dominent l'univers, le bien et le mal. L'être humain est complètement libre pour choisir quelques des deux chemins. Si vous choisissez le chemin de droite, il sera plein de lumière et l'aide des anges dans tous les moments de la vie. Celui-ci a été le chemin que vous avez choisi. Cependant, ce n'est pas un chemin facile. Beaucoup de fois, le doute va envahir votre cœur et vous allez vous demander s'il vaut bien la peine de suivre ce chemin. Les personnes du monde vont toujours vous blesser et vont profiter de votre bonté. En outre, la confiance que vous accordez aux autres sera presque toujours trahie. Lorsque vous serez affligé, souvenez-vous : Votre Dieu est fort et il ne vas jamais vous abandonner. Ne laissez jamais la richesse et la luxure pervertir votre cœur. Vous êtes spécial et c'est à cause de votre valeur que Dieu vous considère son fils. Vous ne devez jamais perdre cette grâce. Le chemin de gauche appartient à tous ceux qui se sont révoltés contre l'appel du père. Nous sommes tous nés avec une mission divine. Néanmoins, certains s'en écartent que se soit par le matérialisme, par plus d'influences, la corruption du cœur. Tous ceux qui choisissent le chemin de gauche n'ont pas un bon destin, nous a appris Jésus. Tout arbre qui ne donne pas de bons fruits sera arraché et jeté dans les ténèbres extérieures. Celui-ci est le destin des méchants, parce que le père est juste. Au moment où vous avez trouvé le puits et les animaux avides, votre cœur a parlé plus haut. Écoutez-le toujours, mon garçon, et vous irez loin. Le don de partager a brillé sur vous à ce moment-là et votre développement spirituel a été surprenant. La sagesse que vous avez vous a aidé à trouver de la nourriture. Le chemin le plus simple n'est pas toujours le plus sûr à suivre. Je crois que maintenant vous êtes préparé pour le deuxième défi. D'ici trois jours, vous sortirez de votre cabane et rechercherez un fait. Agissez conformément à votre conscience. Si vous seriez approuvé, vous continuerez pour le troisième et dernier défi.

—Merci de m'accompagner tout ce temps. Je ne sais pas ce qui m'attends dans la grotte ni ce qui va se passer avec moi. Votre soutien est très important pour moi. Depuis que je gravis la montagne, je sens que ma vie a changé. Je me sens plus tranquille et plus convaincu de ce que je veux. Je vais atteindre mon deuxième défi.

—Très bien. Je vous verrai d'ici trois jours.

Ayant dit cela, la dame est disparue à nouveau. Elle m'a laissé tout seul dans le calme du soir en compagnie des criquets, des moustiques et d'autres insectes.

Le fantôme de la montagne

La nuit tombe sur la montagne. J'allume le feu et son crépitement calme davantage mon cœur. Il fait déjà deux jours que j'ai escaladé la montagne et elle me semble encore inconnue. Ma pensée vole et se pose sur mon enfance:

Les jeux, les craintes, les tragédies. Je me souviens du jour où je me suis habillé en guise d'indien: Avec un arc, une flèche et tacape. Maintenant, j'étais sur une montagne considérée comme sacrée justement parce qu'un indigène mystérieux est décédé là. (le chaman de la tribu). Je dois penser à quelque chose, car la peur gèle mon âme. Des bruits assourdissants entourent ma cabane et je ne sais pas de quoi ou de qui il s'agit. Comment vaincre la peur dans une situation comme celle-ci? Répond-moi, lecteur, car je ne sais pas. La montagne est encore inconnue pour moi.

Le bruit s'approche davantage et je n'ai nulle part où fuir. Sortir de la cabane serait une témérité, car je peux être dévoré par des animaux féroces. Je vais devoir faire face quoi que ce soit. Le bruit cesse et une lumière surgit. Elle me fait encore plus peur. Avec un élan de courage, j'exclame:

—Qui est-là, au nom de Dieu ?

Une voix, nasillarde et obscure, répond:

—Je suis le brave guerrier à qui la grotte du désespoir a détruit. Abandonnez votre rêve ou vous aurez le même destin. J'étais un petit indien d'un village indigène de la nation des xukuru. Je rêvais d'être chef suprême de ma tribu et être plus fort que le lion. Alors, j'ai cherché la montagne sacrée pour réaliser mes objectifs. J'ai surmonté les trois défis que la gardienne de la montagne m'a imposé. Cependant, quand je suis entré dans la grotte, j'ai été dévoré par son feu qui a brisé mon cœur et mes objectifs. Aujourd'hui, mon esprit souffre et il est irrémédiablement emprisonné dans cette montagne. Écoutez-moi ou vous aurez le même destin.

Ma voix s'est gelée dans ma gorge et pendant quelques minutes que je n'ai pas pu répondre à l'esprit tourmenté. J'avais laissé derrière moi l'abri, la nourriture, une chaleur familiale. J'étais à deux défis de la grotte. La grotte qui pourrait rendre réel ce qui semblait impossible. Je n'allais pas désister si facilement de mon rêve.

— Écoutez-moi, brave guerrier. La grotte ne rend pas réel les rêves mesquines. Si je suis ici, c'est pour une noble cause. Je n'ambitionne pas de biens matériels. Mon rêve vas plus au-delà. Je veux me réaliser professionnellement et spirituellement. En somme, je veux travailler dans ce que j'aime, gagner de l'argent avec responsabilité et contribuer avec mon talent pour un meilleur univers. Je ne vais pas désister de mon rêve aussi facilement.

Le fantôme répondit:

—Connaissez-vous la grotte et ses pièges? Vous n'êtes qu'un pauvre jeune homme qui ne connaissez pas le chemin très dangereux que vous êtes en train de parcourir. La gardienne n'est qu'un charlatan qui vous trompe. Elle veut vous ruiner.

J'ai détesté l'insistance du fantôme. Est-ce qu'il me connaissait, par hasard ? Dieu, dans sa bonté, ne permettrai pas mon échec. Dieu et la vierge Marie étaient vraiment de mon côté, toujours. Les preuves de cela ont été les différentes apparitions de la vierge dans ma vie. Dans "Visão de um médium" ("Vision d'un médium", livre que je n'ai pas publié) est décrite la scène dans laquelle assis sur un banc de la place, où les oiseaux et le vent m'agitaient, je pensais au monde et à la vie. Soudainement, pas plus brusquement, il est apparue la figure d'une femme qu'en me regardant, m'a demandé:

—Croyez-vous en Dieu, mon fils ?

J'ai répondu immédiatement :

—Avec certitude et avec toute ma foi.

Immédiatement, elle a mis sa main sur ma tête et elle a prié :

—Que le Dieu de la gloire vous couvre avec sa lumière et vous comble de dons.

En disant cela, elle s'est écarté et quand je me suis rendu compte, elle n'était plus à côté de moi. Elle est tout simplement disparue.

Ce fut la première apparition de la Vierge dans ma vie. Une autre fois, elle s'est déguisée en mendiante et s'est approchée de moi en me demandant quelques sous. Elle m'a dit qu'elle était paysanne et n'avait encore pris sa retraite. Immédiatement, je lui ai donné quelques pièces de monnaie que j'avais dans ma poche. Quand elle a reçu l'argent, elle m'a remercié et quand je me suis rendu compte, elle était partie. Dans la montagne, à ce moment-là, je n'avais aucune doute que Dieu m'aimait et qu'il était de mon côté. Par conséquent, j'ai répondu au fantôme avec une certaine rudesse.

—Je ne vais pas écouter vos conseils. Je connais mes limites et ma foi. Allez-y ! Allez hanter une maison ou ailleurs. Laissez-moi tranquille !

La lumière s'est éteinte et j'ai entendu le bruit des pas s'éloignant de la cabane. J'étais livre du fantôme.

Le jour D

Les trois jours qui me séparaient du deuxième défi se sont passés. C'était vendredi, un matin clair, ensoleillé et resplendissant. Je regardais l'horizon ce matin-là, lorsque l'étrange femme s'est approchée.

—Êtes-vous prêt? Tentez quelque chose d'inhabituelle dans la forêt et agissez conformément à vos principes. C'est votre deuxième preuve.

—C'est bien. Il y a trois jours que j'attends pour ce moment. Je crois que je suis prêt.

En toute hâte, je me suis dirigé sur le sentier le plus proche qui donnait accès à la forêt. Mes pas suivaient une cadence presque musicale. En quoi consistait vraiment ce deuxième défi ? L'anxiété a pris compte de moi et mes pas se sont accélérés en cherchant le but inconnu. Bientôt, en face, la même clairière est surgie, dans laquelle le sentier se séparait en se bifurquant. Quand je suis arrivé là, à ma grande surprise, la bifurcation n'existait plus et j'ai pu voir la scène suivante : un enfant traîné par un adulte, qui pleurait beaucoup. L'émotion m'a envahi face à l'injustice et donc j'ai crié :

—Relâchez le garçon ! Il est plus petit que vous et ne peut pas défendre.

—Je ne vais pas le lâcher ! Je suis en train de le maltraiter, parce qu'il ne veut pas travailler.

—Brut! Les enfants ne doivent pas travailler. Ils doivent étudier et se former bien. Relâchez-le !

—Qui va m'obliger ? Vous ?

Je suis tout à fait contre la violence, mais à ce moment-là mon cœur m'a dit de réagir face à cette canaille. L'enfant devait être libéré.

Doucement, j'ai écarté l'enfant de près le brut et j'ai commencé à battre celui-ci. Le canaille a réagi et m'a aussi frappé. J'ai reçu l'un des coups en plein visage. Le monde a tourné et un vent fort et pénétrant a envahi tout mon être: Des nuages blancs et bleus et des oiseaux très rapides ont envahi mon esprit. À un certain moment, il semblait que tout mon corps flottait dans le ciel. Une voix très fine m'a appelé de loin. À un autre moment c'était comme si je traversais des portes et des portes qui étaient des obstacles. Les portes étaient bien closes et je faisais un très grand effort pour les ouvrir. Chaque porte donnait accès à des salons ou des sanctuaires, en alternance. Au premier salon, j'ai trouvé des jeunes filles avec des vêtements de couleur blanche, réunies autour d'une table où au centre de laquelle il y avait une bible ouverte. C'étaient les vierges choisies pour régner le monde dans l'avenir. Une force m'a poussé en dehors du salon et quand j'ai ouvert la deuxième porte, je suis arrivé au premier sanctuaire. Au bord de l'autel, il y avait de l'encens allumé avec des prières pour les gens pauvres du Brésil. Du côté droit, un prêtre priait à haute voix et soudainement il a commencé à répéter: Clairvoyant ! Clairvoyant ! Clairvoyant ! À côté de lui il y avait deux femmes avec des maillots blancs sur lesquels il était écrit : Le rêve possible. Tout devint obscur et quand je me suis retrouvé, j'ai été traîné violemment au dehors et à une telle vitesse que j'ai été un peu étourdi. J'ai ouvert la troisième porte et à ce moment-là j'ai trouvé des gens réunis: Un pasteur, un prêtre, un bouddhiste, un islamiste, un spirite, un juif et un représentant des religions africaines. Ils étaient disposés en cercle et au centre, il y avait un feu dont les flammes dessinaient le nom "union des peuples et chemins pour Dieu. Vers la fin, ils se sont embrassés et m'ont appelé pour rejoindre le groupe. Le feu s'est déplacé du centre et s'est posé sur ma main, dessinant sur elle le mot apprentissage. Le feu n'était qu'une lumière et ne provoquait pas de brulures. Le groupe s'est séparé, le feu s'est éteint et j'ai été à nouveau poussé hors du salon et j'ai ouvert la quatrième porte. Le deuxième sanctuaire était complètement vide et je me suis approché de l'autel. Je me suis agenouillé en signe de respect du Saint-Sacrement. J'ai pris un papier qui était sur le sol et j'ai écrit ma demande. J'ai doublé le papier et je l'ai mis aux pieds d'une image. La voix qui se trouvait loin, peu à peu est devenue plus claire. Je suis sorti du sanctuaire et en ouvrant la porte, je me suis finalement réveillé. Le gardian de la montagne était à côté de moi.

— Ensuite, vous vous êtes réveillé. Bravo ! Vous avez surmonté le défi. Le deuxième défi a eu comme but d'explorer votre capacité de don de soi et de l'action. Les deux chemins qui représentaient les "Forces opposées" sont devenus un seul et cela signifie que vous devez marcher du côté droit sans oublier l'apprentissage que vous aurez en connaissant celui de gauche. Votre attitude a sauvé l'enfant, malgré qu'il n'ait pas besoin de cela. Toute cette scène a été une projection mentale mienne pour vous évaluer. Vous avez assumé la bonne attitude. La plupart des gens, lorsqu'ils font face à des scènes d'injustice, préfèrent ne pas se mêler. L'omission est un péché grave et la personne devient complice de l'agresseur. Vous vous avez donné vous même comme le fait Jésus Christ pour nous. Ceci est une leçon que vous garderez pour toute la vie.

— Merci de me féliciter. J'agirais toujours en faveur des exclus. Ce qui m'intrigue est l'expérience spirituelle que j'ai eu il y a peu de temps. Qu'est-ce que cela veut dire ? Pouvez-vous m'expliquer, s'il vous plaît.

— Nous avons tous des capacités pour pénétrer dans d'autres mondes à travers la pensée. C'est ce que l'on appelle voyage astral. Il y a quelques experts concernant ce sujet. Ce que vous avez vu doit être en rapport avec votre avenir ou celui des gens. On ne sait jamais.

—Je comprends. J'ai grimpé la montagne, j'ai surmonté les deux premiers défis et je dois être en train de grandir spirituellement. Je pense que je serai bientôt prêt pour faire face à la grotte du désespoir. La grotte qui fait des miracles et réalise les rêves les plus profonds.

—Vous devez réaliser le troisième et demain je vous dirais lequel. Attendez les instructions.

—Oui, Général. J'attendrai anxieusement. Le fils de Dieu, comme vous venez de m'appeler, a beaucoup de faim et va préparer une soupe pour plus tard. Vous êtes invitée.

—Génial. J'adore la soupe. Je vais profiter pour mieux vous connaître.

L'étrange dame s'éloigna et m'a laissé seul avec mes pensées. Je suis allé dans la forêt chercher les ingrédients pour la soupe.

La Jeune

La montagne est sur l'obscurité quand la soupe est prête. Le vent froid de la nuit et le cri-cri-cri des insectes rend l'environnement plus rural. L'étrange dame n'est pas encore dans la cabane. J'espère avoir tout rangé avant qu'elle arrive. J'essaie la soupe: Elle est vraiment bonne malgré que je n'aie pas toutes les épices nécessaires. Je sors un peu (hors de la cabane) et je regarde le ciel: Les étoiles sont des témoins de mes efforts. J'ai grimpé la montagne, j'ai retrouvé sa gardienne et j'ai surmonté deux défis (L'un plus difficile que l'autre), j'ai rencontré un fantôme et je suis toujours debout. "Les pauvres s'efforcent davantage pour ses rêves". Je regarde la disposition des étoiles et sa luminosité. Chacune a son importance dans le grand univers que nous habitons. Les personnes sont aussi comme ça, importantes. Que ce soient blanche, noires, riches, pauvres, de la religion A, de la religion B o de n'importe quel croyance. Toutes elles sont fils ou filles du même père. Je veux aussi avoir mon endroit dans l'univers. Je suis un être pensant et sans limites. Je pense qu'un rêve n'a pas de prix et je suis prêt à le payer en entrant dans la grotte du désespoir. Je regarde le ciel à nouveau et je retourne à la cabane. Quelle fut ma surprise quand j'ai trouvé la gardienne là m'attendant.

—Vous êtes déjà ici ? Je ne me suis pas rendu compte.

—Vous étiez si concentré à regarder le ciel que je n'ai pas voulu rompre le charme du moment. En plus, je me considère comme de la maison.

—Très bien. Asseyez-vous sur ce banc que j'ai fait. Je vais maintenant vous servir la soupe.

Avec la soupe encore chaude, j'ai servi à l'étrange dame dans la calebasse que j'ai moi-même trouvé dans la forêt. Le vent glacial de la nuit m'a caressé le visage et il a murmuré quelques mots à mon oreille. Qui serait cette étrange dame que je servais ? Est-ce qu'elle voulait me détruire comme l'a suggéré le fantôme ? J'avais beaucoup de doutes sur elle et c'était une excellente occasion pour les résoudre.

—Est-ce que la soupe est bonne ? Je l'ai préparé avec grand soin.

—Elle est excellente ! Qu'avez-vous utilisé pour la préparer ?

— C'est une soupe de pierre. C'est une blague ! J'ai acheté un oiseau à un chasseur et j'ai utilisé quelques épices naturelles de la forêt. Mais, en changeant le sujet, qui êtes-vous vraiment ?

—C'est de bon accueil que l'hôte parle d'abord sur soi-même. Il y a déjà quatre jours que vous êtes arrivé ici sur le sommet de la montagne et je ne sais même pas quel est votre nom.

—D'accord. Mais c'est une longue histoire. Préparez-vous. Mon nom est Aldivan Teixeira Tôrres et je suis dans la septième Période de la faculté de Mathématiques. Mes deux grandes passions sont la littérature et les Maths. J'ai toujours aimé les livres et depuis mon enfance je rêve d'écrire le mien. Quand j'étais en première année de l'école secondaire, j'ai rassemblé quelques extraits de livres de l'Ecclésiaste, sagesse et proverbes. Je me suis senti très heureux malgré que les textes ne fussent pas écrits par moi. J'ai montré à tout le monde, avec fierté. J'ai fini l'école secondaire, j'ai fait un cours d'informatique et j'ai arrêté mes études pendant un certain temps. Après, j'ai commencé un cours technique du CEFET-Életrotechnique. Néanmoins, je me suis rendu compte que ce n'était pas mon domaine par un signal du destin. J'étais prêt à faire mon stage dans ce domaine. Cependant, le jour avant le test que je devais passer, une étrange force me demandait continuellement d'abandonner. Plus le temps passait, plus la pression exercée par cette force était majeure. Jusqu'à ce que j'ai décidé de ne pas passer le test. La pression s'est calmée et mon cœur aussi. Je pense que c'est un signe du destin pour que je n'aille pas. Nous devons respecter nos propres limites. J'ai présenté ma candidature à certains concours, j'ai été approuvé et à l'heure actuelle j'exerce le rôle d'assistant administratif de l'enseignement. Il y a trois ans j'ai eu un autre signe du destin. J'ai eu quelques problèmes et j'ai été pris par une crise hystérique. Alors, j'ai commencé à écrire et en peu de temps cela m'a aidé à améliorer. Le résultat de tout cela a été le livre "Visão de um Médium" (Vision d'un médium) que je n'ai pas publié. Tout cela m'a montré que j'étais capable d'écrire et avoir une profession digne. Je pense que c'est ça : Je veux travailler à ce que j'aime et être heureux. Est-ce trop demander pour un pauvre ?

— Bien sûr que non, Aldivan. Vous avez du talent et cela est le plus rare du monde. Au moment correct, vous allez vaincre. Les personnes victorieuses sont celles qui croient à leurs rêves.

— Moi, je crois, oui. C'est pour cela que je suis ici dans cette fin du monde où les commodités de la civilisation n'arrivèrent pas. Je me suis proposé de escalader la montagne, vaincre les défis. Il me reste maintenant entrer dans la grotte et réaliser mes rêves.

— Je suis ici pour vous aider. Je suis la gardienne de la montagne dès qu'elle est devenue sacrée. Ma mission est d'aider tous les rêveurs qui cherchent la grotte du désespoir. Certains cherchent à réaliser de rêves matériaux tels que l'argent, le pouvoir e l'ostentation sociale ou des rêves égoïstes. Jusqu'ici tous ont échoué et en grand nombre. La grotte est juste avec les souhaits.

La conversation a continué avec animation pendant un certain temps. J'ai perdu peu à peu l'intérêt en elle, car une étrange voix m'appelait pour sortir de la cabane. Chaque fois que cette voix m'appelait, je me sentais obligé d'aller par curiosité. Je devais aller. Je voulais savoir la signification de cette étrange voix à l'intérieur de ma pensée. Avec délicatesse, j'ai dit au revoir à la dame et je me suis mis à marcher dans la direction indiquée par la voix. Qu'est-ce qui m'attend ? Continuons ensemble, lecteur.

La nuit était froide et l'insistante voix restait toujours dans mon esprit. C'était une sorte de connexion étrange entre elle et moi. J'avais déjà marché quelques mètres en dehors de la cabane, mais il semblait que c'étaient des kilomètres à cause de la fatigue de mon corps respirait. Les instructions que je recevait dans ma pensée me guidaient dans l'obscurité. Un mélange de fatigue, peur de l'inconnu et curiosité dominaient mon être. Qui était le propriétaire de cette étrange voix ? Qu'est-ce qu'il voulait avec moi ? La montagne et ses secrets. Depuis que je l'ai connue, j'ai appris à la respecter. La gardienne et ses mystères, les défis auxquels j'ai du faire face, la rencontre avec le fantôme, tout cela la rendaient spéciale. Elle n'était ni la plus haute du nord-est ni la plus imposante, mais elle était sacrée. Le mythe du chaman et mes rêves m'ont conduit vers elle. Je veux surmonter tous les défis, entrer dans la grotte et faire ma demande. Je serai un homme transformé. Je ne serais plus uniquement moi, je serai l'homme qui a vaincu la grotte et son feu. Je me souviens très bien des paroles de la gardienne, sur ne pas confier assez. Je me souviens encore mieux les paroles de Jésus qui a dit:

—Celui qui croit en moi aura la vie éternelle.

Je ne vais pas abandonner mes rêves, même si ma vie est en danger. Et cette pensée rend forte ma foi. La voix devient chaque fois plus haute. Je pense que j'arrive à mon destin. Ensuite devant moi je vois une cabane. La voix me dit d'aller là-bas.

La cabane et le feu que l'allumait se trouvent dans un endroit grand et plat. Une jeune fille à haute taille, mince et aux cheveux noirs, cuit une sorte de collation dans son feu.

— Alors, vous êtes arrivé. Je savais que vous allez répondre à mon appel.

—Qui êtes-vous ? Qu'est-ce que vous voulez de moi ?

—Je suis la rêveuse qui prétend entrer dans la grotte.

—Quel pouvoir spécial avez-vous pour m'appeler à travers la pensée?

—C'est la télépathie, idiot. Vous ne connaissez pas ?

— J'ai entendu en parler. Pouvez-vous m'expliquer ?

—Vous allez apprendre un jour, mais pas avec moi. Dites-moi quel rêve vous amène ici ?

—Avant tout, mon nom est Aldivan. J'ai grimpé la montagne à la recherche de mes forces opposées. Elles vont définir mon destin. Quand quelqu'un est capable de contrôler ses forces opposées, peut réaliser des miracles. J'ai besoin de cela pour réaliser mon rêve qui est de travailler dans ce que j'aime, avec cela faire rêver beaucoup de cœurs. Je veux entrer dans la grotte pas seulement pour moi, mais pour tous l'univers qui m'a donné ces dons. J'aurai mon endroit dans le monde et comme ça je serais heureux.

—Mon nom est Nadja. J'habite dans la côte du Pernambucano. Dans ma Terre j'ai entendu parler de cette miraculeuse montagne et de sa grotte. Je me suis intéressée tout de suite pour faire le voyage ici, même en pensant que tout cela n'était une légende. J'ai rassemblé mon ordure, je suis partie, je suis arrivée à Mimoso et j'ai escaladé la montagne. J'ai même pris le jackpot. Maintenant que je suis ici, je vais entrer dans la grotte et réaliser mon rêve. Je serai une grande Déesse, ornée de pouvoir et de richesses. Tous vont me servir. Votre rêve est simplement ridicule. Pourquoi demander si peu si nous pouvons avoir tout le monde ?

—Vous vous trompez. La grotte ne réalise pas des rêves mesquins. Vous allez échouer. La gardienne ne vas pas vous permettre d'y entrer. Pour entrer dans la grotte il faut surmonter trois défis. J'ai déjà gagné deux étapes. Combien défis avez-vous déjà gagné ?

—Quel connerie de défi et de gardienne. La grotte ne respecte que le plus fort et le plus convaincu. Je vais réaliser mes désirs demain et personne ne m'arrêtera, entendu.

— C'est vous qui le savez. Lorsque vous voudrez vous repentir ce sera trop tard. Eh bien, je pense que je vais m'en aller. J'ai besoin de me reposer un peu, car il est tard. Quant à vous, je ne peux pas vous souhaiter bonne chance à la grotte, car vous voulez être plus grand que Dieu. Quand l'être humain atteint ce point, il se détruit lui-même.

—Tout ce n'est que des bêtises et des mots. Rien ne me fera revenir sur ma décision.

En voyant qu'elle était inflexible, je me suis éloigné d'elle avec tristesse. Comme les gens deviennent petites, parfois. L'être humain seulement est digne lors qu'il lutte par des idéaux justes et égalitaires. En marchant par le sentier, je me suis rappelé des fois qu'on m'a fait du tort que ce soit par une preuve mal corrigée ou même par la négligence des autres. Cela me rend non-conformiste. En plus de tout cela, ma famille s'oppose à mon rêve et ne croit pas en moi. Comme cela est douloureux. Un jour ils vont me donner la raison et voir que les rêves peuvent être rendus possibles. Ce jour-là, après que tout se passe, je vais chanter ma victoire et je vais glorifier le créateur. Il m'a tout donné et il n'a exigé que je fasse briller mes dons, car, comme la bible le dit, on n'allume pas une lumière pour la mettre sous la table, mais sur elle pour que tous peuvent applaudir et soient éclairés. Le sentier se coupe et ensuite je vois la cabane qui m'a couté tant de sueur. J'ai besoin de dormir, car demain est un autre jour et j'ai des plans pour moi et le monde. Bonne nuit, lecteurs. Jusqu'au chapitre suivant.

Le frisson

Un nouveau jour arrive. La lumière apparaît, la brise matinale caresse nos cheveux, des oiseaux et des insectes font la fête, la végétation semble renaître. Cela arrive tous les jours. Je frotte mes yeux, lave mon visage, brosse mes dents et prends une douche. Celle-ci est ma routine avant de mon café du matin. La forêt ne propose pas de bénéfices ni d'options. Je ne suis pas habitué à cela. Ma mère m'a toujours gâté au point de servir le café pour moi. Je mange mon petit déjeuner en silence mais avec l'esprit troublé. Quel sera le troisième et dernier défi ? Qu'est-ce qui va m'arriver dans la grotte ? Ce sont tant des questions sans réponse qui m'étourdissent. Le matin avance et avec elle mes palpitations, mes tremblements et mes frissons. Qui étais-je maintenant ? Certainement pas le même. J'ai grimpé la montagne sacrée à la recherche d'un destin que je ne connaissais pas moi-même. J'ai rencontré la gardienne et j'ai découvert des nouvelles valeurs et un monde plus grand de ce que je n'ai jamais pensé avant. J'ai surmonté deux défis et maintenant il ne restait que le dernier. Un troisième froid, distant et inconnu. Les feuilles autour de la cabane bougent légèrement. J'ai appris à comprendre la nature et ses signes. Quelqu'un s'approche.

— Oh, maison ! Ou plutôt, oh, cabane !

D'un coup, je change la direction de mon regard et je vois la figure mystérieuse de la gardienne. Elle semble plus heureuse et rose, malgré son âge apparent.

—Je suis ici, comme vous voyez. Quelles nouveautés vous m'apportez ?

—Comme vous le savez, aujourd'hui je viens vous annoncer votre troisième et dernier défi. Il aura lieu pendant votre septième jour dans la montagne, car c'est le délai maximum qu'un mortel peut passer sur elle. C'est simple et consiste à cela : Tuez le premier être, que ce soit un homme ou un animal que vous trouverez en sortant de la cabane aujourd'hui. Le cas contraire, vous n'aurez pas le droit d'entrer dans la grotte qui réalise les désirs les plus profonds. Qu'est-ce que vous me dites ? Ce n'est pas facile ?

—Comment ? Tuer? Je suis, par hasard, un assassin ?

—C'est la seule condition pour que vous entriez dans la grotte. Préparez-vous, car il ne faut que deux jours et
....

Un tremblement de 3,7 degrés sur l'échelle de Richter secoue tout au sommet de la montagne. Le tremblement m'étourdit et je pense que je vais m'évanouir. Des pensées et encore des pensées me viennent à l'esprit. Je sens mes forces s'épuiser et des menottes prenant mes mains et mes pieds avec force. Soudainement, je me vois esclave, travaillant sur des plantations de café dominés par des seigneurs. Je vois le fouet, le sang et la clameur de mes compagnons. Je vois la richesse des colonels et son orgueil et sa perfidie. Je vois également le cri par la liberté et par la justice des oppressés. Oh, comment le monde est injuste ! Alors que quelques uns gagnent d'autres pourrissent oubliés. Les menottes se brisent. Je suis encore victime de discrimination, haï et opprimé. Je vois encore la méchanceté des blancs m'appeler noir. Je continue de me sentir inférieur. J'entends encore les cris de la clameur, mais maintenant la voix est claire, nette et connue. La peur disparaît et peu à peu je reprenne la conscience. Quelqu'un me lève. Encore un peu étourdi, j'exclame :

—Qu'est-ce qui est arrivé ?

La gardienne, en larmes, semble ne pas trouver une réponse.

—Mon fils, la grotte vient de détruire un autre cœur. Vous devez vaincre le troisième défi, s'il vous plaît, pour finir avec la malédiction. L'univers conspire pour votre victoire.

— Je ne sais pas comment vaincre. Uniquement la lumière du créateur peut illuminer mes pensées et mes actions. Je vous garantis: Je ne désisterai pas facilement de mes rêves.

— Je vous fais confiance et à la formation que vous avez reçu. Bonne chance, fils de Dieu ! À la prochaine !

Ayant dit cela, l'étrange dame s'est écartée et elle a été enveloppée dans une fumée. Maintenant j'étais seul et je devais me préparer pour le dernier défi.

Un jour avant le dernier défi

Ça fait déjà six jours que j'ai escaladé la montagne. Tout ce temps de défis et d'expérience m'ont fait beaucoup grandir. Je peux comprendre la nature, moi même et les autres. La nature marche à un rythme propre et s'oppose aux prétentions de l'être humain. Nous déboisons les bois, nous polluons les eaux, nous lançons des gaz dans l'atmosphère. Qu'est-ce que nous gagnons avec cela ? Qu'est-ce qui compte vraiment pour nous, l'argent ou la survie ? Les conséquences sont là : le réchauffement de la planète, la réduction de la faune et de la flore, les désastres naturels. Est-ce que l'être humain ne voit pas que tout cela est sa faute ? Il reste encore du temps. Il est temps pour la vie. Faites votre part : Économisez de l'eau et de l'énergie, recyclez les déchets, ne polluez l'environnement. Exigez de vos gouverneurs un engagement avec la question environnemental. C'est le moins que nous devrions faire pour nous et pour le monde. En revenant à mon aventure, après que j'ai escaladé la montagne, j'ai arrivé à mieux comprendre mes désirs et mes limites. J'ai compris que les rêves ne deviennent possibles que s'ils sont nobles et justes. La grotte est juste et si je surmonte le troisième défi, elle va rendre possible mon rêve. Quand j'ai surmonté le premier et le deuxième défi, j'ai arrivé à mieux comprendre les souhaits du proche. La plupart des gens rêvent d'avoir la richesse, le prestige social et des hautes fonctions de contrôle. Elles ne voient pas ce qui est meilleur dans la vie : La réussite professionnelle, l'amour et le bonheur. Ce qui rend l'être humain vraiment spécial sont ses qualités qui brillent à travers ses œuvres. Le pouvoir, la richesse, l'ostentation sociale ne rendent les gens heureux. C'est cela ce que je cherche sur la montagne sacrée : Le bonheur et la domination totale sur les "Forces opposées". J'ai besoin de sortir un peu. Pas à pas, mes pieds m'emportent en dehors de la cabane que j'ai construit. J'attends un signe du destin.

   Le soleil réchauffe, le vent est plus fort et aucun signe n'apparaît. Comment vais-je surmonter le troisième défi ?

Comment vivre avec l'échec dans le cas où je n'arrive pas à réaliser mon rêve ? J'essaie de conjurer les pensées négatives mais la peur est plus forte. Qui j'étais avant d'escalader la montagne ? Un jeune à un caractère complètement fragile, ayant peur de faire face au monde et les autres. Un jeune homme qui a lutté une fois en justice pour ses droits, mais qui n'a pas été entendu. Le futur m'a montré que ça a été mieux comme ça. Parfois, nous gagnons en perdant. La vie m'a appris cela. Quelques oiseaux crient autour de moi. Ils semblent comprendre mon souci. Demain ce sera un nouveau jour, le septième sur la montagne. Mon destin sera en jeu dans le troisième défi. Priez, lecteurs, pour ma réussite.

Le troisième défi

Un nouveau jour se lève. La température est agréable et le ciel est bleu dans toute son immensité. Paresseusement, je me lève en me frottant les yeux encore endormis. Le grand jour est arrivé et je suis prêt pour lui. Avant tout, j'ai besoin de préparer mon café du matin. Avec les ingrédients que j'ai trouvé la veille, ce sera suffisant. Je prépare le bol et je commence à claquer les délicieux œufs de poule. L'huile a sauté et a presque atteint l'un de mes yeux. Combien des fois, dans la vie, les autres semblent nous faire du mal avec leurs inquiétudes. Je bois mon café, me repose un peu et je prépare mon stratégie. Le troisième défi ne semble pas être facile. Tuer, pour moi, est inconcevable. Enfin, de toute façon, je devrai en faire face. Avec cette résolution, je commence à marcher et je suis ensuite en dehors de la cabane. Le troisième défi commence là et je me prépare pour cela. Je prends le premier chemin et je commence à le parcourir.

Les arbres de la route du chemin touché sont des arbres gros et de racines profondes. Qu'est-ce que je cherche vraiment ? Le succès, la victoire et troisième défi ne semble pas être facile. Tuer, pour moi, est inconcevable. Enfin, de toute façon, je devrai en faire face. Avec cette résolution, je commence à marcher et je suis ensuite en dehors de la cabane. Le troisième défi commence là et je me prépare pour cela. Je prends le premier chemin et je commence à le parcourir. Les arbres de la route du chemin touché sont des arbres gros et de racines profondes. Qu'est-ce que je cherche vraiment ? Le succès, la victoire et l'accomplissement. Cependant, je ne ferai rien pouvant échapper à mes principes. Mon honorabilité est au-dessus de la célébrité, le succès et le pouvoir. Le troisième défi m'afflige. Tuer pour moi est un crime même si ce n'est qu'un animal. D'un autre côté, je veux entrer dans la grotte et faire ma demande. Cela représente deux "Forces opposées" ou "Chemins opposés".

Je continue à suivre le sentier et je tourne pour ne trouver rien. Qui sait ainsi le troisième défi ne serait pas renoncé. Je pense que la gardienne ne serait aussi généreuse que ça. Les règles doivent être respectées par tous. Je m'arrête un peu et je ne crois pas à la scène que j'observe : un ocelot femelle et ses 3 chiots, en jouant autour de moi. Assez. Je ne vais pas tuer la mère de 3 chiots. Je n'ai pas ce cœur. Au revoir succès, au revoir à la grotte du désespoir. Pas plus de rêves. Je n'ai pas surmonté le 3ème défi et je pars. je retournerai chez moi près de mes chers. Précipitamment, je retourne à la cabane pour faire mes valises. Je n'ai pas surmonté le troisième défi.

La cabane est démantelée. Qu'est-ce que tout cela signifie ? Une main touche doucement mon épaule. Je regarde en arrière et je me retrouve face à la gardienne.

— Mes félicitations, chéri! Vous avez accompli le défi et maintenant vous avez le droit d'entrer dans la grotte du désespoir. Vous avez vaincu !

La grande étreinte que j'ai reçue tout de suite m'a laissé p lus confondu. Qu'est-ce que cette femme disait ? Mon rêve et la grotte pourraient se rencontrer ? Je ne pouvais pas croire.

Comment ? Je n'ai pas accompli le 3ème défi. Regardez mes mains : Elles sont propres. Je n'ai pas souillé mon nom avec du sang.

—Vous ne vous connaissez pas ? Croyez-vous que le fils de Dieu serait capable de l'atrocité que je lui ai demandé ? Je n'ai pas de doute que vous êtes digne de réaliser vos rêves. Bien qu'ils puissent prendre du temps à se réaliser. Le troisième défi vous a complètement évalué et vous avez démontré l'amour inconditionnel aux créatures. Cela est le plus important chez un être humain. Encore un conseil : Seul le cœur pur peut survivre à la grotte. Conservez votre pensée et votre cœur purs pour la vaincre.

— Merci, Dieu ! Merci, vie, pour cette chance. Je promets de ne pas les décevoir.

L'émotion m'a envahi comme jamais avant depuis que j'ai grimpé sur la montagne. Est-ce que la grotte était même capable de réaliser des miracles ? J'étais sur le point de le découvrir.

La grotte du désespoir

Après avoir remporté le troisième défi, j'étais déjà prêt à entrer dans la grotte redoutée du désespoir. La grotte qui rend réalisables les rêves impossibles. J'étais un rêveur de plus qui allait tenter sa chance. Depuis que j'ai escaladé la montagne, je n'étais plus le même. Maintenant, j'avais confiance en moi-même et à l'univers merveilleux qui me donnait refuge. L'étreinte précédant de l'étrange dame m'a donné plus de calme. Maintenant, elle était là, me soutenant dans tous les sens. Le soutien que je n'ai pas reçu de mes êtres aimés. Ma valise inséparable était sous mon bras. C'était l'heure de dire adieux à cette montagne et ses mystères. Les défis, la gardienne, le fantôme, la jeune fille et la montagne elle-même semblaient avoir vie et m'ont aidé à grandir. J'étais prêt à partir et faire face à la grotte si redoutée. La gardienne est de mon côté et va m'accompagner dans ce voyage jusqu'à l'entrée de la grotte. Nous sommes partis car le soleil brillait déjà dans l'horizon. Nos plans sont en total harmonie. La végétation autour de la voie que nous parcourons et le bruit des animaux fait devenir l'ambiance aussi rural que possible. Le silence de la gardienne pendant tout le trajet semble entrevoir les dangers que la grotte englobe. Nous nous sommes arrêtés un instant. Les voix de la montagne semblent vouloir me dire quelque chose. Je profite pour rompre le silence

—Peux-je vous demander quelque chose ? Qu'est-ce que c'est toutes ces voix qui me tourmentent ?

—Vous écoutez des voix. Intéressant. La montagne sacrée possède la propriété magique de rassembler tous les cœurs rêveurs. Vous êtes capable de sentir ces vibrations magiques et les interpréter. Néanmoins, ne faites pas beaucoup d'attention à elles, car peuvent vous conduire à l'échec. Tentez de vous concentrer à vos propres pensées et l'action d'elles diminuera. Faites attention. La grotte est capable de détecter vos faiblesses et les utiliser contre vous.

— Je vous promets de me soigner. Je ne sais pas ce qui m'attends dans la grotte, mais j'ai la foi que les esprits lumineux vont m'a aider. Mon destin est en jeu et, de certaine façon, celui du reste du monde aussi.

— Eh bien, nous nous sommes reposés déjà assez. Nous allons continuer à marcher, car bientôt ce sera l'heure du coucher du soleil. La grotte doit être à environ cinq cents mètres d'ici.

La rumeur des pas recommence. Cinq cents mètres séparent mon rêve de sa réalisation. Nous sommes dans le côté ouest du sommet de la montagne où les vents deviennent de plus en plus forts. La montagne et ses mystères. Je crois que je ne vais jamais la connaître vraiment. Qu'est-ce qui m'a motivé à l'escalader ? La promesse que l'impossible devienne possible et mon instinct aventurier de Scoutisme. La réalité, le possible et la routine me tuaient. Maintenant je me sentais vivant et prêt pour surmonter défis. La grotte s'approche. Je peux déjà voir son entrée. Elle semble impressionnante, mais ne me décourage pas. Diverses pensées envahissent tout mon être. Je dois contrôler mes nerfs. Ils peuvent me trahir à l'heure fatale. La gardienne fait signe et s'arrête. J'obéis.

— Ici c'est l'endroit le plus proche de la grotte auquel je peux arriver. Écoutez bien ce que je vais vous dire, car je ne vais pas répéter : Avant d'y entrer, prier un Notre Père pour votre ange gardien. Elle va vous protéger des dangers. En entrant, marchez avec une extrême prudence pour ne pas tomber dans des pièges. Après avoir parcouru pendant un certain temps la gallérie principale de la grotte, vous vous rencontrerez face à trois options : Bonheur, échec et peur. Choisissez le bonheur. Si vous choisissez l'échec, vous ne serez qu'un fou qu'un jour a rêvé. Si vous choisissez la peur, vous allez vous perdre complètement. Le bonheur donne accès à deux scénarios de plus que je ne connais pas. Rappelez-vous: Uniquement le cœur pur peut survivre à la grotte. Soyez sage et réalisez votre rêve.

— J'ai compris. Le moment le plus attendu dès que j'ai grimpé la montagne est venu. Merci, gardienne, par toute votre patience et votre zèle avec moi. Je ne vais jamais oublier ni vous ni les moments passés ensemble.

L'angoisse a envahi mon cœur au moment de lui dire adieu. Maintenant c'était la grotte et moi. Un duel qui va changer l'histoire du monde et aussi la mienne. Je la regarde bien et je prends de ma valise une lanterne pour éclairer le chemin. Je suis prêt à y entrer. Ma jambe semble gelé devant cette géante. Je dois rassembler mes forces à fin de poursuivre le chemin. Je suis brésilien et je ne désiste jamais. J'arrive à faire les premiers pas et j'ai la légère impression que quelqu'un m'accompagne. Je pense que je suis spécial pour Dieu. Il me traite comme un fils. Mes pas s'accélèrent et finalement j'entre dans la grotte. La fascination initiale est grande, mais je doit être prudent à cause des pièges. L'humidité de l'air est haute et le froid intense. Stalactites et stalagmites remplissent pratiquement tout environnement. J'ai parcouru environ cinquante mètres dans son intérieur et des frissons commencent à faire trembler tout mon corps. À ma pensée vient tout ce que j'ai passé avant d'escalader la montagne : L'humiliation, l'injustice et l'envie des autres. Il semble que chacun de mes ennemis est dans cette grotte, attendant le meilleur moment pour m'attaquer. D'un saut spectaculaire, je réussis à surmonter le premier piège. Le feu de la grotte m'a presque dévoré. Nadja n'a pas eu la même chance. Accroché à une stalactite du toit que miraculeusement a supporté mon poids, j'ai pu survivre. Je dois descendre et continuer ma marche vers l'inconnu. Mes pas s'accélèrent, mais avec prudence. La plupart des personnes a hâte. Hâte de vaincre, de conquérir objectifs. Une souplesse fantastique vient de me sauver d'un deuxième piège. C'étaient de nombreuses lances jetées en direction de mon corps. L'une d'elles arrive à blesser mon visage en le grattant. La grotte veut me détruire. Je dois être plus prudent à partir de maintenant. Il y a environ une heure que je suis entré dans la grotte et je ne suis pas encore arrivé au point dont la gardienne avait parlé. Je dois être prêt. Mes pas continuent d'être accélérés et mon cœur donne le signe de alerta. Parfois, nous faisons attention à nos signes que notre corps nous donne. Et c'est à ce moment-là que l'échec et la déception arrivent. Heureusement, ce n'est pas mon cas. J'entends un bruit très fort se dirigeant vers moi. Je commence à courir. Peu de temps après, je me rends compte qu'une grande pierre me poursuit à grande vitesse. Je cours pendant un temps et avec un mouvement brusque j'ai réussis à détourner la pierre m'abritant sur le côté de la grotte. Quand la pierre passe, le devant de la grotte se ferme et, en suite, en face apparaissent trois portes. Elles représentent le bonheur, l'échec et la peur. Si je choisisse l'échec, je ne serai qu'un pauvre fou qui a un jour a rêvé d'être écrivain. Les gens vont avoir pitié de moi. Si je choisis la peur, je ne grandirai jamais et je ne serai pas connu par le monde. Je peux entrer dans un puits sans fond et me perdre pour toujours. Si je choisis le bonheur, je peux poursuivre mon rêve et passer pour le deuxième scénario.

    Il y a trois options : La porte de droite, celle de gauche et celle du centre. Chacune d'elles représente une des options : Bonheur, échec ou crainte. Je dois faire le bon choix. Avec le temps, j'ai appris à vaincre mes craintes : Peur de l'obscurité, peur d'être seul et peur de l'inconnu. Je n'ai pas non plus ni peur du succès ni de l'avenir. La peur doit représenter la porte de droite. L'échec est conséquence d'une mauvaise planification. Parfois, j'ai échoué, mais cela ne me fait pas désister de mes objectifs. L'échec doit servir de leçon pour une victoire par la suite. L'échec doit représenter la porte de gauche. Finalement, la porte du centre doit représenter le bonheur, puisque ce qui est juste, ne se détourne ni à droite ni à gauche. Ce qui est juste est toujours heureux. Je rassemble mes forces et je choisis la porte du centre. En l'ouvrant, j'ai un large accès à une salle et au toit il est écrit le mot Bonheur. Au centre il y a une clé qui donne accès à une autre porte. En fait, j'avais raison. J'ai passé la première étape. Il me reste encore deux. Je prends la clé et je fais un essai sur la porte. Elle sert parfaitement. J'ouvre la porte. Elle donne accès à une nouvelle galerie. Je commence à la parcourir. Une multitude de pensées qui me passe par l'esprit : Quels seront les nouveaux pièges auxquels je dois faire face ? Au quel scénario donne accès cette galerie ? Il y a beaucoup de questions sans réponse. Je continue à marcher et ma respiration se raréfie, car l'air est de plus en plus rare. J'ai déjà parcouru environ deux cents mètres et je dois rester attentif. J'entends un bruit et je tombe sur le sol pour me protéger. Ce sont de petites chauves-souris qui passent vite sur moi. Est-ce qu'ils vont sucer mon sang ? Seront-ils des carnivores ? Heureusement pour moi, elles disparaissent dans l'immensité de la galerie. Je vois une figure et mes corps tremble. Sera-t-il un fantôme ? Non. Il est de chair et d'os et il est préparé pour lutter contre moi. C'est l'un des prêtres ninjas de la grotte. La lutte commence. Il est bien rapide et essaie de m'atteindre un point vital. J'essaie d'éviter ses attaques. Je réponds avec quelques coups de poing que j'ai appris en regardant des films. La stratégie fonctionne. Il est effrayé et s'éloigne un peu. Il frappe de retour avec ses arts martiaux, mais je suis prêt pour lui. Je le frappe en plein avec une pierre que j'ai pris de la grotte. Il tombe inconscient. Je suis totalement opposé à la violence, mais dans ce cas, il était strictement nécessaire. Je veux avancer au deuxième scénario et découvrir les secrets de la grotte. Je me mets à marcher encore une fois et je reste attentif et vacciné contre les nouveaux pièges. L'humidité de l'air descend, un vent souffle et je me sens plus confortable. Je sens les courants de pensées positives envoyés par la gardienne. La grotte s'obscurcit encore plus et se transforme. Un labyrinthe virtuel se montré en face. Encore un piège de la grotte. L'entrée du labyrinthe es parfaitement visible. Mais, où se trouve la sortie ? Comment y entrer et ne pas se perdre ? Je n'ai qu'une option : Traverser le labyrinthe et se risquer. Je me donne du courage et commence à faire les premiers pas vers l'entrée du labyrinthe. Priez, lecteur, pour que je trouve la sortie. Je n'ai pas de stratégie à l'esprit. Je pense que je dois utiliser ma sagesse pour me libérer de ce chaos. Avec courage et foi, à l'intérieur du labyrinthe. Il semble plus confus vu de l'intérieur qu'à l'extérieur. Ses murs sont longs et se relaient en zigzag. Je commence à me souvenir des moments dans la vie auxquels je me suis senti perdu comme dans la labyrinthe. Le décès de mon père, si jeune, a été un coup dur dans ma vie. Le temps que j'ai passé au chômage et sans étudier m'a aussi laissé perdu comme dans un labyrinthe. J'étais maintenant dans la même situation. Je continue à marcher et le labyrinthe semble ne pas avoir une sortie. Vous-vous êtes senti désespéré ? C'était comme ça que je me sentais : Complètement désespéré. D'où le nom : La grotte du désespoir. Je rassemble mes dernières forces et me lève : Je dois trouver la sortie à n'importe quel coût. une dernière idée me frappe : Je regarde le toit et je vois beaucoup de chauves-souris. Je vais suivre l'une d'elles. Je vais l'appeler sorcier. Un sorcier est capable de se sauver dans un labyrinthe. Ceci est dont j'ai besoin. La chauve-souris vole à grande vitesse et je dois l'accompagner. Même si je me considère presque un athlète. Je vois une lumière à la fin du tunnel, ou mieux, à la fin du labyrinthe. Je suis sauvé.

À la fin du labyrinthe je suis arrivé dans un à un scénario étrange dans la galerie de la grotte .Un scénario fait de miroirs. Je marche avec précaution de retour, car j'ai peur de briser quelque chose. Je vois mon reflet sur le miroir. Qui suis-je maintenant ? Un pauvre jeune rêveur prêt à découvrir son destin. Je suis inquiet. Qu'est-ce que tout cela signifie ? Les murs, le toit, le sol, tout est composé de verre. Je touche la surface d'un miroir. Le matériel est si fragile, mais il reflète avec fidélité l'aspect de la personne. Il surgit, soudainement, depuis trois miroirs différents, un enfant, un jeune homme tenant un cercueil et une personne âgée. Je suis tous eux. Est-ce une vision ? Vraiment, j'ai des caractéristiques enfantines telles que la pureté, l'innocence et la foi dans les personnes. Je pense que je ne veux pas lancer ces qualités dehors. Le jeune homme de quinze ans représente une étape douloureuse de ma vie : La perte de mon père. Malgré sa rigidité et l'éloignement, il était mon père. Je me souviens encore de lui avec nostalgie. L'homme âgé représente mon avenir. Comment sera-t-il ? Est-ce que j'aurai du succès ? Marié, célibataire ou même veuf ? Je ne veux pas être un vieux en colère ou blessé. Assez de voir ces images. Mon présent est maintenant. Je suis un jeune de vingt six ans, Diplômé en Mathématiques, écrivain. Je ne suis plus un enfant ni un jeune de quinze ans qui a perdu son père. Je ne suis pas une personne âgée non plus. J'ai un avenir devant moi et je veux être heureux. Je ne suis aucune de ces trois images. Je suis moi-même. Avec un impact, les trois miroirs desquels ont surgi les individus se brisent et une porte apparaît. Elle est mon accès au troisième et dernier scénario.

J'ouvre la porte donnant accès à une nouvelle galerie. Qu'est-ce qui m'attend dans le troisième scénario ? Continuons ensemble, lecteur. Je commence à marcher et mon cœur s'accélère comme si j'étais encore dans le premier scénario. J'ai déjà surmonté beaucoup de défis et de pièges et je me considère déjà un vainqueur. Dans ma mémoire, je vais chercher les souvenirs d'autrefois quand je jouait dans des petites grottes. La situation maintenant est complètement différente. La grotte est énorme et pleine de pièges. Ma lanterne est presque éteinte. Je continue à marcher et ensuite en face émerge un nouveau piège : deux portes. Les "Forces opposées" crient dedans de moi. Il faut faire un nouveau choix. Il vient à ma mémoire l'un des défis et comme j'ai eu le courage de le surmonter. J'ai choisi le chemin de droite. La situation est différente, car je suis à l'intérieur d'une grotte obscure et humide. J'ai déjà fait mon choix, mais je commence aussi à me souvenir des mots de la gardienne qui a parlé sur l'apprentissage. Je dois connaître les deux forces pour avoir total contrôle sur elles. Je choisis la porte de gauche. Je l'ouvre lentement et avec peur de ce qu'elle peut cacher derrière elle. Je l'ouvre et regarde la vision : Je suis dans un sanctuaire, plein d'images de saints et avec un calice sur l'autel. Sera-t-il le Saint-Graal, le calice perdu de Christ et donnant à ceux qui boivent de lui la jeunesse éternelle ? Mes jambes tremblent. De manière compulsive, je cours vers le calice et je le prends. Le vin est d'un goût des dieux. Je me sens étourdi, le monde tourne, les anges chantent et la terre de la grotte tremble. J'ai ma première vision : Je vois un Juif appelé Jésus, avec ses apôtres, en guérissant, en libérant et en ouvrant de nouvelles perspectives pour son peuple. Je vois toute sa trajectoire de miracles et d'amour. Je vois aussi la trahison de Judas et le diable agissant derrière elle. Finalement, je vois sa résurrection et gloire. J'entends une voix qui me dit : Faites votre pétition. En sautant de joie, j'exclame : Je veux être voyant !

Le miracle

Ensuite, après ma pétition, le sanctuaire tremble, se remplit de fumée et je peut entendre des voix altérées. Ce qu'elles révèlent est complètement secret. Un petit feu monte du calice et se pose sur ma main. Sa lumière est pénétrante et illumine toute la grotte. Les murs de la grotte se transforment et donnent lieu à une petite porte qui apparaît. Elle s'ouvre et un fort vent commence à me pousser contre elle.

Tout mon effort vient de ma pensée : Le dévouement aux études, le suivi parfait des lois de Dieu, l'ascension de la montagne, les défis et le passage par la grotte. Tout cela m'a apporté une croissance spirituelle étonnante. J'étais maintenant à être heureux et réaliser mes rêves. La grotte du désespoir si redoutable se voyait obligée à réaliser ma pétition. Je ne cesse de me rappeler aussi, dans ce moment sublime, de tous ceux qui ont contribué à ma victoire directe ou indirectement : Mon professeur primaire Madame Socorro qui m'a appris les lettres, Mes maîtres de la vie, mes camarades de classe et de travail, mes proches et la gardienne qui m'a aidé à vaincre les défis et la grotte elle-même. Le vent fort continue de me pousser contre la porte et ensuite je serai à l'intérieur de la chambre secrète.

La force qui me poussait finalement cesse. La porte se ferme. Je me vois dans une chambre trop longue, haute et obscure. Du côté droit, il y a une masque, une bougie et une bible. Du côté gauche, une cape, un billet et un crucifix. Au centre, en haut, un intéressant appareil circulaire de fer. Je marche vers le côté droit : J'utilise le masque, je prends la bougie et j'ouvre la bible dans une page quelconque. Je marche vers le côté gauche : Je porte la cape, j'écris mon nom et nom de code sur le billet et je soutien le crucifix avec l'autre main. Je marche en vers le centre et me mets justement en bas de l'appareil. Je prononce les six lettres magiques : V-o-y-a-n-t. Immédiatement, l'appareil émet un cercle de lumière, m'entourant complètement. Je sens l'odeur de l'encens brûlé tous les jours en mémoire des grands rêveurs : Martin Luther King, Nelson Mandela, Thérèse de Calcutta, François d'Assis et Jésus Christ. Mon corps vibre lorsqu'il commence à flotter. Mes sens commencent à être réveillés et avec eux je suis capable de reconnaitre les sentiments et les intentions les plus profondes. Mes dons sont renforcés et avec eux je suis capable de réaliser des miracles dans le temps et l'espace. Le cercle se ferme de plus en plus et tout sentiment de culpabilité, d'intolérance et de peur est supprimé de ma pensée. Je suis presque prêt : Une séquence de visions commence à apparaître et me rend confus. Finalement, le cercle disparaît. Quelques instants après, une séquence de portes s'ouvre et avec mes nouveaux dons je peux voir, sentir et écouter parfaitement : Des cris de personnages voulant se manifester, des temps et des places divers commencent à apparaître et des questions importantes commencent à éroder mon cœur. Le défi du voyant est lancé.

La sortie de la grotte

Ayant tout réalisé, il me reste maintenant quitter la grotte et réaliser mon vrai voyage. Mon rêve était réalisé et il ne me manquait que le mettre en pratique. Je me suis mis à marcher et peu de temps après je laisse derrière moi la chambre secrète. Je pense que personne après moi n'aura le plaisir d'y entrer. La grotte du désespoir ne sera jamais la même après ma victorieuse, confiante et heureuse sortie de cet endroit. J'entre à nouveau dans le troisième scénario : Les images des saints restent intacts et semblent être heureux avec ma victoire. Le calice est légèrement tombé et sec. Le vin était délicieux. Je marche calmement de retour au troisième scénario et je sens l'atmosphère de l'endroit : Elle est vraiment sacrée, ainsi que la grotte et la montagne. Je commence à crier de joie et l'écho qui s'est produit s'étend a travers toute la grotte. Le monde ne sera plus le même après le voyant. Je m'arrête, pense à nouveau, en me regardant moi-même dans tous les sens. Avec un dernier baiser d'adieux, je quitte le troisième Scénario et reviens ver la même porte de gauche que j'avais choisi. Le chemin du voyant ne sera pas facile, car il aura le défi de contrôler complètement les forces opposées de son cœur et enseigner cela aux autres. Le chemin de gauche qui a été mon choix, représente la connaissance et l'apprentissage en continu qui sont les forces cachées, le repentir ou la mort elle-même. La marche devient exhaustive, car la grotte est très grande, obscure et humide. Le défi du voyant peut être plus grand que ce que je pense. Le défi de concilier des cœurs, des vies et des sentiments. Et cela ce n'est pas tout : Je dois encore faire attention à mon propre chemin. La galerie devient étroite et avec elle mes pensées aussi. Venez à éveiller la nostalgie de "casada" Mathématiques et sa propre petite vie. Enfin, la nostalgie du égo. Je marche plus vite et ensuite je suis face au deuxième scénario. Les miroirs brisés représentent maintenant les parties de ma pensée qui ont été préservées et développées : les bons sentiments, les vertus, les dons et la capacité de reconnaître quand on se trompe. Le scénario de miroirs est le reflet de ma propre âme. Je vais porter en moi cette auto-connaissance pour toute ma vie. Je conserve encore dans ma mémoire l'image de l'enfant, du jeune de quinze ans et de l'homme. Ce sont trois de mes nombreux visages que je vais préserver, cars ils sont ma propre histoire. Je dis adieu au deuxième scénario et je laisse avec lui mes souvenirs. Je suis dans la galerie conduisant au premier scénario. Mon expectative de futur et mon espérance ont été renouvelées. Je suis voyant, un être évolué et spécial, destiné à faire rêver beaucoup de cœurs. La période après-grotte va servir de formation et d'amélioration de compétences préexistantes. Je marche un peu plus et j'arrive à voir un labyrinthe. Ce défi m'a presque détruit.

Mon salut a été sorcière, une chauve-souris qui m'a aidé à trouver la sortie. Maintenant je n'ai plus besoin de lui, car avec mes propres pouvoirs de voyant je peux me passer d'elle facilement. J'ai le don de l'orientation en cinq plans. Combien de fois nous sentons-nous comme si nous étions perdus dans un labyrinthe : Quand nous perdons l'emploi ; Quand le grand amour de notre vie nous a déçus ; Quand nous défions l'autorité de nos supérieurs ; Quand nous perdons l'espoir et la capacité de rêver ; Quand nous cessons d'être des apprentis de la vie et quand perdons la capacité de diriger notre propre destin. Souvenez-vous : L'univers prédispose la personne, mais est elle qui doit courir derrière et montrer qu'elle est digne. Voilà ce que j'ai fait. J'ai escaladé la montagne, j'ai surmonté trois défis, j'ai entré dans la grotte, j'ai vaincu tous les pièges et je suis arrivé à mon destin. Je traverse le labyrinthe et cela ne me rends pas assez heureux, car j'ai surmonté son défi.

Je cherche à trouver d'autres horizons. J'ai marché environ trois mille mètres entre la chambre secrète, le troisième scénario, le deuxième scénario et avec cela je me sens un peu fatigué. Je sens la sueur courir, la pression de l'air et le faible taux d'humidité. Je m'approche du ninja, mon grand adversaire. Il semble toujours inconscient.

Je me sens mal de l'avoir ainsi traité, mais mon rêve, mon espérance et mon destin étaient en jeu. L'homme doit prendre des décisions importantes dans des situations importantes.

La peur, la honte, les règles morales sont une entrave plutôt que de l'aide. Je caresse son visage et essaie de rétablir la vie en plénitude dans son corps. Je fais ainsi, puisque que nous ne sommes plus des adversaires, mais des camarades d'épisode. Il se lève et avec une salutation ninja me félicite. Tout est resté derrière : La lutte, nos "Forces opposées", la langue différente, les objectifs différents. Nous vivons une situation différente de l'antérieure. Nous pouvons parler, nous entendre et, probablement, être des amis. Je garde donc le dicton suivant : Faites de votre ennemi un ami ardent et fidèle. Finalement, il me serre, me dit au revoir et me souhaite bonne chance. Je lui rétribue. Il va continuer à faire partie du mystère de la grotte et du mystère de la vie et du monde. Nous sommes des "Forces opposées" qui se sont rencontrées. Ceci est mon but dans ce livre : réunir les "Forces opposées". Je continue à marcher dans la galerie que donne accès au premier scénario. Je suis confiant et complètement tranquille contrairement à lorsque je suis entré dans la grotte. La crainte, l'obscurité et l'imprévu me font peur. Les trois portes dont la signification était bonheur, crainte et échec m'ont aidé à évoluer et comprendre le sens des choses. L'échec représente tout ce que nous fuyons sans savoir pourquoi. L'échec doit toujours être un moment d'apprentissage. Ce est alors que l'être humain découvre qu'il n'est pas parfait, que le chemin n'est pas encore tracé et que c'est le moment de reconstruire. Voilà ce que nous devons faire toujours : Renaître. Voyez l'exemple des arbres : Ils perdent les feuilles, mais pas la vie. Soyons comme eux :
Des métamorphoses ambulantes. La vie exige cela. La crainte est toujours présente lorsque nous nous sentons

menacés ou subjugués. C'est le point de départ pour des nouveaux échecs. Surmontez vos peurs et découvrez qu'il n'existe que dans notre imagination. J'ai déjà parcouru une grande partie de la galerie de la grotte et tout de suite, je dépasse la porte du bonheur. Tous peuvent dépasser cette porte et se convaincre sur l'existence du bonheur et que nous pouvons l'atteindre si nous sommes en syntonie avec l'univers. Elle est relativement simple. Le travailleur, le maçon, le serviteur sont heureux de réaliser leur monsieur ; L'agriculteur, le cultivateur de canne à sucre, le bouvier sont heureux pour recueillir le produit de leur travail ; Le professeur, à enseigner et apprendre ; L'écrivain, à écrire et lire ; le père, à proclamer le message divin et les enfants dans le besoin, les orphelins, les mendiants de recevoir un mot d'amour et d'affection. Le bonheur est dedans nous en attendant toujours d'être découvert. Pour être vraiment heureux, nous devons oublier la haine, les intrigues, les échecs, la crainte et la honte. Je continue à marcher et je vois tous les pièges que j'ai pu dribbler et je me demande que font les gens qui n'ont pas de croyance, chemin ou destin. Aucun d'entre eux ne surmonterait les pièges, car ils n'ont pas un port sûr, une lumière ou une force pouvant les soutenir. L'homme n'est rien s'il est seul. Il peut construire quelque chose uniquement quand il est lié aux forces surhumaines. Il ne se sent réalisé que s'il est en complète harmonie avec l'univers. Voilà comment je me sens maintenant : En complète harmonie, car j'ai escaladé la montagne, j'ai surmonté trois défis et j'ai vaincu la grotte. La grotte qui a réalisé mon rêve. Ma promenade touche à sa fin, car je vois la lumière à l'entrée de la grotte. Je vais bientôt sortir

La rencontre avec la gardienne

Je suis hors de la grotte. Le ciel est bleu, le soleil est fort et le vent vient du nord-ouest. Je commence à regarder tout l'extérieur et j'apprécie la beauté et immensité de l'univers. Je me sens partie importante de celui-ci, car j'ai escaladé la montagne, j'ai surmonté trois défis, j'ai été mis à l'épreuve par la grotte et j'ai vaincu. Je me sens aussi transformé dans tous les sens, car aujourd'hui je ne suis pas uniquement un rêveur, mais un voyant, doué de dons. La grotte a même réalisé un miracle. Des miracles se produisent tous les jours, mais nous ne nous rendons pas compte. Un geste fraternel, la pluie qui fait resurgir la vie, une aumône, une confidence, la naissance, le vrai amour, un éloge, l'inattendu, la foi remuant des montagnes, la chance et le destin, tout représente le miracle de ce qui est la vie. La vie est même généreuse.

Je continue à regarder l'extérieur complètement en extase. Je suis lié à l'univers et lui à moi. Nous sommes un avec les mêmes objectifs, espérances et croyances. Je suis si concentré que je ne me suis pas rendu compte quand une petite main touche mon corps. Je continue avec mon recueillement spirituel, particulier et unique jusqu'au moment où un léger déséquilibre causé par une personne me fait sortir de mon axe. Je me tourne vers la cause et je vois un enfant et la gardienne. Je pense qu'ils sont il y a beaucoup de temps à côté de moi et je ne me suis pas rendu compte.

—Alors, vous avez survécu à la grotte. Félicitations ! J'attendais pour cela. Entre tous les guerriers qui ont déjà visé à entrer dans la grotte et réaliser leurs rêves, vous étiez le plus capable. Cependant, vous devez savoir que la grotte n'est qu'une des étapes parmi toutes celles que vous devrez faire face dans la vie. La connaissance est ce qui vous donnera le vrai pouvoir et cela est quelque chose que personne ne peut vous voler. Le défi est lancé. Je suis ici pour vous aider. Voyez, j'ai apporté ce garçon pour l'accompagner dans son vrai voyage. Il sera de grande aide. Votre mission est de réunir les "Forces opposées" et faire qu'elle produisent des fruits dans un autre temps. Quelqu'un a besoin de son aide et pour cela je vais vous envoyer.

—Merci. La grotte a même réalisé mon rêve. Maintenant je suis le voyant et je suis prêt pour des nouveaux défis. Qu'est-ce que c'est ce vrai voyage ? Qui est ce quelqu'un qui a besoin de mon aide ? Qu'est-ce qui va m'arriver ?

— Beaucoup des questions, mon chéri. Je vous répondrai une d'elles. Avec vos nouveaux pouvoirs, vous allez faire un voyage dans le temps pour rectifier les injustices et aider quelque a se trouver. Le reste vous allez le découvrir par vous-même. Vous avez exactement trente jours pour réaliser une mission. Ne perdez pas votre temps.

—J'ai compris. Quand est-ce que je pourrai partir ?

— Aujourd'hui. Le temps est court.

Ayant dit cela, la gardienne m'a donné l'enfant et nous a dit au revoir amicalement. Qu'est qui m'attend dans ce voyage ? Est-ce que le voyant sera capable de rectifier les injustices? Je pense que tous mes pouvoirs seront nécessaires pour moi dans le but de mener à bien faire ce voyage.

Au revoir la montagne

La montagne respire des un air de tranquillité et de paix. Depuis que je suis arrivé ici, j'ai appris à la respecter. Je pense que cela m'a aussi aidé à la grimper, vaincre les défies et entrer dans la grotte. Elle était même sacrée. Elle est devenue comme ça à cause de la mort d'un mystérieux chaman qui a fait un étrange pacte avec les forces de l'univers. Il a promis donner sa vie en échange de la restauration de la paix dans sa tribu. Il y a des siècles les Xukuru dominaient la région et à cette époque-là leurs tribus étaient en guerre par compte des stratagèmes d'un sorcier de la tribu du nord nommé Kualopu. Il voulait le pouvoir et le contrôle totale sur les tribus. Ses plans impliquaient aussi dominer le monde avec ses arts cachés. Alors, la guerre a commencé. La tribu du sud venge les attaques, de sorte que les décès se succédaient. Toute la nation Xukuru était menacée de disparaître. Alors, le sorcier du sud a réuni ses forces et a fait le pacte. La tribu du sud a vaincu la lutte, le sorcier a été tué, le sorcier a payé le prix de son pacte et la paix a été rétablie. Après, la montagne de l'Ororubá est devenue sacrée.

Je suis encore au bord de la grotte analysant la situation. J'ai une mission à remplir et je devais prendre soin d'un enfant sans même être père. J'analyse l'enfant de la tête aux pieds et immédiatement la deuxième idée vient à ma pensée. C'est le même enfant que j'ai essayé de sauver des griffes de cet homme cruel. Il me semble muet, car il n'a rien dit encore. J'essaie de rompre le silence.

—Mon enfant, vos parents sont d'accord pour que vous voyagiez avec moi ? Voyez, je t'emmènerai uniquement s'il est vraiment nécessaire.

—Je n'ai pas de famille. Ma mère est décédée il y a trois ans. Après ça, mon père s'est chargé de moi. Cependant, il me maltraitait tant que j'ai donc décidé de fuir. La gardienne est qui prend soin de moi maintenant. Rappelez-vous de ce qu'elle a dit : Vous avez besoin de moi dans ce voyage.

— Je suis désolé. Dites-moi : Comment votre père agressez de vous ?

—Il m'obligeait à travailler douze heures par jour. Les repas étaient rares. Je n'avais pas le droit de jouer, étudier ou même pas d'avoir des amis. Il me frappait fréquemment. En plus, il ne me donnait pas l'amour qu'un père doit donner à son fils. Alors, j'ai décidé de fuir.

—Je comprends votre décision. Malgré que vous soyez un enfant, vous êtes très sage. Vous ne souffrirez plus avec ce monstre de père. Je vous promets de prendre soin de vous dans ce voyage.

—Prendre soin de moi ? Je m'en doute.

—Quel est votre nom ?

— Renato. A été le nom que la gardienne a choisi. Avant je n'avais pas de nom ni de droits. Quel est le votre ?

— Aldivan. Mais vous pouvez m'appeler voyant ou fils de Dieu.

—C'est bien. Quand est-ce que nous partirons, voyant ?

— Bientôt. J'ai besoin de dire adieu à la montagne.

Avec un geste, j'ai fait un signe pour que Renato m'accompagne. J'irais parcourir toutes les routes et recoins de la montagne avant de partir pour le destin inconnu.

Le voyage dans le temps

Je viens de dire adieu à la montagne. Elle a été importante dans ma croissance spirituelle et a contribué pour trouver ma sagesse. Je vais garder de bons souvenirs d'elle : Son sommet accueillant où j'ai surmonté des défis, j'ai connu la gardienne et l'entrée à la grotte. Je ne peux pas oublier le fantôme, ni la jeune-fille ni l'enfant qui m'accompagne. Ils ont été importants tout le long du processus, car ils m'ont fait réfléchir, me poser l'autocritique et ont contribué à ma connaissance du monde. Maintenant, j'étais prêt pour un nouveau défi. La montagne a passé, la grotte aussi et en revanche, je vais faire un voyage dans le temps. Qu'est-ce qui m'attend ? Je vais avoir beaucoup d'aventures ? Le temps va le dire. Je suis prêt à quitter le sommet de la montagne et je charge avec moi mes expectatives, la valise, mes affaires et l'enfant qui ne s'éloigne pas de moi. D'en haut, je vois les rues du village nommé Mimoso. Comme il est petit, mais il est important pour moi, car c'est de là que j'ai escaladé la montagne, j'ai vaincu les défis, je suis entré dans la grotte et j'ai connu la gardienne, le fantôme, la jeune-fille et l'enfant. Tout cela a été important pour que je devienne le voyant. Le voyant était capable de comprendre les cœurs les plus confus et dépasser le temps et la distance pour aider les autres. La décision était prise. J'allais partir.

    Je prends le bras de l'enfant avec force et commence à me concentrer. Un vent froid souffle, le soleil réchauffe un peu et les voix de la montagne commencent à agir. Là, au fond, j'entends une voix faible qui demande de l'aide. Je me concentre dans cette voix et commence à utiliser mes pouvoirs pour essayer d'arriver auprès d'elle. C'est la même voix que j'ai entendu dans la grotte du désespoir. C'est une voix de femme. J'ai du succès à créer un cercle de lumière autour de moi pour nous protéger de l'impact du Dieu temps. Je commence à accélérer notre vitesse. Elle doit atteindre la vitesse de la lumière pour pouvoir la barrière du temps. La pression de l'aire augmente peu à peu. Je me sens étourdie, perdu et confus. Par un moment, je franchis des mondes et des plans parallèles au notre. Je vois des sociétés injustes et tyrans comme la notre. Je vois le monde des esprits et j'observe comme ils travaillent l'ordre parfait du notre. Je vois du feu, de la lumière, des ténèbres et des rideaux de fumée. Quant à cela, notre vitesse s'accélère davantage. Nous sommes proches à dépasser la vitesse de la lumière. Le monde tourne et par un moment je me vois dans l'ancien empire Chinois, travaillant sur un rocher. Un second après je suis au Japon, servant des collations à l'empereur. Je change vite d'endroit et je suis dans un rituel en Afrique, dans un culte aux orixás. Je passe et repasse des vies dans ma mémoire. La vitesse augmente encore plus et à un certain moment nous sommes en extase. Le monde arrête de tourner, le cercle disparaît et nous tombons sur le sol. Le voyage dans le temps avait fini.

Où suis-je ?

Je m'éveille et en me levant, je me rends compte que je suis seul. Qu'est-ce qui est arrivé avec Renato ? Est-ce qu'il n'a pas survécu au voyage dans le temps ? Bien, c'était cela que je pouvait conclure à ce moment-là. Attendez ? Où suis-je ? Je ne connais pas cet endroit. Il n'y a pas de sol, il n'y a pas de toit, c'est un vide total. Un peu éloigné de l'endroit où je suis, je peux voir un rassemblement de personnes en procession, toutes habillées de noir. Je m'approche d'elles pour voir de quoi s'agit-il. Je n'aime pas rester dans des endroits inconnus tout seul. En m'approchant davantage, je me rends compte qu'il ne s'agit pas exactement d'une procession, mais d'un enterrement. Le cercueil se trouve au centre soutenu par trois personnes. Je m'approche d'une personne qui participe.

— Qu'est-ce qui arrive ? De qui sont les funérailles ?

—On enterre la foi et l'espérance des gens.

—Quoi ? Comment ?

Sans comprendre, je m'éloigne de l'enterrement. Qu'est-ce que ces gens fous faisaient ? Je sais que ce sont les morts que l'on enterre et non pas les sentiments. La foi et l'espérance de doivent jamais être enterrées, même si la situation est désespérée. L'enterrement disparaît dans l'horizon. Le soleil apparaît et une lumière intense peut être aperçue sur le plan supérieur. La lumière est pénétrante et entoure tout mon être. J'oublie toutes les angoisses, douleurs et souffrances. C'est la vision du créateur et je me sens complètement tranquille et confiant en sa présence. Dans le plan inférieur, apparaît une ombre et avec elle les malfaiteurs. La vision des ténèbres m'angoisse. Les différents plans représentent les "Forces opposées" se confrontant toujours dans l'univers. Je suis du côté du bien et je vais m'efforcer pour qu'il prédomine toujours. Les différents plans disparaissent de ma vision et seul l'espace vide reste avec moi. Le sol apparaît, le ciel brille et dans un instant je m'éveille comme si ce n'était qu'un rêve.

Premières impressions

Le véritable éveil me laisse de bonne humeur. Le voyage dans le temps semble avoir été un succès. A côté de moi, encore endormi se trouve Renato avec l'air de celui qui a bien profité du voyage. Où suis-je ? Dans quelques instants, je vais le découvrir. Je regarde l'endroit attentivement et il ne me semble pas étrange. La montagne, la végétation, le relief, tout est la même chose. Attends. Il y a quelque chose de différent. L'endroit ne semble plus être le même. Les maisons existantes actuellement, dispersées d'un côté à l'autre, en ensemble ne forment qu'une seule rue. Je viens de comprendre ce qui s'est passé : Nous avons vraiment voyagé dans le temps, mais non pas dans l'espace. Je dois descendre la montagne pour observer tout cela. Je m'approche de Renato et je commence à le secouer. Nous ne pouvons pas gaspiller du temps, car nous avons exactement trente jours pour aider quelqu'un que je ne connais pas encore. Renato s'allonge et à contrecœur il commence à descendre la montagne avec moi. Je pense qu'il n'a pas encore surmonté la bataille concernant le passage du temps. Il est encore un enfant et il a besoin de mes soins.

Nous avons déjà descendu une bonne partie du trajet e au Mimoso s'approche davantage. Nous voyons déjà les gamins jouant dans la rue, lavandières avec leurs faisceaux dans un barrage proche, des jeunes qui flirtent dans la petite place du lieu. Qu'est-ce que nous attend ? Qui aura besoin d'aide ? Je vais obtenir la réponse à ces questions tout le long du livre. On peut remarquer quelque chose au ciel de Mimoso : Des nuages noires remplissent tout l'environnement. Qu'est-ce que cela signifie ? Je dois me renseigner par rapport à cela. Nos pas s'accélèrent et nous sommes à environ cent mètres de l'endroit. Au nord, se lève une belle maison, bien construite et d'aspect élégante. Cette maison doit appartenir à quelqu'un d'important. À l'ouest, on distingue un château noir parmi les maisons. Elle fait peur juste par son aspect. Finalement nous arrivons. Nous sommes au centre, où la plupart des maisons est localisée.

J'ai besoin de chercher un hôtel pour prendre du repos, car le voyage a été long et fatigant. Mes valises sont lourdes. Je parle avec l'un des habitants qui m'indique l'endroit. Celui-ci se trouve un peu plus au sud de l'endroit où nous étions. Nous partons par là.

L'hôtel

Le trajet depuis l'endroit où nous étions jusqu'à l'hôtel a été fait en tout calme. Seulement nous étions un peu observés par les personnes que nous rencontrons. Parmi ces personnes, se remarquaient quelques figures : Une femme avec chapeau à la mode Carmen Miranda, un garçon avec des marques de fouet dans ses côtes, une jeune fille triste accompagnée par trois hommes forts qui semblaient être ses garde du corps. Elles agissaient toutes très étrangement comme si ce village n'était pas une communauté commun. Nous sommes face à l'hôtel. La partie extérieure pourrait être décrite comme ça : Une résidence à étages, de maçonnerie, avec une surface de cent cinquante mètres carrés à peu près et le style: une maison, avec un toi an forme de "v" inverti. La fenêtre et la porte d'entrée sont en bois et recouvertes avec des rideaux de très bon goût. Il y a un petit jardin, où l'on cultive des fleurs des plus variés types. Celui-ci était le seul hôtel de Mimoso conformément on nous a informé. À coté d'eux, à quelques mètres, il y avait une station de combustible. J'essayais de trouver la cloche, mais je ne l'ai pas trouvé. Je me suis souvenu que nous devrions être dans des temps anciens et en plus, nous étions dans un peuple de l'intérieur où les progrès de la civilisation n'arrivaient pas. La solution, pour attirer l'attention, était d'utiliser l'ancien moyen du cri qui éveille même les invétérés sourds.

—Allô ! Il y a quelqu'un ici ?

Bientôt, la porte grince et de l'intérieur surgit la figure d'une femme d'environ soixante ans, aux yeux clairs, une bonne envergure, des cheveux blonds, un peu maigre, le visage colorés et on voyait, par son visage, qu'elle était un peu contrariée.

—Quel est ce vacarme dans mon établissement ? Vous n'avez pas d'éducation ?

— Excusez-moi, mais c'est la seule façon que j'ai trouvé pour attirer votre attention. Êtes-vous la propriétaire de l'hôtel ? Nous avons besoin de séjourner pendant trente jours. Je vais vous payer généreusement.

—Oui, je suis la propriétaire il y a plus de trente ans. Je m'appelle Carmen. Il n'y a qu'une chambre disponible. Êtes-vous intéressés ? L'hôtel n'est pas luxueux, mais il peut vous offrir une bonne nourriture, amis, des hébergements réguliers et une chaleur familiale.

—Oui, nous acceptons. Nous sommes vraiment fatigués, car nous avons fait un long voyage. La distance d'ici jusqu'à la capitale est d'environ deux cent trente kilomètres.

—Alors, la cambre est à vous. Les bases contractuelles nous les ferons tout de suite. Soyez les bienvenus. Entrez et reposez vous. La maison est à vous.

Nous entrons dans le jardin qui donne accès à la porte d'entrée. Un bon repos et un bon repas pouvait vraiment récupérer nos forces. Cette femme qui nous a reçu et qui nous accompagnait maintenant était vraiment sympa. Le séjour à l'hôtel ne serait pas si monotone. Quand elle aurait un peu de temps nous pourrions bavarder et comme ça mieux nous connaître. En plus, je devais découvrir qui je devais aider et quels étaient les défis que je devais surmonter pour réunir les "Forces opposées". Cela représentait une nouvelle étape dans mon évolution en tant que voyant.

La porte de l'hôtel est ouverte par Carmem et nous accédons à une petite salle avec des meubles typiques de l'époque et orné avec des peintures de la Renaissance. L'atmosphère est même familiale. Sur un banc, du côté droit, il y avait 3 personnes assises. Un jeune d'environ vingt ans, svelte, aux yeux et cheveux noirs et bonne allure; un homme d'environ quarante ans, beau physique, aux cheveux noirs et yeux châtains, un air jovial et un sourire captivant; un homme âgé, avec la peau brune, les cheveux bouclés, l'attitude et le regard sérieux. Mme. Carmen a essayé de faire les présentations :

— Celui-ci est mon mari Gumercindo (en signalant la personne âgée), ceux autres sont mes hôtes : Rivânio (40 ans), aussi appelé Vaninho, il est fonctionnaire à la gare de train et Gomes (le jeune), fonctionnaire de magasin d'exploitation agricole.

—Mon nom est Aldivan et celui-ci est mon neveu, Renato.

Une fois les présentations faites, Mme. Carmen nous conduit à notre chambre. Elle est spacieuse, claire et aérée. Il y a deux lits et ça me rend plus détendu. Nous gardons les valises, nous nous sommes installés et, finalement Mme. Carmen nous laisse seuls. Nous allons nous reposer et plus tard nous allons diner.

Le repas

Après un bon sommeil réparateur de forces, je m'éveille. Je suis dans la chambre d'hôtel avec Renato. Je sens le poids de ma conscience pour avoir dit des mensonges auparavant. Je ne viens pas de Recife et Renato n'est pas mon neveu non plus. Cependant, c'est mieux comme ça. Je ne connais pas encore bien les gens auxquelles je me suis présenté. C'est mieux de rester à la défensive, car la confiance est quelque chose qui doit être conquise. Et si je le pense bien, en disant la vérité, tout le monde penserait que je suis fou. La vérité est que j'ai escaladé la montagne, j'ai surmonté trois défis et je suis entré dans la grotte redoutée du désespoir. En esquivant pièges et des scénarios, je suis devenu le voyant et j'ai réalisé un voyage dans le temps à la recherche de l'inconnu. Maintenant, j'étais là en cherchant des réponses. Je me lève, j'éveille Renato et nous nous dirigeons tous les deux vers la salle à manger. Nous avions faim, car nous n'avions rien mangé depuis six heures.

Nous sommes entrés dans la salle à manger, nous saluons les autres et nous nous sommes assis. Le banquette servi est varié et typique du nord : Angu avec du lait, xerém avec du poulet sont les options. Pour le dessert, un gâteau de masse de manioc. La conversation commence et tous y participent.

—Bien, M. Aldivan, Que faites vous de votre vie et quel bons vents vous ont conduit à cet endroit si petit ? Demande D. Carmen.

— Je suis journaliste en plus de Diplômé en Mathématiques. J'ai été envoyé par le Journal de la capitale dans le but de trouver une bonne histoire. C'est vrai que cet endroit cache des mystères profonds ?

— Eh bien, je pense que oui. Cependant, nous sommes interdits de parler sur ce sujet. Si vous ne savez pas, nous vivons sous les lois et l'ordre de l'impératrice Clemilda. Il s'agit d'une puissante sorcière qu'utilise les forces cachées pour punir à ceux qui désobéissent. Restez vigilant : Elle peut tout entendre.

Par un seconde, je me suis presque étouffé avec le repas. Maintenant j'ai compris le signal des nuages noires. L'équilibre des "forces opposées" était brisé. Cette femme du mal bloquait les rayons du soleil, le lumière pure. Cette situation ne pouvait pas continuer pendant beaucoup de temps, car le cas contraire Mimoso pourrait mourir avec ses habitants.

—C'est vrai que les journalistes mentent beaucoup ? Demande Rivânio.

—Cela n'arrive pas, au moins pas dans mon cas. J'essaie d'être fidèle à mes convictions et à la nouvelle. Le vrai journaliste est celui qui est sérieux, éthique et passionné de sa profession.

—Êtes-vous marié ? Quels sont vos objectifs de vie ? Demande Mme. Carmen.

—Non. Quelqu'un m'a dit un jour que Dieu mettrait une personne Quelqu'un m'a dit un jour que Dieu arrangerait une personne pour moi. Actuellement, je suis concentré sur mes études et sur mes rêves. L'amour arrivera un jour, si c'est mon destin.

— M. Gumercindo, parlez-moi sur Mimoso.

— C'est comme ma femme dit, mon fils, nous sommes interdits de parler sur cette tragédie qui est arrivée ici il y a quelques années. Après que Clemilda commença à régner, nos vies n'ont été plus les mêmes.

L'émotion a envahi tout le monde qui était dans la salle. Des larmes coulaient avec insistance sur le visage de M. Gumercindo. Là on voyait la figure d'un pauvre homme fatigué de la dictature cruelle d'une sorcière. La vie avait perdu le sens pour ces personnes. Il ne leur restait qu'attendre la mort ou un peu d'espoir de quelqu'un qui pourrait les aider.

— Calme-vous, les gens. Ce n'est pas la fin du monde. Cette situation ne peut pas continuer beaucoup de temps. Les "Forces opposées" partout dans le monde doivent rester en équilibre. Ne vous inquiétez pas. Je vais vous aider.

— Comment ? La sorcière a des forces surhumaines. Ses plaies ont déjà détruit beaucoup de vies. (Gomes)

— Les forces du bien sont également puissantes. Elles sont capables de rétablir la paix et l'harmonie ici. Croyez-moi.

Mes paroles de réconfort semblent ne pas avoir eu effet. La conversation change et je n'y arrive pas à faire attention. Qu'est-ce que les gens pensaient ? Dieu s'intéressait vraiment à elles. Le cas contraire, je n'aurais pas escaladé la montagne, surmonté les défis, vaincu la grotte et connu la gardienne. Tout cela était un signal que les choses pourraient changer. Cependant, ils ne le savaient pas. Il fallait de la patience pour les convaincre à me dire la vérité ou, au moins, pour me montrer un chemin. Je finis de diner avec Renato. Je quitte la table et en disant au revoir, je vais dormir. Le lendemain sera essentiel pour mes plans.

Une promenade par la ville

Un nouveau jour se lève. Le soleil apparait, les oiseaux chantent et la fraîcheur du matin entoure toute la chambre de l'hôtel où nous étions. Je me lève avec une volonté d'une une once. Renato est déjà éveillé. Je m'éveille, je brosse mes dents, je prend une douche. Ce que j'ai entendu la nuit m'a un peu inquiété. Comment Mimoso a pu être dominé par une sorcière méchante ? Dans quelles circonstances ? Le mystère était assez profond pour moi. Le christianisme a été implanté en Amérique au XVIème siècle et à partir de cette époque-là il est devenu suprême dans tout le continent. Pour quel raison, une fois là, dans la fin du monde le mal dominait ? Je devais découvrir les causes et les motifs de cela.

Je sors de la chambre en me dirigeant ver la cuisine pour prendre le petit déjeuner. La table est prête et je peux voir quelques bonbons : La macaxeira, la tapioca et les pommes de terre. Je commence à me servir, car je me sens à l'aise comme chez moi. Les autres hôtes arrivent aussi et font de même que moi. Personne ne parle du sujet de la nuit dernière et moi je n'ose pas non plus. Mme. Carmen s'approche et m'offre un thé : J'accepte. Les thés sont bons pour soulager le cœur et faire que l'esprit se lève. Je commence à chercher une conversation avec elle.

—Pouvez-vous trouver quelqu'un pour me guider au Mimoso ? Je veux faire quelques entretiens.

—Ce n'est pas nécessaire, mon chéri. Mimoso n'est qu'un petit village.

— Vous ne comprenez pas. Je veux quelqu'un qui ait intimité avec le personnel, quelqu'un de confiance.

—Eh bien, je ne peux pas, car j'ai beaucoup d'entreprises. Touts mes hôtes travaillent. J'ai une idée : Cherchez Felipe, le fils du propriété du Magasin. Il a du temps disponible.

—Merci par ce conseil. Je sais où est le magasin, très au centre. J'appellerai Renato pour y aller avec lui.

—Génial. Je vous souhaite bonne chance.

J'appelle Renato qui est encre dans la chambre de l'hôtel. J'attends qu'il boive son café du matin pour partir. Est-ce que je pourrai obtenir des renseignements assez précis sur le cas du Mimoso ? J'étais anxieux pour connaître. Renato termine son café, nous disons adieux à Mme. Carmen et finalement nous partons. La place qui se trouve à côté de l'hôtel est pleine de jeunes et d'enfants. Les jeunes flirtent et les enfants jouent. Je reste en regardant l'agitation en passant par cet endroit. Je tourne au coin pour me diriger ver le centre et après j'arrive au magasin. Un homme d'environ cinquante ans est à l'auberge. Je fais un signe à l'homme.

— Comment pourrais-je vous aider ?

— Je cherche Felipe. Où est-il, s'il vous plaît ?

—Felipe est mon enfant. Un instant, je vais l'appeler. Il est dans l'entrepôt.

L'homme s'en va et peu après il vient, accompagné d'un jeune blond, mince, svelte, d'environ dix-sept ans.

— Je suis Felipe. Qu'est-ce que vous voulez ?

—Mme. Carmen vous a recommandé pour m'accompagner dans quelques entretiens. Mon nom est Aldivan, enchanté.

— Avec grand plaisir, je vais vous accompagner. J'étais même disponible. Nous pourrons commencer par la pharmacie qui est ici à côté. Le propriétaire est grand connaisseur de l'endroit, car il habite ici depuis sa fondation.

—Génial, allons-y.

Accompagné de Renato et de Felipe je me dirige à la pharmacie où je vais réaliser mon premier entretien. Le fait de ne pas être en vrai journaliste me rend un peu nerveux et anxieux. J'espère avoir du succès. Car finalement, j'ai escaladé la montagne, j'ai surmonté trois défis et j'ai passé la preuve de la grotte. Un simple entretien ne vas pas me renverser. En arrivant à la pharmacie nous sommes vite attendus. Nous sommes présentés au propriétaire, je lui demande un entretien et il accepte. Nous allons dans un endroit plus adéquat où être seuls pour parler davantage. Je commence l'entretien avec timidité.

— C'est vrai que vous êtes, monsieur, l'un des habitants les plus anciens ? Comment est-ce que ce peuple a été fondé ?

— Oui et ne m'appelez pas de monsieur. Mon nom est Fabio. Mimoso a commencé vraiment à être remarqué à partir de l'implantation de la voie ferrée. Le progrès et la technologie moderne sont arrivés en 1909 avec les trains de la Great Western. Les ingénieurs anglais Calander, Tolester et Tompson ont installé les rails de la voie ferrée, ont construit les bâtiments de la gare et avec cela Mimoso a commencé à grandir. Le commerce a été établie et Mimoso est devenu l'un de plus grands entrepôts de la région, derrière seulement carabas. Mimoso est prédestiné à la croissance et c'est pour cela que je suis ici.

—La vie ici a été toujours tranquille ou il y a eu des événements tragiques ?

— Oui, elle l'était. Au moins jusqu'à douze mois avant. â partir de ce moment elle n'a plus été la même. Les personnes vivent tristes et n'ont plus d'espoir. Nous vivons dans une dictature. Le taux d'impôts est très haut, nous n'avons plus de liberté d'expression et nous devons rendre des votes aux forces cachées. La religion est devenue pour nous synonyme d'oppression. Nos Divinités sont des Divinités cruelles voulant du sang et de la vengeance. Nous perdons le vrai contact avec Dieu père, le vrai et unique.

— Parle-moi de ce qui est arrivé il y a un an.

— Je ne veux pas et ne peux pas non plus parler de cette tragédie. Cela est très douloureux.

—J'ai besoin de ces informations, s'il vous plaît.

— Non. Ma famille va souffrir si je vous en parle. Les esprits peuvent tout entendre et lui dire à Clemilda. Je ne peux pas tant risquer.

J'insiste et insiste, mais il devient irréductible. La crainte l'a rendu un être lâche et mesquin. Il s'en va sans me donner une explication. Je reste seul, inquiet et avec beaucoup de doutes. Pourquoi craignaient-ils tant cette sorcière ? De quelle tragédie parlait-il ? J'avais besoin de ces données pour connaître le terrain sur lequel je marchais. J'étais le voyant, doué de dons, mais je ne devais pas faciliter. Si cette Clemilda dominait les forces cachées, serait une grande adversaire. La magie noire est capable d'atteindre tout être humain, même les plus bons. La rencontre des "forces opposées" pouvait détruire l'univers et cela n'était pas dans mes plans. En ce moment, il fallait être prudent. Ce qui était clair pour moi est que l'équilibre des "Forces opposées" était rompu et ma mission était de le restaurer. Mais pour cela il était nécessaire avoir conscience de toute l'histoire.

Je quitte l'endroit dans lequel j'étais avec cette pensée. Je rejoins Renato et Felipe et nous partons faire des nouveaux entretiens. J'espère avoir du succès.

Je suis tout à fait frustré après les entretiens. Je n'ai pas obtenu les renseignements dont j'avais besoin. Quel sorte de Journaliste étais-je ? Je pense que j'aurais du prendre un cours de journalisme. Tous les interviewés : Le boulanger, le marchand de fer, ont répété ce que je savais déjà. Renato et Felipe ont tenté de me consoler, mais je ne peux pas me pardonner. Maintenant j'étais perdu au bout du monde, où les conforts de la civilisation n'arrivent pas. La seule information que j'ai est que Mimoso était dominé par une sorcière méchante. Le cri que j'ai entendu dans la grotte du désespoir m'a laissé encore étourdi : Qui était celui qui avait tant besoin de mon aide ? Je me suis concentré dans ce cri et je suis arrivé au Mimoso à l'aide de mes pouvoirs en faisant un voyage dans le temps. Les objectifs de ce voyage n'étaient pas si clairs pour moi. La gardienne m'avait parlé de rassembler les "Forces opposées", mais je ne savais pas vraiment comment faire cela. Ce que je savais était que je n'avais pas le contrôle total sur mes "Forces opposées" et cela m'angoissait davantage. Mais ce n'était pas l'heure de se décourager. J'avais encore vingt-huit jours pour résoudre cette question. Il vaudrait mieux, maintenant, de retourner à l'hôtel et réunir les forces, car j'avais besoin d'elles. Renato et Felipe m'accompagnent et sur la route m'accompagnent et dans le trajet nous nous connaissons davantage. Ils sont vraiment bons. Je ne me sens pas si seul dans un endroit dominé par le plan inférieur et plein de mystères.

Le château noir

Nous étions dans le troisième jour après le voyage dans le temps. Le jour auparavant ne m'a pas laissé de bons souvenirs. Après les entretiens, j'ai décidé de passer le reste de la journée à l'hôtel me retrouvant avec moi-même. Ceci a été mon point de départ : Me trouver moi-même pour résoudre des questions importantes. Renato ne m'a pas encore beaucoup aidé jusqu'ici. Je pense que la gardienne s'est trompé en l'envoyant avec moi. Finalement, il n'était qu'un enfant et, alors, il n'avait pas beaucoup de responsabilités. Ma situation était complètement différente : J'étais un jeune de vingt six ans, assistant administratif, Diplômé en Mathématiques et avec beaucoup d'objectifs. Je n'avais pas de temps pour penser à l'amour ou à moi-même, car j'étais dans une mission, même si je ne savais pas vraiment quelle était celle-ci. La seule certitude que j'avais était que j'avais escaladé la montagne, j'avais surmonté les défis, j'avais trouvé le jeune, le fantôme, l'enfant et la gardienne et j'ai passé la preuve de la grotte. Je suis devenu le voyant, mais cela n'était pas tout. Je devais continuellement vaincre les défis de la vie. Et bien, un nouveau jour apparaît et des nouvelles espérances avec lui. Je me lève, je prends un bain et je bois mon café, je brosse mes dents et je dis au revoir à Mme. Carmen. La veille m'a réveillée une idée : Connaître mon ennemie de près et obtenir d'elle les informations. C'était la seule solution.

Je sors à la rue, je vois la petite place et tous sont assis sur leurs bancs. Ils agissent normalement comme s'ils étaient dans une communauté commune. Ils étaient même conformes. L'être humain s'habitue à tout pendant le temps, même avec le malheur. Je continue à marcher, je tourne au coin, je trouve quelques personnes et je reste ferme dans ma volonté. Les défis de la grotte m'ont aidé à contrôler la peur à n'importe quelle circonstance. J'ai trouvé trois portes, lesquelles représentaient la crainte, l'échec et le bonheur. J'ai choisi le bonheur et j'ai méprisé les autres. J'étais prêt pour des nouveaux défis. Je tourne dans un autre coin et je m'approche du côté ouest du village. Il apparait devant moi un château de grande extension, un bâtiment imposant compris par deux tours principales et une secondaire. La résidence est faite en maçonnerie peinte en noir. De très mauvais goût, typique d'un village. Mon cœur s'accélère et mes pas aussi. L'avenir du Mimoso dépendait de mon attitude. Des vies innocentes étaient en jeu et je n'allais plus permettre des injustices. J'applaudis avec mes mains pour attirer l'attention de quelqu'un à la maison. Un garçon robuste, brut et de haute taille sort de l'intérieur.

— Qu'est-ce que vous voulez ?

—Je suis venu parler avec M. Clemilda.

—Elle est occupée maintenant. Venez à un autre moment.

— J'attends un moment. Il est important. Je suis journaliste du journal de la capitale et je suis venu faire un reportage spécial avec elle. Ce n'est que cinq minutes.

—Journalistes ? Bien, je crois qu'elle aime. Je vais lui annoncer.

— Ce n'est pas nécessaire. Permettez-moi d'entrer avec vous.

L'homme fait signe affirmatif et j'ai commencé à monter les nombreuses démarches qui permettaient d'accéder à la porte principale. Un frisson parcourt mon corps et des voix insistantes me demandent de ne pas y entrer. Un chat passe près de moi et me montre des griffes féroces. Je fais une prière en silence pour que Dieu me donne les forces nécessaires à supporter cette situation. Le garçon m'accompagne et nous entrons. La porte permet d'accéder à un grand salon décorée avec des couleurs et de vie. À côté droit, on accède à plus de trois compartiments. Au centre, des images de saints de cornes, des crânes et des objets de péché. À côté gauche, des frames avec des peintures bizarres. Le scénario est d'horreur et je n'arrive pas à le décrire complètement. Les forces négatives dominent l'endroit et me laissent étourdi à cause de la rencontre des "Forces opposées". L'homme s'arrête face à un des compartiments et frappe à la porte. La porte s'ouvre, la fumée monte et une femme noire, d'environ 40 ans, grosse, de traits firmes et sûrs se présente.

—À quoi dois-je l'honneur pour que le voyant vienne me visiter en personne ?

Elle fais signe et dit à l'homme de sortir. Son attitude me rend perplexe. Comment est-ce qu'elle me connaissait ? Est-ce qu'elle connaissait sur la montagne et sur la grotte ? Quels sont les étranges pouvoirs que cette femme possédait ? Celles-ci et beaucoup d'autres questions se passèrent par ma tête à ce moment-là.

—Je vois que vous me connaissez. Alors, vous devez savoir pour quelle raison je suis venu ici. Je veux savoir sur la tragédie et comment avez vous maîtrisé un endroit si calme.

—Tragédie ? Quelle tragédie ? Rien de tout cela est arrivé ici. Je n'ai fait autre chose que modifier l'endroit pour qu'il devienne plus agréable. Les gens avec leur faux bonheur, m'ont mis sur mes nerfs et j'ai décidé de changer. Mimoso est devenu ma propriété et même vous ne pouvez rien faire à ce sujet. Vos pouvoirs de voyant sont de la poussière face aux miens.

-—Tout méchant est arrogant et orgueilleux. Toi et moi nous savons que cette situation ne peut pas continuer pendant beaucoup de temps. Les "Forces opposées" doivent continuer en équilibre dans tout l'univers. Le bien et le mal ne peuvent pas se confronter, car, le cas contraire, l'univers serait en risque de disparaître.

—L'univers et les personnes ne m'intéressent absolument pas ! Elles ne sont que des insectes. Mimoso est ma propriété et vous devez respecter cela. Si vous vous opposez à cela, vous souffrirez. Il me suffit juste un mot avec le commandant pour ordonner votre arrestation.

—Vous me menacez ? Je n'ai pas peur de vos menaces. Je suis le voyant qui a escaladé la montagne, a surmonté trois défis et a vaincu la grotte.

— Allez hors d'ici, avant que je vous fais cuire dans mon chaudron. J'en ai assez de votre bonté. Elle me dégoute.

— Je pars, mais nous allons nous rencontrer d'autres fois. A la fin, c'est le bien qui prédomine.

Je me précipite pour quitter sa présence et me dirige vers la porte. Avant de sortir, j'entends encore ses plaisanteries. Elle est vraiment furieuse. Je suis sans réponse, sans but et sans signe. La rencontre avec Clemilda n'a pas rempli son objectif.

Les ruines de la chapelle

En sortant du château noir, je décide de prendre un autre chemin. Je veux mieux connaître la ville et ses gens. En marchant vers l'est je trouve quelques gens et j'essaie de leur parler. Cependant, elles m'évitent. La méfiance est encore plus grande puisque je suis un inconnu, journaliste et jeune. Elles ne connaissent pas mes vrais propos. Je veux sauver Mimoso, trouver quelqu'un et rassembler les "Forces opposées" comme la gardienne l'a demandé. Mais pour cela il fallait s'approprier de l'histoire du lieu et connaître exactement tous mes ennemis. Je devais découvrir cela le plus vite possible, car j'avais un délai. La montée sur la montagne, les défis, la grotte, tout cela va me donner la connaissance nécessaire sur comment était la vie et les gens devant elle. Il était déjà l'heure de mettre cela en pratique. Je tourne dans le coin de la rue et quelques mètres en face de moi je me trouve avec un tas de déchets. Je pense au manque d'organisation du lieu et des personnes. Les déchets vivent librement avec la société et pouvant transmettre des maladies et servir à la production d'animaux, d'insectes, nocifs à l'homme. Je m'approche davantage pour mieux voir la calamité du lieu. Attendez. Il y a quelque chose de différent dans ces déchets. Je peux voir semi-déterré un énorme crucifix en bois comme si c'était une chapelle. Je retire mieux les déchets autour et je peux voir plus clair : C'est un crucifix. En le touchant, une vague de chaleur traverse mon corps et je commence à avoir des visions. Je vois du sang, de la souffrance et de la douleur. Par un moment, je me vois dans ce lieu en participant d'événements d'autrefois. Je retire ma main du crucifix. Je ne suis pas encore prêt. Le voyant a besoin d'un temps pour assimiler tout ce que je sens en moins de trois secondes. Le crucifix en quelque sorte augmente mes pouvoirs et je commence à sentir l'action de la force opposée à la mienne.

L'ordre

Ma visite à la redoutable sorcière des ténèbres appelée Clemilda ne l'avait laissé pas du tout contente. On ne l'avait jamais contredit avant. Son domaine était total et sans restriction dans la communauté de Mimoso. Cependant, elle ne comptait pas avec l'action de la force du bien qui m'avait envoyé dans un voyage dans le temps vers ce lieu. Immédiatement après ma sortie du château, elle s'est réunie avec ses copains Totonho et Cleide et ils sont allés consulter les forces cachée. Ils sont entrés dans le compartiment de gauche situé dans le salon et ont apporté comme sacrifice un petit porc. La sorcière a pris un livre et elle se mit à réciter des prières sataniques dans une autre langue et ses copains ont commencé à sacrifier le pauvre animal. Un trait de sang a rempli le compartiment et les forces négatives ont commencé à se concentrer. L'illumination naturelle du lieu a diminué et la sorcière a commencé a commencé à donner des cris fous. Dans peu de temps, les ténèbres ont envahi l'endroit et la porte de communication entre les deux mondes a été ouverte a travers un miroir. Clemilda s'est présenté avec vénération à son seigneur et a commencé à le consulter. Elle était la seule dans ce lieu qui avait cette capacité. L'oracle de pécheresse et sa réceptrice sont restés en pleine communion pendant quelque temps. Les copains seulement observaient toute la situation. Une fois la réunion finie, les ténèbres se sont dissipées et le site est retourné à son état d'origine. Clemilda s'est récupérée de l'impact de la conversation, a appelé aux assistants et leur dit :

— Répandez dans toute la communauté l'ordre suivante : Qui donne n'importe quelle information, que ce soit homme ou femme, au sujet connu comme le voyant sera extrêmement puni. Sa mort sera tragique et va marquer son passage vers le royaume des ténèbres. Celle-ci est l'ordre de la reine Clemilda pour tout le Mimoso.

Les assistants de Clemilda sont partis avec hâte pour annoncer la nouvelle aux habitants de la ville, des sites voisins et dans les fermes.

Réunion d'habitants

Avec l'ordre donnée par Clemilda, les habitants étaient davantage réticents par rapport à moi. Fabio, propriétaire de la pharmacie et président de l'association d'habitants, convoqua a une réunion urgente avec les principaux leaders du lieu. La réunion a été programmé pour 10:00 heures dans le bâtiment de l'association, au centre-ville. Ils allaient délibérer sur mon cas.

À l'heure programmée, le salon principal du bâtiment était complètement rempli. Ils étaient présents le commandant Quintino, le délégué Pompeu, Osmar (fermier), Sheco (propriétaire du magasin), Otávio (propriétaire de la boutique de ferme), entre autres. Fabio, le président, commença la session :

—Et bien, mes chéris, comme tout le monde le sait, Mme. Clemilda a émit un ordre hier soir. Personne ne doit donner information à un sujet connu comme "Voyant" qui réside à l'hôtel de la lumière. Je vois que cet individu est très dangereux et doit être contenu. Lui-même a tenté d'obtenir quelques informations de moi, mais il n'a pas réussi. Il voulait savoir sur la tragédie.

— Voyant ? Je n'ai pas encore entendu parler de cette personne. D'où est-il venu ? Qui est-il ? Que veut-il de notre petit hameau ? (Demanda le commandant)

— Du calme, commandant. Nous ne savons pas encore. La seule information que nous avons et qu'il est un étranger mystérieux. Nous devons décider que faire avec lui. (Fabio)

— Attendez, Fabio. Je sais qu'il n'est pas un criminel. Mon fils Felipe l'a accompagné dans une promenade au village er m'a dit qu'il est une personne honnête et de bien. (Sheco)

—Les apparences peuvent tromper, mon cher. Si Clemilda a émis cette ordre, cet homme est devenu un danger pour nous. Il faut l'interdire le plus vite que possible. (Otávio)

—Si vous avez besoin de mes services, je suis à votre disposition. (Pompeu, le délégué)

Une petite confusion se produit à l'assemblée. Quelques uns réclament. Pompeu se lève, consulte au commandant et parle :

—Nous allons prendre cet homme. À la prison nous lui poserons toutes les questions nécessaires.

Le train part de l'association dans le but de me prendre. Serait-je un criminel ?

Conversation décisive

Je m'éloigne des ruines de la chapelle et commence à marcher vers l'hôtel. Mon sixième sens me dit que je suis en danger. En plus, depuis que je suis arrivé au Mimoso il m'a toujours averti sur le terrain par lequel je marchais. Un hameau dominé par les forces cachées n'était pas une bonne option pour les vacances. Cependant, je devais remplir la promesse faite à la gardienne de la montagne : Réunir les "Forces opposées" et orienter à la propriétaire du cri entendu dans la grotte du désespoir. Je ne pouvais pas évader la mission jamais. Mes pas s'accélèrent et j'arrive à l'hôtel. J'ouvre la porte, me dirige vers la cuisine et je trouve Mme. Carmen, mon dernier espoir. Je sentais du courage et de la bonté suffisantes pour m'aider.

— Mme. Carmen, je dois parler avec vous.

—Dites-moi, M. Aldivan, qu'est-ce que vous voulez ?

—Je veux tout savoir sur la tragédie et l'histoire du Mimoso.

— Mon fils, je ne peux pas. Ne connaissez pas vous les dernières nouvelles ? Clemilda a menacé de mort à tous ces qui vous donnent des informations.

— Je le sais. Elle est un serpent. Cependant, si vous ne m'aidez pas, le Mimoso va s'effondrer de plus en plus et risquera de disparaître.

—Je ne crois pas. Les méchants ne meurent jamais. Celle-ci est la leçon que j'ai appris depuis qu'elle a commencé à régner.

Le silence a tout envahi pendant quelques instants et j'ai senti que si je ne disait pas la vérité, je n'aurais aucune réponse. Mes persécuteurs se préparaient pour attaquer.

—Mme. Carmen, écoutez-moi attentivement ce que je vais vous dire. Je ne suis pas journaliste. En vrai, je suis un voyageur du temps dont sa mission et restaurer l'équilibre dont Mimoso à tant besoin. Avant de venir ici, j'ai escaladé la montagne d'Ororubá, j'ai surmonté trois défis, j'ai trouvé la jeune, la gardienne, le fantôme et Renato. Quand j'ai surmonté les défis, j'ai obtenu le droit d'entrer dans la grotte du désespoir, la grotte que peut réaliser les rêves les plus profonds. Dans la grotte, j'ai renversé des pièges et j'ai avancé des scénarios que personne avant n'a jamais surmonté. La grotte m'a fait devenir le voyant, un être capable de transcender le temps et la distance pour résoudre des injustices. Avec mes nouveaux pouvoir, j'ai pu voyager dans le temps et arriver ici. Je veux réunir les "forces opposées", aider quelqu'un que je ne connais pas et renverser la tyrannie de cette sorcière méchante. Pour cela, je dois tout savoir et je sais que vous êtes capable de me révéler. Vous êtes une bonne personne et, de même que d'autres gens ici, vous méritez d'être libre comme Dieu nous a créé.

Mme. Carmen s'est assis sur une chaise et elle est émue. Beaucoup de larmes coulaient sur son visage déjà mûr à cause de la souffrance. J'ai pris ses mains et nos regards se sont croisés pendant quelques instants. Par un moment, j'ai pensé en être en présence de ma propre mère. Elle s'est levée et m'a fait signe de l'accompagner. Nous nous sommes arrêtés devant une porte.

—Vous allez trouver dans cet entrepôt les réponses dont vous avez tant besoin. C'est ce que je peut faire par vous : Vous montrer le chemin. Bonne chance !

Je vous remercie et vous donne un crucifix béni. Elle sourit. J'entre dans l'entrepôt, je ferme la porte et je trouve avec une foule de journaux imprimés. Où serait ce que je cherchais ?

Vision

Je me suis assis sur la seule chaise disponible, je me penche sur la petite table et commence à feuilleter les journaux que je trouve. Ils correspondent tous à la période 1909-1910. Je ne lis que les titres, mais ils ne semblent pas avoir beaucoup à voir avec ce que je cherche. Certains parlaient sur Pesqueira et d'autres communes de la région, mais les sujets abordent des questions de santé, d'éducation et de politique. Qu'est-ce que je cherche vraiment ? Une tragédie qui a réussi à secouer un petit endroit pour le faire devenir le domaine des ténèbres. Je continue à feuilleter les journaux et cela me semble une tâche fatigante et monotone. Pourquoi Mme. Carmen ne m'a tout dit directement ? Ne suis-je pas digne de confiance ? Ce serait bien plus simple. Je me rappelle à nouveau de la montagne, des défis et de la grotte. Le chemin le plus simple n'étais pas toujours le plus facile ou le plus clair, le plus évident. Je commence à la comprendre un peu. Finalement, elle était sous le pouvoir d'une sorcière abominable, cruelle et arrogante. Elle m'a montré le chemin comme elle-même dit et je crois que cela était suffisant pour vaincre, me sentir accompli et être heureux. Je continue à feuilleter les journaux et je prends un paquet de 1910. Je me rappelais que ce fut l'année de la tragédie conforme Fabio m'avait informé dans l'entretien. Je commence à lire les titres et les nouvelles secondaires. Je devais vérifier toutes les possibilités.

Il y a une heure que je lis et relis les journaux, mais je n'ai pas encore rien trouvé qui attirait mon attention. Des nouvelles rurales, de sports et d'autres sections a été tout ce que j'ai pu trouver. L'espoir que j'avais de trouver la nouvelle était dans ce paquet de journaux de 1910 que j'ai pris. Attendez. Si cette tragédie est vraiment arrivée, certainement, elle devrait être dans un journal qui serait spécialement séparé pour contenir cette nouvelle bombe. Je commence à réviser les tiroirs de l'armoire qui est à côté de la table. Je trouve divers journaux de différentes dates. L'un d'entre eux attire mon attention : Il est du jour 10 janvier 1910 et a le titre suivant : Christine, la jeune monstre. Je crois que j'ai trouvé ce que je cherchais. En touchant le journal, un vent froid me bat, le cœur s'accélère et comme si c'était un voyage dans le temps, j'ai une vision de l'histoire.

Le début

Le XXème siècle commençait et avec lui sont apparus les premiers éclaireurs des terres situées à l'ouest de Pesqueira. Les premiers venus sont étés le commandant Quintino et son ami Osmar, tous les deux provenant de l'état d'Alagoas et qui ont saisi des terres qui étaient de propriété des indigènes. Les indigènes ont été chassés, humiliés et assassinés. Les deux ont décidé de ne pas s'installer définitivement dans la région, car elle n'avait pas encore structure propre et adéquate pour eux.

Au cours du temps, d'autres gens sont venues qui ont revendiqué des lots à la mairie. Les terres ont été données et les premières maisons construites. C'est ainsi qui a surgi un aspect de village. L'établissement de la population a attiré quelques commerçants de la région intéressés à élargir leurs affaires. On a implanté un magasin, une station d'essence, une épicerie, une pharmacie, un hôtel et un magasin de ferme. Une école primaire a été construite pour servir de base intellectuelle pour la population en général. Mimoso passait, donc, à la catégorie de village subordonné au siège Pesqueira.

Le chemin de fer

A partir de 1909, les trains de Great Western arrivaient à Mimoso apportant du progrès et de la technologie pour cet endroit calme. Les ingénieurs anglais Calander, Tolester et Tompson ont été les responsables pour l'installation des rails et la construction des bâtiments de la gare. L'influence européenne peut être observée dans d'autres bâtiments en maçonnerie et dans le plan d'urbanisme de Mimoso.

Avec l'implantation du chemin de fer, Mimoso (le nom vient de l'herbe Mimoso, très commun dans 1 région) est devenu un centre d'intérêt et d'importance commerciale et politique de la région. Situé stratégiquement dans la frontière de l'agreste avec la zone désertique (sertão), le hameau s'est consolidé comme point d'embarquement et de débarquement de la production de beaucoup de communes de Pernambuco, Paraíba et Alagoas. En plus de la voie ferrée, l'autoroute qui connectait Recife au Sertão passait exactement par son centre, contribuant ainsi au progrès du lieu.

La population du Mimoso a été essentiellement formée par les descendants des familles d'origine Lusitain. La couche la moins favorisée de la population par les descendants d'origine indigène et africain. Le peuple du Mimoso peut être caractérisé comme un peuple sympathique et accueillant.

Changement de résidence

Avec la consolidation de l'implantation de la voie ferrée et le progrès qui a eu lieu au Mimoso, les explorateurs de la région (Les agriculteurs commandant Quintino et Osmar) ont résolu d'établir sa résidence dans ce site avec ses familles respectives.

C'était le 10 février 1909. Le climat était agréable, le vent était nord-est et l'aspect du hameau le plus normal que possible. Un train surgit dans l'horizon, dirigé par le conducteur Roberto qui menait les nouveaux habitants locaux venant du Recife : Le commandant Quintino, sa femme Helena, sa fille unique, Christine et sa domestique Gerusa, une négresse de Bahia. À l'intérieur du train, dans le compartiment de passagers, se révèle une inquiète Christine.

—Maman, il semble que nous sommes en train d'arriver. Comment sera Mimoso ? Est-ce que je vais aimer ?

—Calmez-vous, ma fille. Ne soyez pas si anxieuse. Bientôt vous allez le découvrir. L'important est que nous sommes ensemble comme une vrai famille. Dans peu de temps, nous allons nous adapter et nous ferons des amitiés.

Le commandant les observe et décide de s'intégrer à la conversation.

—Ne vous inquiétez pas. Rien ne vous manquera. J'ai construit une belle maison située sur un des terrains dont j'ai pris possession. Il se trouve à côté du hameau. Rappelez-vous : Vous aurez toute liberté pour vous rapporter avec personnes de notre niveau social, mais je ne veux pas que vous entrez en contact avec les impurs ou des gens très pauvres.

— Quel préjugé, papa ! Dans l'école du couvent où je suis resté pendant trois ans m'ont appris à respecter tous les êtres humains, indépendamment de sa classe sociale, ethnie ou race, croyance o religion. Ce qui vaut en nous c'est ce que nous avons à l'intérieur de notre cœur.

—Ces religieuses sont déconnectés de la réalité, car elles vivent cloîtrées. Je n'aurais pas du permettre que vous auriez été allée là-bas, car vous êtes retourné avec la tête pleine de fantaisies. Idées de votre maman que je n'entends plus.

—J'ai toujours rêvé qu'elle devienne religieuse. Christine a été pour moi un grand cadeau de Dieu. Je lui enseigné tous les préceptes de la religion que je connaissais. Quand elle a eu ses quinze ans, je l'ai envoyé au collège des religieuses, car j'avais la certitude de sa vocation. Cependant, trois ans après elle a désisté et ça me fait encore trop mal. Cela a été une des plus grandes déceptions qu'elle m'a fait passer.

— C'était votre rêve, maman, pas le mien. Il existe d'innombrables façons de servir Dieu. Il ne faut pas que je devienne religieuse pour le comprendre et comprendre sa volonté.

—Bien sûr que non. Je vais obtenir un bon mariage pour elle. J'ai déjà une idée. Eh bien, ce n'est pas le moment pour le révéler.

Le sifflet du train donne signe de s'arrêter. Le hameau apparaît, Christine regarde par une des fenêtres tout l'aspect rural du site. Son petit cœur se serre et elle sent un léger tremblement dans le corps. Ses pensées se sont remplis de doute avec cette prémonition. Qu'est-ce qui l'attendait au Mimoso ? Continuez à m'accompagner, lecteur.

Christine et Helena, avec leurs jupes en ballon, se serrent à la porte de sortie du train. Le commandant n'aime pas ça. Les quatre descendent et provoquent une certaine curiosité chez les autres habitants du pays. Ils se comportent avec élégance et opulence. Le commandant salue Rivânio par courtoisie. Se dirige vers l'avant, ils partent vers sa maison qui se situe au nord du hameau.

L'arrivée au bungalow

Christine, le commandant, Helena et Gerusa s'approchent de sa nouvelle résidence. C'est une maison en maçonnerie, style bungalow, d'environ cent cinquante mètres carrés de surface construite, entourée d'un jardin d'arbres fruitiers. À l'intérieur, deux salles, quatre chambres, une cuisine, une aire de service et une salle de bain. À l'extérieur, une chambre et une toilette pour la domestique. Les quatre marchaient en silence jusqu'à ce que le commandant parle.

—Voilà la maison que j'ai construit il y a quelques mois auparavant. J'espère que vous aimez : Elle est spacieuse et confortable.

—Elle semble bonne. Je crois que nous serons heureux ici. (Helena)

— Je l'espère aussi, malgré le pressentiment que j'ai eu. (Christine)

— Les pressentiments sont ridicules. Vous allez être heureuse, oui, ma fille. L'endroit est agréable, les gens bons et accueillants. (Commandant)

Tous les quatre entrent dans la maison, dépaquettent les valises et vont se reposer. Le voyage avait été long et fatigant. Le lendemain, ils iraient s'intégrer totalement au lieu.

Audience avec le préfet

Un nouveau jour apparait et Mimoso se présente avec l'apparence de toute communauté rurale. Les agriculteurs sortent de leurs maisons et se préparent pour un nouveau jour de travail. Les fonctionnaires du commerce aussi. Les enfants passent accompagnés de leurs mamans se dirigeant vers l'école qui venait d'être inaugurée. Les ânes circulent normalement, transportant leur cargaison et des gens. Dans l'intervalle, au beau bungalow, le commandant se prépare pour sortir. Il allait assister à une audience à Pesqueira, en compagnie du préfet. Mme. Helena redresse doucement sa veste.

— Cette audience est très importante pour moi, ma chérie. Des seigneurs de terres importantes seront là, comme le colonel de Carabais. Je dois réaffirmer mon domaine sur Mimoso.

— Vous l'obtiendrez, car vous êtes le seul ici avec le grade de commandant de la Garde nationale. Ça a été une bonne idée de l'acheter.

— Bien sûr que ça a été une bonne idée. Je suis un homme de stratégie et de vision. Depuis que je suis sorti d'Alagoas et je suis venu dans ces terres, je n'ai eu que victoires.

—N'oubliez pas de demander un poste pour notre fille Christine. Elle s'est posé la question sur cela. L'instruction qu'elle a reçu au couvent est suffisante pour qu'elle puisse bien assumer n'importe quelle fonction.

— Ne vous inquiétez pas. Je vais savoir le convaincre. Notre fille est intelligente et mérite un bon poste. Et bien, je dois partir. Je ne veux pas arriver en retard à l'audience.

Le commandant dit au revoir à sa femme Helena avec un baiser. Se dirige vers la porte, l'ouvre et sort. Ses pensées se centrent sur les arguments qu'il va utiliser à l'audience. Il pense au pouvoir, à la gloire et à l'ostentation sociale que son grade de commandant lui confère. Il a des grands rêves. Il rêve d'être compère du gouverneur et avec cela obtenir davantage de faveurs. Finalement, tout ce qui était important pour lui c'était le pouvoir et l'avenir de sa fille, bien sûr. Les autres n'étaient que des simples jouets entre ses mains. Il accélère sa marche, car le train avec destin à Pesqueira partira dans cinq minutes. Par un instant, il fait attention aux plus pauvres qu'il trouve dans sa route. Mais se repentant, il tourne le visage de l'autre côté. Un commandant ne peut pas se mêler avec tout le monde, pensa-t-il. Le plus humbles et les exclus, pour lui, ne servent qu'au moment de voter. Le moment passé, ils perdent la valeur et avec cela, le commandant ne fait plus attention à leurs revendications ou leurs besoins. Le pauvre, à l'époque du colonélisme, est même âne et conformiste. Le commandant continue à marcher et s'approche de la gare du train. Lorsqu'il arrive, il achète le billet et s'embarque rapidement.

Sur le train, il cherche la meilleure place et commence à se souvenir de son enfance : Il était un pauvre garçon, de la banlieue de Maceió, qui travaillait comme vendeur de bonbons. Il se souvient des vexations, des punitions de la part de son père et des disputes avec ses frères aînés. Époque qu'il voulait oublier, mais que la mémoire persistait à lui rappeler. Son souvenir le plus fort est celui de la dispute avec sa belle-mère, du couteau qu'il brandit pour la tuer. Le sang vient, et après ça le cri, la clameur et la fuite de sa maison. Il est devenu un mendiant et bientôt il a connu les drogues, l'alcoolisme et la marginalité. Il s'est submergé dans ce monde pendant environ cinq ans jusqu'à ce qu'un beau jour, une femme pieuse apparaît et l'adopte. Il grandit, devient un homme et connaît Helena, une fille des fermiers, et se marrie avec elle. Quelque temps après, ils ont sa première et unique fille, Christine. Ils déménagent pour Recife. Il achète le grade de major de la Garde nationale et se dirige vers l'intérieur à la recherche de terres. Il conquête celles du côté ouest de Pesqueira. Il prend possession d'elles et devient un homme plus puissant, connu et respecté. Il se sentait un grand homme dans tous les sens. La vie lui avait appris à être un homme fort, calculateur et vainqueur. Il utiliserait toutes ses armes pour atteindre ses objectifs. Encore sur le train, il observe bien derrière lui, une femme avec un enfant sur ses genoux. Il se souvient de Christine, de son innocence et sa douceur quand elle était petite. Il se souvient aussi du cadeau d'anniversaire de Christine, une poupée de chiffon. Il lui donne le cadeau, elle le serre et l'appelle cher papa. Il se sent ému, mais il ne pleure pas, car les hommes ne peuvent pas faire cela en public. Sa petite Christine est maintenant une jeune fille belle et attirante. Il doit trouver un bon mariage et un travail pour elle. En pensant à cela il s'endort, faisant une sieste réparatrice. Le train bouge, il s'éveille t regarde la montre de poche pour voir quelle heure est-il. Il observe que l'heure de l'audience s'approche. Le train s'accélère, Pesqueira est proche et son cœur reste plus calme. Sa tête est maintenant dans l'audience et dans la rencontre avec ses amis agriculteurs. Le train donne le signal d'arrêt et le commandant se dresse pour accélérer sa sortie. La vie exigeait des sacrifices et il savait mieux que tout le monde cela. Son époque d'enfant, son expérience de vie le qualifiaient davantage. Finalement, le train s'arrête et il descend vite se dirigeant vers le siège politique municipal.

Il est 08h00 du matin et le bâtiment gigantesque est déjà totalement encombré. Le commandant entre, il salue ses connus et s'est assis sur une des chaises d'avant réservés à sa personne. La session ne commence pas encore. L'agitation est général au plein siège. Quelques uns se plaignent du retard, d'autres des proches qui n'ont pas pu cadrer dans la préfecture. L'administrateur du bâtiment essaie en vain de contrôler la situation. Finalement, le secrétaire du préfet arrive, demande le silence et tous obéissent. Il annonce :

— M. le préfet, Horacio Barbosa, va vous parler maintenant.

Le préfet entre, redresse ses vêtements et se prépare pour faire un discours.

— Bonjour, mes chers compatriotes. C'est avec une grande satisfaction que je vous reçois dans ce siège qui représente le pouvoir et la force de notre mairie. C'est avec une grande joie que je vous ai convoqué ici pour vous parler un peu sur notre mairie et introniser les représentants politiques de Mimoso et de Carabais. Notre mairie a fait beaucoup de progrès dans le secteur commercial et dans l'agriculture. À la frontière du agreste avec le dessert, nous avons Mimoso comme principal poste commercial. Nous avons son représentant politique, le commandant

Quintino, présent ici. Dans le désert, nous avons Carabais qu'avec son agriculture familiale a pu obtenir beaucoup de dividendes pour la mairie. Le colonel de Carabais, M. Soares, nous accompagne aussi. Le tourisme de notre commune se développe aussi après l'implantation du Chemin de Fer. Enfin, notre est en train de s'agrandir et faire de progrès..

...................................Finalement, je voulait faire venir ici, en ma présence, M. Soares et M. Quintino, s'il vous plaît. Acclamations pour eux.

L'assemblée, debout, manifeste ses félicitations et les bons vœux pour les deux.

— Avec mon autorité de préfet, je vous déclare commandants de vos localités respectives. Votre fonction est de diriger, avec poignée de fer, les intérêts publics. Supervisez la perception des impôts, observez la loi et la justice selon nos intérêts. Je vous promets de vous aider dans tous les sens.

Des écharpes pistes sont données aux deux décernés et tout le monde applaudit. Quintino fait signe au préfet et les deux se retirent du podium. Ils auront une conversation particulière. Ils entrent tous les deux dans une salle restreinte.

— Eh bien, Votre Excellence, je vous ai demandé un peu de votre temps, car j'ai deux sujets à discuter avec vous. Le premier est que je veux un pourcentage plus élevé sur la perception des impôts. Le deuxième, un travail pour ma fille, Christine. Comme vous le savez, Mimoso est devenu un comptoir commercial de grande importance après la voie ferrée et avec cela, les profits de la mairie ont proportionnellement augmenté. Alors, je veux devenir plus fort et puissant et, peut-être, son successeur. En plus, je veux un bon poste de travail et un bon salaire pour ma fille, Christine. Elle a été peu occupée pendant ce dernier temps.

— En ce qui concerne les profits, votre demande devient impossible. La mairie a beaucoup de dépenses et mon administration est transparente et sérieuse. Je ne peux rien faire à ce sujet. Quant au travail, peut-être je peux lui donner le poste d'enseignante.

—Comment ? Votre administration est transparente et sérieuse ? Il est évident le vol que l'on fait ici. Souvenez-vous bien que j'ai soutenu votre gouverneur et j'ai obtenu pour lui un vote considérable. Si vous ne m'accordez pas ce que je vous demande, je retire mon soutien.

Le préfet s'est tait, il a pensé et repensé dans son bureau. Il a fixé son regard sur Quintino et a commenté.

—Vous êtes même terrible. Je ne veux pas être l'un de vos ennemis. D'accord. J'augmente votre pourcentage et donne le poste d'inspecteur d'impôts pour votre fille. Qu'en est-il?

Un léger sourire remplit le visage du commandant Quintino. Ses arguments avaient été suffisants pour convaincre le préfet. Il était même un vainqueur et un guerrier.

—D'accord. J'accepte. Merci de votre compréhension, Votre Excellence.

Quintino dit au revoir et se retire de la salle où ils étaient. L'audience se termine et tout le monde quitte le site.

Réunion d'agriculteurs

Une fois fini l'audience, les principaux «seigneurs de la terre» de la municipalité de Pesqueira à cette époque-là se rencontrent dans un bar proche du site où ils étaient. Entre eux, le colonel de Sanharó (Monsieur Gonçalves), le colonel de Carabais (Monsieur Soares) et le commandant Quintino, de Mimoso. Ils bavardent gaiement sur le pouvoir, la force et le prestige.

— L'implantation de la voie ferrée a été même une grande carte maîtresse du gouvernement. Elle a motivé la production et la commercialisation de nos richesses. On remarque Pesqueira au niveau des états. Vos circonscriptions sont devenues une référence dans de nombreux genres différents. Mimoso, par exemple, est devenu un point commercial stratégique d'une grande importance. Je peux déjà voir, sur mes mains, tous les bénéfices que j'obtiendrai en profitant de cette situation. Des richesses, de l'ostentation sociale, du pouvoir politique et un commandement sans restriction. Il n'y aura pas de trêve pour mes ennemis, car je vais les traiter avec le feu et l'épée. Ma presse est déjà prête pour les rebelles. (Commandant Quintino)

— Dans le cas de Carabais, l'implantation de la voie ferrée n'a pas touché nos finances tout simplement parce qu'elle ne coupe pas notre district. Les techniciens du gouvernement ont considéré qu'il valait mieux la détourner un peu avant l'entrée au village. Le terrain n'était pas approprié pour l'installation des rails. Notre district, malgré tout, est un centre agraire de grande importance. On exporte nos produits même vers les états voisins. En tant que colonel, je domine la région et je suis respecté. Ceux qui sont mes ennemis ne survivent pas pendant beaucoup de temps.

—L'implantation de la voie ferrée à Sanharó, a été importante, mais n'est pas la seule source de revenus. L'agriculture et l'élevage de bétail est fort et on nous remarque à niveau des états. Notre lait et notre viande sont de qualité supérieure et nous donnent de bons revenus. Quant à mes ennemis, je les traite de la même façon que vous. Nous devons maintenir la puissance du colonélisme.

—Cela est vrai. Ce système doit être maintenu pour notre propre bien. Le vote de cabresto, les fraudes, le réseau de faveurs, tout cela nous bénéficie. Notre pouvoir et notre force provient de la torture, de la pression et de l'intimidation. Le Brésil est cela : Une grande structure de pouvoir où seuls les plus forts survivent. Du sud-est, où dominent les riches agriculteurs qui exploitent le café, au nord-est des colonels, le système est le même. Ce sont uniquement les noms et les situations qui changent. Nous devons maintenir le peuple calme et résigné, car cela est mieux pour nos ambitions et nos objectifs. (Commandant)

—Je suis tout à fait d'accord et pour garder le peuple calme et résigné, il faut maintenir la cruauté, l'oppression et l'autoritarisme. Le peuple doit avoir peur de nous. Autrement, nous perdrons le respect et nos avantages. Le monde est même injuste et nous devons faire part de la petite partie de la population gagnante. Si pour vaincre il faut tuer, humilier et renverser des préceptes et des valeurs, c'est cela ce nous ferons. (Colonel de Carabais)

La conversation continue gaiement sur des femmes, des hobbys et d'autres sujets. Ils passent environ deux heures en bavardant. Le commandant Quintino se lève, dit au revoir aux autres et s'en va. Le train qui fait le parcours Pesqueira-Mimoso allait partir dans peu de temps.

Retour à la maison

Le commandant accélère la marche se dirigeant vers la gare de Pesqueira. Le train est déjà parqué en attendant le bon moment pour partir. Il se dirige vers la billetterie, achète le ticket, donne du pourboire et part se dirigeant vers le train. Il s'embarque, il se plaint du retard du collecteur pour lui rendre service et s'assied. Le train donne signe de partir et le commandant se concentre dans ses plans. Il se voit maire de Pesqueira, compère du gouverneur et grand-père d'au moins cinq petits-enfants. Des petits-enfants, enfants de Christine et d'un gendre qu'il choisirait. Finalement, un homme se sent réalisé lorsque ses enfants se marient. Le train part et avec lui le commandant rêveur.

Le rythme du train est très régulier. Les passagers se sentent tranquilles et confortables. Un fonctionnaire offre des jus et des sandwiches aux passagers. Le commandant prend un salé, mâche et imagine à quel point est bon le gout de la victoire et du succès. Il est allé à une audience et rentrait avec ses plans réalisés. Il aurait droit á un plus grande pourcentage des impôts et à un bon emploi pour sa fille. Que voulait-il plus ? Il était un homme accompli, heureux dans son couple et avec une belle fille. Il avait le grade de commandant de la garde national qu'il avait acheté et cela lui donnait le droit de dominer politiquement le Mimoso. Ce qui lui rendrait plus heureux serait le fait de devenir colonel, compère du gouverneur et marier sa fille avec le gendre idéal. Avec cela il se sentirait complètement accompli. Le temps passe et avec cela le train s'approche davantage du petit Mimoso, son village électoral. Il était anxieux de raconter les nouveautés aux deux femmes de sa vie. Son cœur s'accélère, un vent froid bat sur son corps, après soudainement le train change de rythme. Cela ne doit être rien, pense-t-il. Le rythme devient normal et il se calme. Mimoso s'approche davantage. Pendant un moment, il pense que le monde pouvait être plus juste et que tous pourraient être vainqueurs comme lui. Il essaie de se détourner de cette pensée. Il avait appris depuis son enfance ce que la vie était et il savait qu'elle ne changerait d'un moment à l'autre. Il portait encore les traces de sa souffrance : Les châtiments du père, les disputes avec ses frères plus grands, l'assassinat qu'il avait commis. Sa mémoire gardait des souvenirs intacts de cette époque-là. Des souvenirs que s'il pouvait il les jetterait à la poubelle, dans un trou profond. Le train siffle et cela est un signe qu'il va s'arrêter. Les passagers ordonnent leurs cheveux et leurs vêtements. Le train s'arrête tout le monde descend, y inclus le commandant. Le débarquement est tranquille et il est tout sourire. Finalement, il retournait vainqueur de Pesqueira.

L'annonce

Au moment de descendre du train, le commandant se dirige vers la gare et salue Rivânio, en lui demandant si tout va bien. Il lui dit "oui", le commandant dit au revoir et part chez lui. Á la moitié du chemin, il trouve quelques gens et parle avec elles par éducation. Il accélère ses pas et dans quelques minutes il s'approche de chez lui. En arrivant, il entre sans cérémonie, et trouve Gerusa nettoyant la maison et il fait appeler les deux femmes de sa vie. Elles arrivent, ils se serrent et s'embrassent. Le commandant leur demande de s'asseoir, ce qu'elles font tout de suite.

—Je viens d'arriver de l'audience que j'ai eu à Pesqueira et les nouvelles ne pouvaient pas être meilleures. D'abord, j'aurai un pourcentage plus grand sur les impôts pour collecter. Deuxièmement, j'ai obtenu un emploi d'inspecteur d'impôts pour ma fille Christine. Que pensez-vous ?

—Génial. Je suis très fière d'être la femme d'un homme de fibre comme vous. Nous deviendrons plus riches et puissants.

— Je suis heureux pour vous, papa. Ne pensez pas que l'emploi d'inspecteur d'impôts est un peu masculin pour moi ?

—Vous n'êtes pas heureuse, ma fille ? C'est un excellent travail et avec rémunération appropriée. Je ne pense pas que ce soit un poste pour homme. C'est une position de haute confiance que seulement vous pouvez réaliser.

— Il est évident que c'est une excellente position. Comme sa mère, j'approuve sans réserve.

— C'est bien. Vous venez de me convaincre. Quand est-ce que je vais commencer ?

—Demain. Votre fonction est celle d'accompagner et superviser le collecteur officiel des impôts, Claudio, fils de Paulo Pereira, propriétaire de la station d'essence. Il est responsable et honnête, c'est comme l'histoire le dit : c'est l'opportunité qui fait l'homme.

— Je crois que cela va être bon pour moi. C'est une excellente opportunité pour connaitre des gens et faire des amitiés.

Le commandant se retire et va prendre un bain. Christine reprend le tricot qu'elle faisait avant que son père arrivait et Helena va vers la cuisine pour donner des instructions á la domestique. Le lendemain serait le premier jour de travail de Christine.

Le premier jour de travail

Un nouveau jour apparait. Le soleil brille, les oiseaux chantent et la brise du matin le bungalow tout entier. Christine vient de s'éveiller, après un sommeil profond et réparateur. Le rêve qu'elle a eu la nuit l'a laissé profondément intriguée. Elle a rêve avec le couvent et avec les religieuses qu'elle avait appris à admirer pendant les trois ans de sa vie qu'elle avait consacré à la religion. Elles voulaient son mariage. Qu'est-ce que cela voulait dire ? Se marier ne faisait pas partie de ses plans á ce moment-là. Elle était jeune, libre et avait plain de projets. Son sens d'autoprotection criait dans son intérieur. Non, vraiment je n'était pas prête pour me marier. Elle étend tranquillement dans son lit et regardait l'heure. Il était presque 06h30 du matin. Elle se lève, bâille et se dirige vers la salle de bain d'une suite. Elle entre, ouvre la douche et l'eau froide la fait revenir en arrière, aux temps du couvent. Elle se souvient du jardinier et de son fils qui travaillaient là est qui l'avaient tant captivé. Les plaisanteries et les promenades commencèrent et dans peu de temps elle s'est rendu compte qu'elle était amoureuse. Le contact avec le fils du jardinier a continué et un beau jour une des religieuses les a surpris quand ils s'embrassaient. La Mère Supérieure est consultée, on a préparé ses valises et elle a été expulsée du couvent. Ce jour-là elle a senti un grand soulagement. Soulagement de ne plus se mentir à elle même pas même pour la vie. Le contact avec le fils du jardinier est fini, elle l'oublie et part chez elle. Son papa et sa maman l'ont reçu á la maison avec surprise. Elle a déçu sa mère et donne de nouvelles espérances à son père qui veut la voir mariée et avec des enfants. Le temps passe et elle ne tombe plus amoureuse. Elle apprend à tricoter et à broder pour mieux occuper son temps. Maintenant, elle était employée comme inspecteur d'impôts par l'influence de son père. Elle se sentait anxieuse et nerveuse avec la nouvelle situation. Fermer le robinet d'eau froide, met du savon sur son corps et commence á imaginer son nouveau collègue, Claudio. Elle voit un grand garçon blond et plein de tatouages. Elle aime ce qu'elle voit et continue á prendre son bain. Elle nettoie son corps avec force comme si elle retirait les impuretés de l'âme. Ferme le robinet de la douche et met deux serviettes : La plus grande sur son corps et la plus petite sur sa tête. Elle sort de sa chambre et se dirige vers la cuisine pour boire un café. Elle s'assied, mange du gâteau et du manioc, demande la bénédiction de son père et de sa mère. Le commandant commence á parler.

— Êtes-vous enthousiasmée, ma fille ? J'espère que tout se passe bien dans votre premier jour de travail. Vous allez apprendre beaucoup avec Claudio. Il est un excellent collecteur d'impôts.

— Oui, je suis. Je ne vois pas l'heure de commencer á travailler, car le tricot et la broderie ne me permettent pas de me distraire comme autrefois. Ce travail a servi comme un gant à la main, malgré que je le trouve un peu masculin.

— Encore une fois avec cette histoire ? Ne voyez-vous pas que vous faites mal á votre père avec ces commentaires ? Il fait tout pour vous.

— Excusez-moi tous les deux. Je suis un peu têtue avec quelques idées.

Christine finit de boire son café, dit au revoir avec un baiser sur les visages de ses parents et se dirige vers la porte. Ouvre et se dirige vers le la station d'essence. Au milieu du chemin des doutes surgissent : Est-ce que Claudio serait un troglodyte ? Est-ce qu'il allait la respecter dans son travail ? Elle ne savait rien de lui, sauf qu'il était le fils de Pereira et qu'il avait deux sœurs : Fabiana et Patricia. Elle continue á marcher et dans la mesure qu'elle s'approche du bureau, elle se sent plus anxieuse et inquiète. Elle s'arrête et respire un peu. Elle cherche l'inspiration dans l'univers, dans la nature et dans son intérieur si perturbé. Elle se rappelle des leçons qu'elle avait apprises dans le couvent, des religieuses et de sa façon si particulière de voir la vie. La période de 3 ans de recueillement spirituel qu'elle avait passé semblait ne pas avoir du sens maintenant. Elle allait connaître des nouvelles personnes, un nouveau travail et peut-être que cela pourrait changer sa façon de voir les gens et la vie. C'était cela qu'elle allait découvrir avec le temps. Elle reprend sa marche. Elle se sent envahie par une nouvelle force revitalisante qui lui donne plus de courage. Elle devait être courageuse comme quand elle a dû faire face á l'abbesse du couvent pour lui confesser la vérité : Qu'elle était tombée amoureuse. On a préparé ses valises, elle a été expulsée et á ce moment-là il semblait qu'on lui avait retiré un poids de sixty pounds de son dos. Elle a déménagé á la capitale et maintenant elle vivait á la fin du monde sans amis et sans aucun confort. Elle devait s'habituer. Quelques minutes passent et elle s'approche du bureau. Elle se trouve á quelques mètres de là. Redresse ses cheveux et ses vêtements pour donner une bonne impression. Elle respire profondément, entre et se présente.

—Je suis Christine Matias, fille du commandant Quintino. Je cherche Claudio, le collecteur d'impôts. Il est là?

—Mon fils est allé faire un repas rapide dans un cafétéria prés d'ici. Je vais le faire appeler. Celles-ci son mes filles Fabiana et Patricia et moi je suis M. Pereira.

Christine les salue avec des baisers sur leur visage.

—Alors, vous êtes la fameuse Christine. Écoutez, que je ne vous avez pas encore vue. Vous devez sortir très rarement de chez vous et cela n'est pas bon. Bien, á partir de maintenant, nous pouvons être des amies et sortir ensemble. (Fabiana)

—J'ai aussi un grand plaisir de vous rencontrer. Fabiana et moi, nous serons vraiment vos amies, croyez-nous.

—Merci. Je suis aussi contente de vous connaître. Bien, je ne sors pas beaucoup de la maison, parce que mes parents me contrôlent. Ils croient que la fille du commandant doit être un peu réservée. Ils sont surprotecteurs.

—Bien, cela va changer. Vous pouvez vous considérer partie de notre groupe. Nous sommes les jeunes mi fous de la tête. (Fabiana)

— Notre groupe est excellent. Vous allez adorer faire partie de celui-ci. (Patricia)

—Merci pour m'avoir invité á participer de votre groupe. Je crois qu'un peu d'intégration, des amis, ne me fera pas du mal.

La conversation continue animée pendant quelques instantes. Claudio arrive discrètement et se trouve face á face avec Christine. Ses regards se croisent et en ce moment magique il semble qu'il n'existent que tous les deux dans l'univers. Ses cœurs s'accélèrent au moment de se connaître et une chaleur interne traverse les deux corps.

—Mon père m'a fait venir ici. Donc, c'est vous la jeune fille qui va me superviser ? Bien, je pense que je ne vais pas me sentir si inconfortable.

L'éloge a laissé Christine un peu fade. Elle n'avait jamais trouvé des hommes si directs.

— Mon nom est Christine, je suis la fille du commandant. Je suis votre nouvelle collègue. Est-ce que nous pouvons commencer ? Je suis anxieuse pour cela.

—Bien sûr. Mon nom est Claudio. Nous sommes sur l'heure de commencer la journée de travail. Le premier établissement que nous allons visiter aujourd'hui c'est la boucherie. Il y a 3 mois que le propriétaire ne paie pas des impôts et nous devons lui donner une communication. Je pense que votre présence va aider.

—Donc, allons. Ce fut un plaisir de vous rencontrer, Fabiana et Patricia. Á bientôt.

Les deux font un signe avec la main en disant au revoir. Claudio et Christine sont partis ensemble se dirigeant vers la boucherie. La pensée de Christine s'élève et intimement elle se définit comme une idiote pour avoir tant idéalisé Claudio. Il ne ressemblait en rien celui qu'elle imaginait, mais il s'était mêlé intérieurement avec elle. La sensation qu'elle eut au moment de le connaître a été différente de ce qu'elle avait déjà éprouvé. C'était quoi ça ? Elle ne savait pas définir cela, mais c'était quelque chose de fort et durable. Ils marchaient l'un á coté de l'autre et Claudio essaie de commencer une conversation avec elle.

— Christine, parlez-moi un peu de vous. Vous êtes de Recife, n'est-ce pas ?

—Non. J'ai vécu á Recife pendant dix ans. En vrai, je suis Alagoana. Presque toute mon enfance s'est passée là.

— Avez-vous déjà eu un petit ami?

— J'ai eu un, mais cela a était il y a quelque temps. J'allais être religieuse. J'ai passé trois ans de ma vie cloîtrée dans un couvent en essayant de trouver un sens á ma vie. Lorsque je me suis rendu compte que je n'avais pas de vocation, je suis sortie et je suis rentrée chez mes parents.

—Ce serait un beau gaspillage si vous devenais religieuse, avec tout mon respect. Ce n'est rien contre la religion, mais la consécration total à Dieu exige assez d'une personne.

—Bien, cela appartient au passé. Je dois me concentrer dans ma nouvelle vie et dans mes affaires.

La conversation s'arrête soudainement et ils continuent á marcher tous les deux. Le flux de personnes est constant au centre. Mimoso était devenu le centre régional après le déploiement du chemin de fer. Des gens de tous les coins de la région venaient pour visiter et faire des achats dans son commerce. Le boucher s'approche et Christine peut à peine se contenir elle-même. Elle ne savait pas comment agir. A la fin, elle était la fille du commandant et devait donner l'exemple. Le poste d'inspecteur des impôts allait l'exposer beaucoup. Enfin ils sont arrivés et Claudio aborde M. Hélio, le propriétaire de la boucherie.

— M. Hélio, nous sommes venus ici pour vous demander le paiement de trois mois d'impôts que vous avez en dette. La mairie a besoin de votre contribution pour investir en éducation, santé et assainissement. Vous devez accomplir votre devoir de citoyen.

—Je n'ai vous ai pas déjà dit que je n'ai pas de cash ? Le mouvement ici n'est pas bon. Je besoin d'un plus long délai pour vous payer.

—Je n'accepte plus d'excuses et si vous ne payez pas, vous aurez des problèmes. Voyez-vous cette jeune fille qui m'accompagne ? Elle est la fille du commandant. Il n'est pas du tout content avec votre retard. Il vaut mieux pour vous de payer et terminer avec vos dettes.

Hélio a pensé par un instant quoi faire. En un clin d'œil, il regarde Christine et il s'est convaincu qu'elle est même la fille du commandant. Il ouvre un tiroir, contre sa volonté, retire une liasse d'argent et paie. Tous les deux lui remercient et se retirent de l'établissement.

Ils ont passé tout le matin á travailler. Ils ont visité des maisons et des établissements commerciaux. Certains contribuables refusent de payer déclarant un manque de capital. Christine commence à admirer Claudio par son professionnalisme et confiance. Le matin passe et le travail se termine. Les deux disent au revoir et ils travailleraient ensemble á nouveau quinze jours après.

Le pique nique

Le soleil avance dans l'horizon et réchauffe davantage, car il est déjà midi. Le mouvement diminue, les agriculteurs arrivent de la campagne, les lavandières arrivent avec leurs sacs à dos qu'elles lavaient dans le fleuve Mimoso, les fonctionnaires publics sont libérés, les locataires donnent une pause au travail et de ce façon-là tout le monde peut déjeuner. Christine n'est pas différente du reste et elle revient chez elle á cette heure-là. Elle arrive, ouvre la porte principale et se dirige vers la cuisine. Ses parents sont déjà là et Gerusa sert le déjeuner.

—Mille pardons de ne pas t'attendre pour servir le déjeuner, ma fille, mais je suis arrivé fatigué et affamé, car j'étais dans une réunion d'affaires. En changeant de sujet, comment s'est passé votre premier jour de travail ? (commandant)

—Pas besoin de vous excuser. Mon premier jour de travail a été long et fatigant. Claudio et moi nous avons fait des efforts pour convaincre les contribuables à payer. Cependant, quelques uns sont devenus inflexibles dans leurs positions. En général, ce fut une bonne journée de travail, car j'ai beaucoup appris. Seulement que je ne suis pas sûre de vouloir faire cela pour le reste de ma vie.

—Dites á Claudio que je veux une liste de ceux qui n'ont pas payé. Je suis le commandant et je ne tolérerai pas plus de retards.

—Tu as connu quelqu'un, ma fille ? As-tu fais des amis ? (D. Helena)

—Oui, quelques gens. Les sœurs de Claudio sont assez sympa ?

Gerusa a servi à Christine et elle commence à manger. Elle resta en silence pendant ce temps parce qu'elle a été élevée comme ça. Gerusa se retira de la cuisine et se dirigea dans sa chambre qui se trouvait á l'extérieur de la maison. Les trois patrons sont restés là pour manger. Christine termine son déjeuner, se retire de la table et dit au revoir á ses parents les embrassant sur la joue. Elle se dirige vers la terrasse de la maison où il est plus aéré et calme pour tricoter. Elle prend les bâtons de tricotage et se met à tricoter. Le mouvement de ses mains agiles l'emporte vers des mondes mystérieux où l'imagination peut arriver. Elle se voit amoureuse d'un homme d'épaules fortes, bien développées et position ferme. Elle imagine ses fiançailles et le mariage subséquent. A ce moment-là, une angoisse intérieur la punit et l'afflige. Le moment passe et elle se voit mère de trois enfants mignons. Dans son imagination, le temps passe vite et elle se voit grand-mère et arrière grand-mère. La mort arrive et elle se voit au paradis, entourée d'anges et de notre seigneur Jésus-Christ. Ses mains agiles travaillent et elle, pendant un moment, reconnait sur la toile qu'elle travaille, le visage d'un Homme connu. Elle secoue sa tête et la vision passe. Qu'est-ce qui se passait avec elle ? Est-ce qu'elle était folle ou bien amoureuse ? Elle ne voulait pas croire à cette possibilité. Elle continue à travailler jusqu'à ce qu'elle entend son nom être prononcé avec assez d'intensité. Elle se retourne en regardant vers l'entrée du jardin de sa maison d'où venait la voix. Elle reconnaît Fabiana, Patricia et Claudio accompagnés de quelques autres jeunes.

—Pouvons nous entrer, Christine ?

—Oui, vous pouvez. La maison est à vous.

C'étaient juste six jeunes qui sont entrés dans le jardin de la maison. Ils montèrent les escaliers qui donnaient accès à la terrasse et ils ont rejoint Christine. Fabiana s'est occupée de faire les présentations des inconnus.

—Il est mon cousin Rafael et celles-ci sont mes amies Talita et Marcela.

Christine les salue avec des baisers sur le visage.

— Enchantée. Si vous êtes amies de Fabiana, vous êtes mes amies aussi.

— Le plaisir est á moi. Claudio m'a parlé très bien de vous. (Rafael)

— Bien, Christine, nous sommes venus ici pour vous inviter faire une belle promenade au sommet de la montagne d'ororubá. Nous ferons un piquenique en plein air. Le contact avec la nature est essentiel pour que l'être humain puisse évoluer et se libérer de ses karmas. (Claudio)

— Accepte, Christine. Vous vivez assez enfermée chez vous et cela n'st pas bon. (Fabiana)

—Nous insistons. (Tous répètent)

—D'accord. J'y vais. Vous m'avez convaincu. Attendez seulement une minute que je parle à mes parents.

Christine entre dans la maison par un moment, mais elle revient vite. Elle rencontre le groupe et ils se mettent tous d'accord pour partir vers la montagne mystérieuse d'Ororubá, la montagne sacrée. Tous les sept commencent à marcher se dirigeant vers elle et Christine commence à observer Claudio et conclut qu'il est l'homme rural typique : Fort, décidé et tout-à-fait charmant. Le premier jours où ils ont travaillé ensemble, il lui a causé une bonne impression, mais elle ne savait pas encore ce qu'elle sentait par lui. Elle savait seulement que c'était un sentiment fort et durable. Bien, le piquenique était une opportunité pour mieux le connaître, pensa-t-elle. Tous les sept ont accéléré les pas et ensuite dans la colline de la montagne. Claudio, le leader du groupe, s'arrête et demande à tous de faire pareil.

—C'est important de nous hydrater maintenant pour ne pas avoir de problèmes après. La promenade est longue et exhaustive. (Claudio)

— J'ai entendu parler que cette montagne est sacrée et qu'elle a des propriétés magiques. (Talita)

— C'est vrai. La légende dit qu'un sorcier mystérieux donna sa propre vie pour sauver son peuple. A partir de ce moment-là la montagne d'Ororubá est devenue sacrée. On dit qu'un esprit ancestral appelé gardian de la montagne garde tous ses secrets. (Fabiana)

— Cela ce n'est pas tout. Au sommet, il y a une grotte majestueuse capable de réaliser n'importe quel souhait. Des rêveurs de tout le monde la cherchent pour obtenir des miracles. Cependant, il n'y a pas de nouvelles de quelqu'un pouvant survivre á elle. (Patricia)

— Ces histoires me font peur. Peut-être qu'il vaut mieux de retourner ? (Christine)

—Ne vous inquiétez pas, Christine. Ce n'est que des histoires. Même si c'était vrai, je serait ici pour vous protéger. (Claudio)

— Claudio n'est pas le seul. Je suis aussi un homme et je suis á votre disposition pour vous aider, si vous avez besoin. (Rafael)

—Et à moi ? Personne ne me protège ? Je suis aussi une jeune fille sans défense. Je me suis senti blessée. (Marcela)

Rafael s'approche de Marcela et lui donne un câlin pour lui montrer qu'elle n'a rien à craindre. Tous s'hydratent et reprennent la marche. Christine avance un peu plus et se met à côté de Claudio, à l'avant. Elle ne se sentait pas sûre après avoir écouté les informations sur la montagne. Elle pense à la montagne, à la gardienne et à la grotte. Intimement, elle se voit entrer dans la grotte et réalisant son plus grand souhait à ce moment-là. Elle était aussi une rêveuse comme tant d'autres qui avaient déjà perdu la vie dans la grotte à la recherche de leurs rêves. Alors, il fallait garder les pieds sur le sol, dans la dure réalité, car elle était la fille du commandant et cela limitait beaucoup sa liberté d'action par rapport aux amis, aux amours et à ses souhaits.

Si l'on compare, elle se sentait plus libre au couvent que maintenant. Claudio prend la main de Christine pour l'aider à monter, car il voit qu'elle a des difficultés. La pensé de Christine s'élève et elle pense comme il serait bon d'avoir un partenaire qui pourrait la soutenir et qui soit loyal et sincère, un partenaire comme Claudio. Elle secoue la tête et essaie de se détourner de cette pensée. Cela était impossible, car son père ne permettrait pas cette sorte d'union. Il n'était qu'un simple collecteur d'impôts et elle était la fille du commandant. Ils vivaient dans des mondes tout-à-fait différents. Le groupe s'arrête encore une fois pour se rafraîchir à nouveau. La chaleur est forte et le vent n'a pas beaucoup d'intensité. Ils étaient à la moitié du chemin.

— D'ici on peut voir une bonne partie de Mimoso. Voyez-vous, Christine ? Là-bas est votre maison. (Claudio)

—La vue d'ici est vraiment privilégiée. Je pense que celle du sommet est encore plus magnifique. La sierra de Mimoso ne ressemble à un géant vue d'ici. (Christine)

—Je pense que c'est mieux de continuer. Rester ici pendant beaucoup de temps n'a pas de sens. (Fabiana)

— Je suis d'accord. Comme ca nous pouvons profiter davantage le sommet qui est la partie la plus importante de la montagne. (Rafael)

La plupart est d'accord à continuer la promenade. Après tout, il passait des 13h00. Christine se sent déjà un peu fatiguée. La montée de la montagne est extrêmement épuisante pour qui n'est pas habitué. Elle se souvient des constants défis auxquels elle été soumise au couvent, mais rien de tout cela était semblable à escalader une montagne que tout le monde considérait comme sacrée. Elle rassemble les forces dans la profondeur de son être et fait des efforts pour que personne ne se rends pas compte de sa difficulté. Claudio lui sourit et cela lui donne du courage, car pour lui elle surpasserait des obstacles. L'amour, cette force étrange, déjà unissait les deux, même sans le contact physique. Si elle avait l'occasion, elle ferait face à la gardienne pour lui et entrerait dans la grotte pour réaliser son rêve de s'unir à lui pour le reste de leurs vies. Même si cela leur couterait la vie. Après tout, quelle valeur a la vie si nous ne sommes pas avec ceux qui nous aimons ? Une vie vide est semblable à ne pas en avoir une. Le groupe avance davantage et s'approchent du sommet. Claudio essaie de dissimuler, mais est complètement attiré par la beauté et le charme de Christine. Depuis le moment où ils se sont connus, quelque chose changea dans son être. Il ne pouvait plus manger correctement et ne rien faire sans penser à elle. Il pense comment a été propice le déménagement de sa famille de Pesqueira vers le dynamique village de Mimoso. Il pense comment le destin a été généreux à les avoir réunis tous les deux dans un même travail. Le piquenique serait une excellente opportunité pour qui sait pour qui sait courtiser la jeune-fille. Il avait l'espoir d'être accepté malgré les différences entre eux. Les difficultés, les pères étaient des obstacles qui pouvaient être surmontés. Finalement, le groupe atteint le sommet et tous célèbrent. Maintenant, il ne restait que trouver un bon endroit pour monter le piquenique. Les membres du groupe se divisent en trois fronts pour trouver l'endroit plus adéquat. Quelques minutes se passent et l'un des fronts fait un signal, en sifflant. L'endroit a été choisi. Le groupe se réunit à nouveau et le piquenique est monté. Chaque membre du groupe contribue avec quelque chose pour composer le banquet.

— Entendez-vous, Christine ? Le chant des oiseaux, le murmure léger du vent, l'atmosphère rurale, le cricri des insectes, tout cela nous mène dans des endroits et plans pas avant visités. Chaque fois que je viens ici, je me sens une partie importante de la nature et pas son propriétaire, comme quelques uns pensent. (Claudio)

—C'est très joli. Ici, dans la nature, je me sens comme un être humain commun et non pas comme la fille du commandant et vous ne savez pas comment cela est bon. (Christine)

— Profitez-en, Christine. Vous ne pouvez pas faire cela tous les jours. Les préjugés, la peur, la honte, tout cela attrape notre jour-à-jour. Ici nous pouvons oublier cela, au moins pour un instant. (Fabiana)

—Dans cette étendue verte nous pouvons sentir, voir et entendre complètement l'univers. Ce miracle est possible parce que la montagne est sacrée et a des propriétés magiques. (Talita)

— Je veux aussi exprimer mon avis. Nous sommes sept jeunes à la recherche de quoi ? Je réponds moi-même. Nous cherchons des aventures, des nouvelles expériences, des amitiés et même des amours. Cependant, cela n'est possible que si nous sommes en paix avec nous mêmes, avec les autres et avec l'univers. C'est cette paix tant souhaitée que nous trouvons ici. (Rafael)

—Ici tout représente pour moi un apprentissage. Le rythme de la nature, la compagnie de vous et cet aire pur sont des leçons que nous devons transmettre à nos enfants et nos grands-enfants. (Marcela)

— Tout cela ici est une grande communion pour moi. Une communion d'esprit qui nous amène à transcender de nombreuses étapes de notre vie. (Patricia)

Après tous avoir donné son avis sur ce qu'ils sentaient dans ce moment magique, ils commencent à se servir. L'atmosphère chaleureuse les a fait rester en silence pendant tout le repas. Après avoir tous fini de manger, Claudio annonça :

— En vrai, Christine, nous ne sommes pas venus seulement pour faire un simple piquenique. Nous allons monter une tente et passer la nuit ici.

Christine, pour un instant, a changé de couleur et tous ont ri à cause de cela. Elle était la seule du groupe qui ne savait pas.

— Comment ? Et les dangers de la montagne ? Mon père va me tuer si je passe la nuit ici. Je pense que je pars maintenant.

— Je vous conseille de ne pas partir. La gardienne doit être cachée en attente de la meilleur opportunité pour attaquer. (Fabiana)

— Ne vous inquiétez pas, Christine. Je vous ai déjà dit que je vais vous protéger ? Quant á votre père, ne vous inquiétez pas non plus, car il sait déjà que nous allons passer la nuit ici. (Claudio)

Christine est à nouveau tranquille. C'était mieux pour elle de rester avec le groupe, car elle ne connaissait pas la montagne et ses mystères. Ce serait vraiment un risque si elle sortait de là toute seule. Qui sait ce qui pourrait lui arriver ? Ce serait mieux de ne pas se risquer. Le soir avance et tous collaborent pour installer deux tentes. Ils finissent le travail dans peu de temps. Claudio et Rafael sont allés chercher du bois pour allumer un feu dans le but d'effrayer les animaux sauvages qui habitaient cette région-là. Les femmes restent seules au camp nettoyant le terrain autour des tentes.

— C'est génial de venir ici, Christine. Pendant la nuit, tout cet endroit est plus beau. Après avoir diné, vous allez voir : C'est un bourdonnement total. Dites-moi, ce n'est pas un meilleur programme que rester chez vous ? (Fabiana)

— J'aime l'idée d'être ici, mais vous auriez dû me dire que nous allions faire du camping ici. Je suis très surprise.

—Vous-vous avez déjà rendu compte, chéries, comment Claudio la regarde et vice-versa. Je crois qu'ils sont amoureux.

—Ce sont vos yeux, Talita. Claudio et moi, nous n'avons rien.

— Moi, de ma part, que serais très contente d'être votre belle-sœur. (Patricia)

—Je fais aussi de vos paroles les miennes. (Fabiana)

—Merci, mes amies. Mais, malheureusement, c'est impossible.

Christine, pendant un moment est resté sérieuse et toutes arrêtèrent ses commentaires. Claudio et Rafael reviennent avec tout le bois nécessaires pour maintenir le feu du camp pendant toute la nuit. Claudio regarde Christine et elle semble lui correspondre. Le soir avance et la nuit commence à tomber. Le feu réchauffe pendant que la nuit tombe. Tous se sont réunis autour de celui-ci et le repas est servi par Fabiana et Patricia. Tous mangent et restent à bavarder un peu. Claudio s'éloigne du groupe et quand il est à une certaine distance fait signe à Christine de l'accompagner. Elle répond à l'appel et s'éloigne aussi du groupe.

— Qu'est-ce que nous allons faire, Christine? Vous et moi, ensemble, en regardant les étoiles. Elles semblent être des témoins de ce que nous sommes en train de sentir. Je pense que pas seulement elles, mais tout l'univers.

—Vous savez que c'est impossible. Mes parents ne vont pas permettre cela. Ils ont beaucoup de préjugés.

— Impossible ? Vous dites cela pour moi, ici dans cette montagne sacrée ? Ici rien n'est impossible.

—Mais, mais,..........

— Ne parlez pas quoi que ce soit. Laissez votre cœur crier si haut que le mien.

Claudio s'avance un peu et serre Christine entre ses bras. Avec délicatesse, il baissa un peu le visage et patiemment toucha les lèvres de Christine avec les siens. Il commence à l'embrasser et Christine, par un moment, sentit qu'elle était sur les nuages. Une multitude de pensées l'a envahi et elle se senti perturbée à cause du baiser. Quand il eut fini, elle s'écarta en lui disant :

—Je ne suis pas encore prête. Excusez-moi, Claudio.

Christine le quitte en courant et rejoint le groupe. Claudio l'accompagne. Le feu flambe en pétillant et tous s'approchent d'elle à cause de l'intensité du froid. Rafael est debout, à côté du feu, prêt à raconter des histoires de terreur concernant la montagne.

— Il était une fois un rêveur d'une petite ville appelée Triomphe, dans la zone agreste du Pajeú. Son nom était Eulalio. Son rêve était devenir bandit et constituer ses pillages, accumuler des richesses, avoir ostentation sociale et pouvoir et avec cela, aussi fasciner et séduire beaucoup de femmes. Néanmoins, il ne possédait le courage et la détermination nécessaire pour cela. Il pouvait à peine brandir un couteau. Dans son territoire, il entendit parler de la montagne sacrée d'Ororubá et de sa grotte miraculeuse capable de réaliser n'importe quel souhait. Quand il a apprit cela, il ne l'a pas pensé deux fois et a fait ses valises pour réaliser ce voyage si souhaité. Il arriva à la montagne, il connut la gardienne, réalisa les défis et enfin il entra dans la grotte. Cependant, son cœur n'était pas complètement pur et ses souhaits n'étaient justes non plus. La grotte ne l'a pas pardonné et détruit sa vie et ses rêves. À partir de ce moment-là, son âme en souffrance se mit à errer sur la montagne. On dit qu'il a été vu une fois par des chasseurs exactement à 24h. Il portait des vêtements de bandit et portait une grande arme qui tirait des projectiles fantômes.

— Cela veut dire qu'il est devenu courageux après sa mort ? Alors, la grotte a réalisé, en partie son rêve. (Talita)

—Ce n'est pas comme ça, Talita. La grotte a détruit la vie du rêveur et en contrepartie, elle laisse l'âme avec l'aspect qu'il voulait avoir. Cependant, il reste comme une dame blanche, dans la souffrance. (Fabiana)

—Ce n'est qu'une histoire. Il y a eu d'innombrables rêveurs qui ont forcé la chance dans la grotte et jusqu'à présent aucun d'entre eux a survécu. À cause de cela on l'appelle la grotte du désespoir. (Rafael)

—Je n'entrerais jamais dans cette grotte, pour rien au monde. Je réaliserais mes rêves avec la planification, de la persévérance, le dévouement et la foi. (Marcela)

—J'entrerais pour un grand amour. Après tout, on ne vit pas sans courir le risque. (Christine)

— La romantique de toujours. Mes amis, Christine est amoureuse.(Patricia)

Tout le monde rie sauf Claudio. Il était encore plein de ressentiment et endolori, car d'une certaine manière il avait été rejeté par Christine. Il avait ouvert son cœur et montré ses sentiments, néanmoins, cela n'a pas été suffisant pour la convaincre de son amour. Elle avait parlé des préjugés de ses parents, mais elle aussi avait fait des préjugés. L'angoisse qu'il sentait au fond de sa poitrine l'a fait voyager dans le dans le temps et se souvenir d'un épisode arrivé il y a deux ans quand il habitait à Pesqueira et il était dans une relation avec une belle blonde, la fille du maire. Il a mené cette relation en caché pendant trois mois, car elle avait peur de la réaction des parents. Un beau jour, le père a découvert cela et n'était rien du tout satisfait. Il a engagé 2 hommes de main qui le fouettèrent et le frappèrent. Ce fut une raclée qu'il n'oubliera jamais. C'était comme ça qu'il se sentait maintenant : Frappé, fouetté et non pas par les parents d'elle, mais par elle-même, par ses préjugés. Cependant, il n'abandonnerait pas si facilement sa vie et son bonheur. Il montrerait à Christine sa valeur et elle comprendrait combien avait elle été bête en perdant un temps si précieux.

La nuit descend encore plus et tous se préparent pour dormir dans ses tentes respectives. Le feu reste allumé pour les protéger des animaux sauvages de la montagne. Néanmoins, hurlements peuvent être entendus à une certaine distance. Christine bouge d'un côté à l'autre, en essayant de contrôler la peur. C'était la première fois qu'elle dormait dans un endroit sacré. Le sol dur la dérangeait plus de ce qu'elle imaginait. On continuait d'entendre les hurlements et à un certain moment on a entendu le bruit des pas aussi. Christine retient le souffle parce qu'elle se sent désespérée. Est-ce que ce serait le fantôme bandit ? Ou, peut-être, un animal sauvage prêt à la dévorer ? Le bruit des pas continue dans sa direction. Un vent fort frappe la tente et une main mystérieuse apparait à l'entrée. Elle est prête à crier, mais l'homme qui apparait lui dit :

—Du calme, c'est moi.

Christine se calme n'ayant plus peur. Reconnait la voix. C'était Claudio. Mais qu'est-ce qu'il ferait dans sa tente à cette heure-là ? Son visage, caché par l'obscurité de la nuit, laissez entrevoir ce doute. Claudio, s'est accroupie et demande :

—Je suis passé par ici pour vous demander si vous avez déjà fait votre pétition.

— Pétition ? Quelle pétition ?

— La montagne est sacré et à 24:00 heures elle accorde un désir aux cœurs amoureux. J'ai déjà posé ma pétition et j'ai demandé à la montagne de nous réunir en amour pour toujours.

—Croyez-vous à cela ? Je pense que nulle montagne va changer les plans de mon père.

— Je vous ai déjà dit, la montagne est sacrée. Croyez-en. Elle peut réaliser notre rêve.

En disant cela, Claudio a uni ses mains à celles de Christine et ils ont tous les deux fermé les yeux. En ce moment, les deux cœurs se sont plongés dans un plan parallèle où ils étaient heureux et libres. Christine s'est vue mariée à lui et mère d'au moins 7 enfants. Le bref moment fut suffisant pour se sentir tous les deux comme un seul être connectés avec l'univers. La chaîne a été brisée, Claudio dit au revoir et Christine s'est retiré pour tente de dormir sur le sol dur et sec.

La descente de la montagne

Lorsque le nouveau jour arrive, Claudio se lève et commence à réveiller les autres. Christine est la dernière à se lever. Claudio et Rafael s'en vont dans les bois pour attraper quelques poissons dans un barrage proche. Ce serait le petit déjeuner. En attendant, les femmes essayent allumer le feu avec le reste du bois. Fabiana rompit le silence.

— Avez-vous bien dormi, Christine ?

— Pas très bien. Le sol dur et sec a endommagé mon dos. Mon dos est encore blessé.

—La vie de Boy Scout est comme ça. Alors, préparez-vous, car nous aurons beaucoup d'aventures. (Talita)

—Avez-vous aimé la promenade, en général ? (Patricia)

— Oui, j'ai aimé. La montagne respire un aire de tranquillité malgré ses mystères. J'ai aimé le contact avec la nature est votre compagnie.

—Nous avons aimé, malgré que ce n'est pas notre première fois. Maintenant vous faites partie de notre équipe. (Patricia)

—Vous avez commencé une relation avec Claudio hier nuit ? (Talita)

—Nous avons décidé de ne pas commencer une relation, car nous vivons dans des mondes tout-á-fait différents.

— Avec le temps vous le ferez. L'amour est plus fort que les différences et tel que je te l'ai déjà dit, je serai enchantée d'être votre belle-sœur. (Fabiana)

—Moi aussi. (Patricia)

— Je vous envie. Claudio est une grande personne. C'est dommage qu'il ne s'intéresse pas à moi. (Talita)

La conversation a continué animée entre les femmes, mais Christine préfère ne plus faire partie d'elle. Parler de son amour Claudio blessait son âme, car elle sentait que c'était un amour impossible. Elle connaissait très bien ses parents et savait qu'ils seraient tout-à-fait contre ce type de relation. La mère nourrissait toujours l'espoir pour qu'elle retourne au couvent et son père voulait la voir mariée avec un homme de son niveau social. Les deux alternatives excluaient Claudio de sa vie, mais en même temps son cœur amoureux criait pour lui, elle ne voulait que lui. C'étaient ses deux "Forces opposées" qu'elle devrait concilier ou même faire un choix entre les deux. "Forces opposées" qui envahissaient son cœur et la laissaient toujours avec la doute. À peu près trente minutes après avoir sorti, Claudio et Rafael retournent avec une quantité raisonnable de poissons. Le feu est allumé et on met à griller les poissons. Après les avoir grillé, on les distribue entre les membres du groupe. Claudio dit :

—Nous étions de pêche et soudainement une belle dame est apparue demandant quelques poissons pour son repas. Je lui ai en donné et elle m'a dit que j'allais être très heureux. Je ne connaissais pas cette dame. Je ne l'ai jamais vu dans ces régions. Elle a un regard qui m'a beaucoup intrigué, comme si elle connaissait l'avenir.

— Qui sait si c'est elle la gardienne ? La légende ne dit pas qu'elle habite á la montagne ? (Fabiana)

—Peut être. Ce fut ce que j'ai pensé quand je l'ai vue.(Rafael)

— Alors, vous avez beaucoup de chance, mon frère. Il y a peu de gens qui trouvent le bonheur. (Patricia)

— Elle était vraiment étrange. J'ai senti un frisson lorsque je lui ai donné les poissons. (Claudio)

— Je suis pratique. Je peux même croire que la montagne est sacrée, à cause des expériences que j'ai vécu ici. Mais croire en gardiennes et en grottes qui réalisent des miracles c'est une exagération. Dans peu de temps vous allez me convaincre qu'il existent des fantômes et lutins. (Talita)

— Dans votre cas, je ne douterais pas. Claudio est un homme sérieux et il ne dis pas de mensonges.(Marcela)

—Je crois en lui, moi aussi. Au couvent on m'a appris á connaitre les personnes par son regard et le regard de Claudio fut complètement sincère en parlant de la gardienne. Il est vraiment privilégié d'avoir eu une rencontre avec elle. (Christine)

Le silence régna pendant les moments suivants dans le camp et les membres Du groupe ont fini de manger ses poissons. Claudio et Rafael désarmèrent les tentes et les femmes ont ramassé les objets que le groupe avait apportés. Le groupe s'est réuni pour faire une prière afin de remercier les moments vécus à la montagne et ils ont commencé le chemin de retour au village où ils habitaient. Claudio offrit gentiment sa main à Christine et elle accepta. La descente de la montagne était dangereuse pour les débutants. Le contact physique avec Claudio secoua davantage le cœur de Christine. Cet homme la rendait tellement folle qu'elle presque oubliait les conventions sociales quand elle était avec lui sur la montagne. C'étaient des moments qui avaient le pouvoir de l'emporter vers des plans parallèles où personne ne pouvait arriver. Elle s'était senti vraiment heureuse dans ces moments. Cependant, ayant descendu de la montagne, elle devrait abandonner ses rêves de fantaisie et faire face à la réalité dure. Une réalité ou elle était la fille d'un commandant corrompu, autoritaire et irréductible.

Ce fut cela qui lui a donné la sécurité pendant les moments que Claudio l'a serré et l'a embrassé. Christine serre avec force la main de Claudio pour s'assurer qu'il est même présent là, à ses côtés. Elle avait déjà perdu ses grands parents et ne supporterait une autre perte. Le groupe s'éloigne du sommet et avait déjà parcouru la moitié du trajet par les sentiers escarpés de la montagne. Claudio, le leader du groupe, s'arrête et demande à tous de faire pareil. Tous s'hydratent et continuent à marcher. Christine pense à sa mère et la probable réprimande qu'elle pourrait lui faire pour avoir passé la journée hors de la maison. Elle la traitait comme un enfant, incapable de décider son propre chemin. Par son influence elle avait entre dans un couvent et passé trois ans de sa vie enfermée. Elle ne sortait en promenade que si elle était accompagnée et seulement avec l'autorisation de la mère supérieure. À cette époque-là, elle avait appris le latin et les bases de la religion chrétienne. La culture et le savoir ont été les seuls points positifs qu'elle avait apportés de là. Pour le reste, celle-là a été une époque perdue de as vie, car elle n'avait pas senti l'appel pour devenir religieuse. Elle avait marre d'être toujours la fille gentille et obéissante, car cela ne lui apportait que des préjudices. Les "Forces opposées" qu'elle apportait avec elle devaient être résolues. Le groupe accélère le pas et dans peu de temps parcourent tout le chemin de retour chez eux. Ils se disent au revoir et tous retournent chez eux.

Les excès du commandant

Christine a été bien accueillie par ses parents, qui l'ont reçu en toute tranquillité et sécurité et ils n'ont pas réclamé par la nuit qu'elle avait passé à la montagne sacrée. Finalement, elle n'était pas seule. Après le contact avec ses parents, elle prends un bain, se retire dans sa chambre et va dormir, car elle se sentait épuisée. Le commandant et sa femme restent à la salle, en bavardant. Un claquement peut être entendu et Gerusa va vite répondre à l'appel. Lenice, une paysanne, attend pour être reçue.

—Qu'est-ce que vous voulez ?

— Je veux parler avec le commandant. C'est très important.

— Entrez. Il est dans le salon.

Lenice entre et se dirige vers le salon.

— Monsieur le commandant, je voulais parler avec vous. Il s'agit de mon fils José, le nouveau né.

— Il lui arrive quelque chose ? Le père ne veut pas assumer ? Avez vous besoin d'aide pour l'élever ?

—Non, pas du tout. Je voulais vous demander d'être son parrain de baptême.

— Quoi ? Parrain ? De quelle famille importante faites-vous partie ?

— Je fais partie de la famille Silva et nous travaillons dans l'agriculture.

— C'est impossible. Je ne serais pas compère d'un simple membre de la famille Silva, même si j'étais le dernier homme sur la Terre. Vous auriez dû voir avant de venir ici avec une telle demande.

—Monsieur le commandant n'a pas de cœur.

La pauvre femme, en larmes, se retire de la salle et s'en va. Elle rêvait d'être commère du commandant comme beaucoup de gens du village. Son fils aurait beaucoup plus de chances de bien se développer s'il était le filleul du commandant. Il aurait accès à l'éducation, la santé et un travail dignes, car tout dans ce village dépendait de l'influence du commandant. Tout le monde, sans exception, voulait être lié à lui pour avoir des privilèges. Ceux qui ne pouvaient obtenir cela, seraient relégués à un monde de misère et de souffrance.

Après chasser la femme de l'agriculteur, le commandant se prépare pour aller à la station de police. Sa femme, Mme. Helena, rajuste ses vêtements.

— Est-ce que vous avez vu, chérie ? Quelle impertinence, n'est-ce pas ? Un commandant de ma classe ne peut pas être compère d'un simple Silva.

—Les gens de ce village sont fous en voulant être mes compères. Ce sont des gens intéressés !

— S'ils étaient au moins des commerçants, j'accepterais. Où avez-vous vu ça ? Un commandant compère d'agriculteurs

— C'est même bien que vous l'avez mis dans sa place. Je pense qu'aucun autre paysan osera venir ici.

Le commandant dit adieu à sa femme avec un baiser. Se met à marcher, ouvre La porte et sort. Sa pensée se concentre sur ce qu'il y a à faire. Depuis qu'il a été officiellement assermenté par le Maire comme principale autorité politique de le région, il n'avait pas encore pris des décisions énergiques. La figure du commandant agréable commençait à le déranger. Il devait s'imposer pour être même respecté par d'autres autorités. Le commandant et le colonel avaient un rôle fondamental pour la consolidation de la structure injuste appelée colonélisme, en vigueur à cette époque-là. De cette structure injuste résultait son pouvoir et son ostentation sociale. Le commandant continue à marcher et dans peu de temps il s'approche de la station. Il est complètement convaincu de ce qu'il va faire. Il avait appris, pendant son enfance tragique à Maceió, comment prendre des décisions au moment le plus opportun et il reconnaissait que maintenant était le meilleur moment. Il accélère le pas pour éviter la repentance et la culpabilité. Il arrive à la station, ouvre la porte d'accès et annonce :

— Délégué Pompeu, nous avons un sujet important sur lequel parler.

Le commandant fournit une liste au délégué dans son bureau.

—Et cela qu'est-ce que c'est ?

—Voici la liste complète de tous les contribuables en défaut. Je ne vais plus tolérer des retards et j'exige que vous, en tant que délégué, prenez les mesures.

— Leur avez-vous donné un plus long délai pour payer ?

—Oui, j'ai fait tout ce qui était à ma portée. Le collecteur d'impôts, Claudio, me dit qu'ils donnent des excuses ridicules pour ne pas payer.

— Je ne vois pas ce que je peux faire. La loi ne me permet de prendre aucune attitude.

— Je dois vous rappeler, M. Pompeu, que son cher poste de délégué sera en risque si vous ne prenez pas les mesures nécessaires. La loi que je connais est la plus forte et en tant que commandant, je vous dis de prendre immédiatement tout ces canailles et ne pas les libérer avant de payer ses dettes.

Le délégué Pompeu secoua la tête et appela deux subalternes pour commencer à prendre les victimes. Le commandant se sent satisfait, car ses exigences étaient satisfaites. Celle-ci serait la première de beaucoup d'attitudes arbitraires prises en étant la plus grande autorité politique de la région.

Messe

C'était un beau matin de dimanche. Les cloches de la chapelle sonnent en annonçant la messe dominicale. Dans la sacristie, le prêtre Chiavaretto se prépare pour une nouvelle célébration. Chiavaretto était le prêtre officiel de Mimoso. Venant de Venise, Italie, fils d'une famille de classe moyenne, il avait été ordonné en 1890. Son activité sacerdotale avait commencé dans son pays natal la même année de son ordination sacerdotale et a duré jusqu'à 1908. Cette année-là, par la détermination de l'évêque de Venise il a été officiellement transféré pour le Brésil. Sa mission était celle de prêcher l'évangile et catéchiser à tous ceux qui persistaient dans le paganisme. En deux ans de travail intense, il avait atteint des progrès dans le petit village. Cependant, l'un des buts à atteindre était celui d'obtenir une plus grande adhésion de la population aux messes. Au début, quand il est arrivé au village, la présence de la population était plus grande. Avec le temps, les gens ont perdu l'enthousiasme simplement parce que Chiavaretto faisait les messes entièrement en latin. C'était une décision officielle de l'Église à cette époque-là.

Avant de commencer la célébration, le prêtre fait un bref moment de réflexion. À sa pensée vient l'époque de Venise et le destin de chacun de ses frères. L'un d'eux a décidé de devenir soldat de l'armée de terre et il a fait partie d'un front pour l'intégration de la paix dans un autre pays. Il avait toujours eu la manie de protéger ses autres frères. L'une de ses sœurs est devenue religieuse et l'autre s'est mariée et a eu quatre enfants. Toutes les deux ont tracé des chemins opposés dans leurs vies, mais elles ont continué à être sœurs et camarades. Toutes les deux résidaient à Venise, Italie. Il est devenu prêtre, mais au lieu d'être une option, cela a été un signal du destin. Il a été appelé par Jésus. L'épisode qui l'a fait se décider à devenir prêtre a été le suivant : Lors qu'il était enfant, il jouait tranquillement avec l'un de ses amis sur un pont qui se trouvait juste sur un fleuve. Le jeu était le rattrapage. À cause de l'émotion du jeu, il a monte sur la protection du pont pour se voir libre de l'adversaire. Ses jambes tremblèrent, il s'est senti étourdi et a donné un faux pas tombant juste sur la rivière. Le courant était fort, car la rivière était en saison des crues. Chiavaretto tenta de nager, mais il n'avait pas d'expérience sur l'eau. Il plongeait progressivement et son ami ne faisait autre chose que regarder, car il ne savait pas nager non plus. À ce moment-là, il n'y avait aucun adulte près de lui. Dans peu de temps, Chiavaretto perdait peut à peu les forces et la conscience aussi. Quand il était pour sombrer, il prononça le Saint nom de Jésus. Rapidement, il sentit une main forte le soutenant et une voix qui prononçait :

—Pedro, n'aies pas peur !

Son nom était Pedro Chiavaretto. La main puissante l'a soulevée et l'a retiré de l'eau. Quand il était déjà sain et sauf, au bord de la rivière, l'homme mystérieux est disparu. À partir de ce jour-là, Pedro Chiavaretto s'est consacré à la religion et il est devenu prêtre. Cette expérience est restée secrète, car il n'a jamais rien dit à personne.

Le bref moment de réflexion passe et le prêtre se dirige vers l'autel. Il regarde le public présent et vérifie juste le même fait des autres réunions : Les riches et puissants, Assis sur les meilleurs sièges et les plus pauvres sur les autres. Ce type de division l'angoissait car c'était juste le contraire de ce qu'il avait appris au séminaire. Les personnes devant Dieu sont égales et ont la même importance. Ce qui distingue l'être humain et le rend spécial est son talent, charisme et d'autres qualités. Néanmoins, il ne pouvait rien faire. Avec la proclamation de la république et la constitution de 1891, il y a eu une séparation entre l'Église et l'état. Le Brésil est devenu, à partir de la constitution un pays sans religion officielle. L'église a perdu une bonne partie de son pouvoir et des privilèges aussi. Avec cela, le colonélisme (régnant au nord-est) était suprême dans ses décisions. Décisions que l'Église ne pouvait pas contredire.

Le prêtre commence la célébration et les seules qui font vraiment attention à ses paroles sont les bigotes, Christine et Mme. Helena, parce qu'elles connaissaient le latin. Les autres n'allaient à l'église que pour observer les vêtements, les modes et pour faire des commérages. Ils ne connaissaient pas bien le vrai sens d'une messe. Le prêtre parle sur le pardon et sur le fait que nous devons être attentifs aux signes de cœur. Il dit qu'il est la meilleure boussole pour les voyageurs perdus. La messe continue et arrive le moment de la communion. Quand le prêtre transforme le pain et le vin dans le corps et le sang de Jésus Christ, Christine imagine voir Claudio dans cet autel, auprès du prêtre. Elle secoue la tête et la vision disparait. C'était la deuxième fois que quelque chose comme cela lui arrivait. La première fois cela lui est arrivé, lorsqu'elle tricotait, sur le balcon de sa maison. Que se passait-il avec elle ? Ses pensées ne respectaient pas le rituel de la messe. Christine décide de ne pas prendre la communion parce qu'elle ne s'était pas préparée et ne se sentait pas complètement pure pour cela. Mme. Helena va. La célébration continue et Christine essaie de se concentrer dans le sermon du prêtre. Elle fait attention à chaque mot prononcé par lui. En ce moment, finalement elle réussit à oublier un peu Claudio et le merveilleux pique-nique. Elle s'était presque donnée à lui sur la montagne. Un reste de bon sens et la crainte du père l'ont assurée. Le prêtre donne la bénédiction finale et Christine se sent plus soulagée. Elle ne devrait plus s'efforcer pour bloquer ses pensées.

Réflexions

Christine abandonne les dépendances de la petite chapelle de S. Sébastian en compagnie de ses parents. Le commandant leur dit au revoir et va résoudre des affaires dans le bâtiment de l'association des habitants. Toutes les deux retournèrent à la maison. Au milieu du chemin, Christine commence à réfléchir sur le sermon qu'elle avait entendu peut avant de la part du prêtre. Elle avait obtenu le pardon de as maman après sa sortie du couvent ? Elle s'était pardonnée elle-même ? La réponse à ces deux questions était non. La mère, déçue après as sortie du couvent, n'a jamais été la même mère qu'elle avait appris à aimer et à respecter. Elle n'avait plus une attitude bienveillante ou des gestes fraternels comme avant. La mère n'a plus été son amie, elle n'était maintenant qu'une camarade. A maintes reprises, elle citait le couvent et commentait comment elle serait heureuse si elle aurait une fille religieuse. Elle nourrissait encore l'espoir que Christine retourne là. Quant à son destin, Christine avait encore des doutes. Elle avait la certitude sur le sentiment qu'elle exprimait par Claudio, mais elle avait peur de se donner entièrement à cette passion et d'être éraflée.

Christine a appris au couvent, que les hommes ont des milliers de visages et qu'ils ne sont pas fiables. Quant au fait de suivre le cœur, elle avait refusé de l'entendre dans les moments les plus cruciaux de sa vie. Elle ne l'avait pas entendu quand il lui disait de ne pas s'engager avec le fils du jardinier au couvent. Après l'expulsion, il l'a abandonné sans explication. Elle ne l'avait pas entendu non plus lorsqu'il l'a demandé de se donner à Claudio, à la montagne. Au lieu de cela, elle a préféré d'entendre les conventions sociales et la crainte. Les deux fois qu'elle a refusé d'entendre son cœur, elle s'est vue complètement endommagée. Christine fait un pacte avec elle-même et prétend l'entendre dans les prochaines occasions. Le sermon du prêtre Chiavaretto avait donné ses fruits.

Le trou

C'était un mardi matin très calme. Le jour auparavant, une pluie torrentielle avait rempli les rivières et les cours d'eau. La ville était bien animée avec beaucoup de baigneurs qui s'amusaient dans la rivière du Mimoso. Quant à cela, le groupe de jeunes conduits par Claudio se dirige chez Christine. Ils allaient l'inviter pour une autre promenade spécial. Ils arrivent chez elle et claquent pour être attendus. Gerusa, la domestique de la maison répond.

—Qu'est-ce que vous voulez ?
—Nous sommes venus parler avec Christine. Elle est-là ?

— Oui. Attendez un moment. Je vais l'appeler.

Quelques instants après, Christine apparait souriant et prête à les accueillir.

—Gerusa m'a dit que vous vouliez parler avec moi. De quoi s'agit-il ?

Claudio, le leader du groupe a pris la parole.

—Nous sommes venus vous inviter pour une intéressante promenade avec nous. Avec la pluie de hier, les rivières et les cours d'eau de la région ont débordé. Le village entier profite de cela. Sur le site de Frexeira Velha, près d'ici, il y a un scénario très spécial que nous voulons vous montrer. Allons-y ?

— Si vous me promettez qu'il n'y aura aucune surprise comme quand nous sommes allés au piquenique, j'y vais.

— Il n'y aura pas. Vous serez enchanté avec le site. (Fabiana)

— Nous vous promettons un matin vraiment spécial. (Rafael)

Les autres membres du groupe également encouragent Christine pour accepter et elle termine par céder. Après tout, elle ne faisait rien d'important à ce moment-là. Sortir un peu l'aiderait à mieux réfléchir sur quelques idées. Avec le consentement de Christine, le groupe commença à marcher se dirigeant vers un destin qu'elle ne connaissait pas. Claudio offre le bras à Christine et elle accepte, suivant l'instinct de son cœur. Elle avait appris cela avec le prêtre. Le contact physique a fait plonger Christine dans des mondes parallèles au delà de l'imagination d'un être humain commun. Dans ces plans il n'y avait pas de place pour personne, sauf elle et son bien-aimé. Elle se voyait mariée et avec au moins 7 enfants, tous de Claudio. Ses parents bigots et détenteurs d'une fausse morale n'avaient pas le pouvoir de l'affecter dans son imagination. Si la montagne d'Ororubá était sacrée, elle réaliserait sa pétition pour que ces plans deviennent réels. Bien que cela était presque impossible pour deux raisons. D'abord, parce qu'elle était fille d'une mère qui nourrissait encore l'espérance qu'elle devienne religieuse. Après, à cause de son père qui projetait pour elle un avenir supposé heureux, selon lui, la mariant avec quelqu'un de son niveau social. En plus, ils étaient tous les deux extrêmement intolérants.

Le groupe s'arrête un peu pour que tous s'hydratent. Claudio ne lâche jamais le bras de Christine. Dans sa pensée, Christine ne serait à lui que lorsqu'ils seraient connectés entre eux. Dès qu'il l'a connue, sa vie a changé. Il a commencé à ne pas donner tant d'importance au fait de boire et de fumer. Il a presque arrêté de faire cela. Ses amis ont aussi remarqué ces changements. Il est devenu un homme plus charismatique et joyeux. Il ne se plaigne plus du travail ni des comptes à payer. Il est devenu un être illuminé par le Dieu de l'amour. Pour Christine, il était prêt à tout : Faire face au commandant redouté et à sa femme; faire face à l'opinion publique ; faire face à Dieu et au monde, s'il était nécessaire. Il était en train de connaître le véritable amour, tout-à-fait différent d'autres fois qu'il s'était lié à une jeune fille.

Le groupe accélère le pas et environ dans dix minutes arrive sur le site Frexeira Velha. Ils tournent à droite et marchent encore quelques mètres à travers un raccourci au bord de la voie ferrée. Enfin, ils arrivent à son destin et Christine est émerveillé. Elle est devant une piscine naturelle taillée dans la pierre et qui reste exactement sur un petit ruisseau.

— Alors, c'est cela ce que vous voulez me montrer. C'est génial !

—Nous sachions que vous alliez aimer. C'est l'endroit idéal pour nous détendre. Il s'appel le trou. (Claudio)

Tout le monde court vers la petite merveille de la nature. Claudio s'écarte un peu de Christine et commence à faire des bonds amusants sur l'eau. Il se plonge et pendant un moment reste submergé. Christine s'inquiète et commence à le chercher partout dans la piscine. Quand elle s'y attend le moins deux bras forts soutiennent ses jambes et Claudio émerge de l'eau, la serrant contre lui.

—Est-ce que vous me cherchiez ?

Christine ne dit rien et redresse ses petits bras sur les épaules de Claudio. Il sent le moment et s'approche d'elle. Ses lèvres insistantes cherchent ceux de Christine. Tous les deux se rencontrent et cela provoque une pluie d'applaudissements. Christine et Claudio se tournent vers les autres et rient. Cela confirmait la relation entre eux. Tout le monde continue à profiter de la piscine. Claudio et Christine ne se séparent plus. Le groupe passe tout le matin dans le trou et après, tous les membres retournent chez eux.

La foire

Un mercredi tout ensoleillé se lève et Christine vient de s'éveiller. Elle quitte le lit et va prendre un bain. Elle entre dans la salle de bain, ouvre le robinet et l'eau froide inonde tout son corps. En ce moment, sa pense voyage et revient juste sur les événements du jour précédant. Elle pense au moment où Claudio l'a serré contre lui et l'a embrassé. Les deux contacts physiques qu'ils avaient eus au préalable l'ont fait sentir plus de certitude sur ce qu'elle sentait pour lui. C'était vraiment quelque sentiment durable. Elle éteint la douche, savonne son corps et la peur commence à occuper ses pensées intimes. Qu'est-ce qui leur arriverait le jour où ses parents prennent connaissance de sa relation ? Serait l'amour plus fort que les préjugés et les conventions sociales ? La montagne aurait-elle répondu à sa pétition ? La réponse à ces questions elle ne la connaissait pas. Il ne leur restait que profiter du moment et essayer de le faire durer pour toujours.

Elle ouvre la douche à nouveau et la peur antérieure disparait. Elle était prête à lutter pour cet amour, même si cela lui couterait cher. L'eau de la douche lui rappelle celle du Trou et comment était cet endroit magique. Elle pense que tous doivent être comme la rivière qui coule, qui se livre entièrement à son destin. Ce serait comme ça qu'elle allait agir par rapport à son amour, Claudio. L'eau froide commence à l'agacer et elle décide d'éteindre la douche. Elle prend deux serviettes et commence à sécher son corps. Ayant séché son corps, elle met ses vêtements et se dirige vers la cuisine pour prendre le petit-déjeuner. Quand elle y arrive, trouve Gerusa qui servait ses parents.

— Vous êtes déjà éveillée ? Vous avez bonne mine. Qu'est-ce qui est arrivé ?

—Rien, maman. J'ai seulement passé une bonne nuit.

—Ma fille a du bon sens, chérie. Elle ne ferait rien contre nos principes. (commandant)

Une glace parcourut le corps de Christine et en ce moment il semblait que ses parents devinaient ses pensées.

Elle décide de rester en silence pour ne pas éveiller les soupçons.

—Que pensez vous d'aller à la foire, aujourd'hui ? J'ai besoin des fruits, des légumes. (Mme. Helena)

—Je serai contente de vous accompagner, maman.

— Et bien, je ne peux pas. Je dois traiter quelques affaires. (commandant)

Toutes les deux terminent leur café et se dirigent vers la foire. La foire de Mimoso aimant pour les visiteurs de toute la région. Ce jour-là le mouvement était intense et avec cela le commerce également facturait. Christine et Mme. Helena s'approchent de la tente de fruits de Mme. Olivia et en ce moment les cieux semblaient se croiser dans l'échange de regards entre Christine et Claudio.

— Vous ici ? Je ne vous attendais pas. (Christine)

— Ma mère m'a demandé de prendre soin de sa tente. Qu'est-ce qu'un enfant ne fait pas pour sa mère ? Comment allez vous, mademoiselle ?

— Très bien.

— Je ne savais pas que vous étiez des amis si proches.

Christine cache un peu ce qu'elle sent par Claudio et répond :

— Il fait partie du groupe d'amis qui sont sortis ensemble et, en plus, il est mon collègue. L'avez vous oublié ?

—Ah, oui. Le collecteur d'impôts.

Claudio fait un clin d'œil à Christine en signe de complicité. Ils devaient tous les deux simuler jusqu'à ce que le bon moment arrive. Claudio demande :

— Qu'est-ce que vous souhaitez ?

— Je veux deux douzaines de bananes, trois papayes et six mangues. (Mme. Helena)

Christine fait attention à chaque détail viril de son amour et est impressionnée. Elle n'avait pas de doute : C'était cet homme celui qu'elle voulait. Peut importe les Peu importe combien d'obstacles elle devrait surmonter. Elle avait appris, au couvent, que le vainqueur était celui qui avait le courage de se risquer. Claudio leur donne les fruits et Christine et Mme. Helena se dirigent vers une autre tente. La foire continuerait jusqu'à 14:00 heures.

Le cas de la vache

Le commandant Quintino, étant l'un des conquérants de la région, est devenu un riche propriétaire de terres et par conséquent l'un des grands fermiers de la région. Un jour, ses employés traversaient le bétail par le chemin de fer afin d'avoir accès à l'autre partie du terrain du commandant. Par coïncidence, à ce même instant, un train à haute vitesse est apparu à l'horizon. Les employés ont accéléré le passage et le conducteur du train essayé d'arrêter le train mais sans succès. Une des vaches a été frappé par le train et elle est morte à cause de l'impact. Le conducteur a continué le voyage et les employés se sont senti outragés. Ils se sont réunis et ont décidé de raconter tout au commandant.

Quand le commandant a pris connaissance de l'histoire, il a ordonné à ses employés de mettre une grande pierre sur les rails de la voie ferrée. À cette heure, le commandant est resté caché en attendant le train qui est apparu sur l'horizon à l'heure prévue et quand le conducteur s'est aperçu de la pierre, il a freiné brusquement pour tenter d'empêcher l'accident. Heureusement, il a eu du succès et personne n'a été blessée. Le conducteur, en colère, est descendu du train et demanda :

— Qui a mis cette pierre au milieu du chemin ?

À ce moment-là, le commandant s'approche et demande à l'individu :

— Quel est votre nom ?

—Mon nom est Roberto. Dites-moi, qui a mis cette pierre au milieu du chemin ?

—Ce sont mes hommes qui l'ont mis là. Je vois qu'aujourd'hui vous avez eu du succès à arrêter le train. Néanmoins, hier même, vous n'avez pas eu du succès et vous avez frappé l'une de mes vaches.

—Cela n'a pas été ma faute. Le train coulait à haute vitesse et lorsque je me suis aperçu du bétail il était déjà trop tard.

— Vos excuses ne servent à rien pour moi. Ne vous inquiétez pas : Je ne vais pas vous dénoncer aux autorités et je ne vous demanderai pas non plus de restituer la vache. Néanmoins, à partir de demain, chaque fois que vous passiez par ce village, vous devrez obligatoirement vous arrêter en face de ma maison et ordonner à quelqu'un d'aller demander si quelqu'un de ma famille doit voyager. Si c'est le cas, vous devrez attendre aussi longtemps que nécessaire de sorte que nous pouvons nous préparer. Dans le cas contraire, vous pouvez suivre votre voyage en paix. Nous sommes d'accord ?

—Bien, je crois que je n'ai pas de choix. D'accord.

Le commandant donne l'ordre aux employés de retirer la pierre et comme ça le train continua son voyage.

La presse

Le commandant Quintino était fameux dans toute la région par ses méthodes de torture. Le plus connu d'eux était sans doute la presse redoutée. Il s'agissait d'un instrument de fer avec cinq anneaux, l'une pour mettre au cou, deux pour les mains et les autres dans les jambes. Les ennemis du commandant étaient fouettés dans la presse, souvent jusqu'à la mort.

Une fois, on a volé au commandant trois de ses chevaux et le voleur a été vu par l'un de ses employés. Le voleur a disparu pendant un temps et le commandant n'a pas pu le trouver. Avec l'affaire close, le voleur a décidé de retourner et on l'a vu se promener par Mimoso. Le commandant a su immédiatement et a donné à ses employés l'ordre de le capturer. Le voleur a été pris est mis dans la presse. Torturé et humilié, le voleur a avoué le crime et Il a dit qu'il avait vendu les chevaux pour obtenir un peu d'argent. Le commandant en colère ne l'a pas pardonné et a envoyé ses employés le fouetter toute la nuit. Le voleur n'a pas pu résister aux blessures et il est décédé. Les employés Du commandant ont recueilli le corps et l'ont enterré. Il a été une victime de plus de ce système archaïque de société. Un système qui tue même avant de juger.

Message

Il faisait environ deux semaines que Claudio et Christine flirtaient en caché. Les deux se voyaient tous les quinze jours au travail et dans d'autres situations avec le groupe d'amis. Ils profitaient bien de ces rencontres pour échanger des caresses et des baisers quand personne ne regardait.

Cependant, cette situation n'était pas confortable pour Claudio. Il se sentait encore incertain avec la résolution de Christine de ne rien dire sur sa relation. Il crier à tous les vents et dire au monde entier combien il se sentait heureux et réalisé. À cette fin, il a appelé Guilherme (un enfant de la rue) et lui tendit une note adressée à Christine. L'enfant est vite allé exécuter l'ordre.

Guilherme arrive chez Christine, claque et crie pour être reçu. Gerusa vient le recevoir.

—Qu'est-ce que vous voulez, mon enfant ?

— Cette note est pour mademoiselle Christine. Pouvez-vous l'appeler, s'il te plaît ?

— Vous pouvez m'en donner. Je suis fiable.

— Non. Je dois lui rendre cette note en personne.

Hésitante, Gerusa va chercher Christine. Une grande curiosité faisait sentir sa gorge étouffée. Elle était la domestique de la famille il y a dix ans et à son avis, rien qui se passait dans cette maison ne pouvait passer inaperçu à ses yeux. Depuis l'enfance de Christine, elle prenait soin d'elle et de ses intérêts, plus que sa propre mère. Ce ne serait pas maintenant qu'elle serait laissé de côté. Christine est dans sa chambre et quand elle reçoit la nouvelle va vite voir ce que l'enfant veut. Elle reçoit la note et Gerusa l'accompagne. Immédiatement, Christine s'enferme dans sa chambre laissant derrière elle une Gerusa angoissée. Elle s'est senti méprisée avec l'attitude Christine. Les années de camaraderie et de complicité s'écroulèrent par terre à ce moment-là. Après tout, que serait si important que Christine voulait le cacher ?

Rencontre

Avec le cœur accéléré, Christine commence à lire la note écrite par Claudio. Sur la note, il l'invite à une rencontre qui se tiendra dans sa maison. Christine est dans le doute et pense que probablement il peut être risqué d'y aller. Après tout, les commères du village pourraient poser des soupçons sur les deux et cette nouvelle éventuellement atteindre les oreilles de leurs parents. Elle voulait préserver la relation. De l'autre côté, elle ne voulait pas faire du mal à Claudio et avec cela provoquer l'éloignement entre eux. Le sentiment qu'elle avait maintenant pour son amour était la chose la plus importante pour elle. Elle pense un peu et décide d'y aller. Certainement, valait bien le risque par le seul et vrai amour. Ils feraient face ensemble aux conséquences si elles avaient lieu.

Christine s'habille et part sans rien expliquer à Gerusa ni à personne. Son esprit vagabonde par des endroits inconnus à tout autre être humain ne connaissant pas son histoire. Elle pense au couvent, au fils du jardinier et à son amour, Claudio. Le couvent apparait comme une image ancienne qu'elle veut oublier. Là, elle a appris le latin, les bases de la religion, le respect par les personnes et le vrai sens du mot amour. Encore au couvent, elle se rappelle du fils du jardinier et de son importance dans la maturation d'une décision qui a changé sa vie. Elle a désisté d'être religieuse et a assumé toutes les conséquences dérivées de cela tel que la déception et le mépris de la mère. Elle pense à Claudio et avec cela un fil d'espoir remplit tout son être. L'espoir qu'ils restent ensemble, unis par un amour éternel. Même si pour cela ils devaient briser des barrières insurmontables. Il lui vient à la mémoire le piquenique à la montagne et comment ils étaient heureux malgré qu'ils n'étaient pas ensemble. Elle se souvient bien de l'étreinte, le baiser et la pétition qu'elle avait formulé à la montagne sacrée. D'une certaine façon, sa pétition D'une certaine manière, sa demande commençait à être répondue, car Claudio et elle se fréquentaient. Sa participation à la messe et l'apprentissage qu'elle a eu là l'ont aidé a assumer as relation là au trou. Cet endroit magique avait la propriété d'enchanter et rejoindre les cœurs. Elle a appris a être comme une rivière qui coule, se livrant entièrement à son destin, Claudio. C'est à cause de lui qu'elle a décidé d'aller à la rencontre.

Christine accélère les pas bougée par une curiosité surhumaine. Elle est déjà à quelques mètres de la destination. Elle regarde autour et s'assure que personne ne la suit ou ne l'observe pas. Son instinct d'autoprotection était plus grand que tout. Après tout, toute précaution était peu dans une relation qui ne se consolidait pas encore. Elle avance un peu plus et finalement arrive chez Claudio. Elle frappe à la porte a fin d'annoncer son arrivée. La porte s'ouvre et Claudio la fait entrer. À la surprise de Christine, toute la famille de Claudio était réunie là.

— Voici ma petite amie, Christine, comme je vous l'avez promis. Il y a 2 semaines que nous nous fréquentons. Voici ma mère, Olivia (montrant une dame de traits fermes qui semblait avoir environ cinquante ans). Les autres vous les connaissais déjà: Mes sœurs Fabiana et Patricia et mon père Paulo Pereira.

Christine est à bout de souffle avec cette présentation. Qu'est-ce que Claudio faisait ? N'avaient-ils pas accordé de se fréquenter en caché ? Maladroitement, Christine salue tout le monde. Claudio le dit de s'asseoir à table, là où tout le monde est.

—Soyez la bienvenue à la famille, Christine. Mon mari et moi, nous aimons cette relation. Vous êtes une jeune fille sérieuse et bien douée. (Mme. Olivia)

— Merci. Je ne m'attendais pas à cela. Claudio m'a surpris. (Christine)

—Je ne supportais plus cette situation. Mes parents avaient le droit de connaître la bien-aimée de mon cœur. (Claudio)

Ayant dit cela, Claudio a entouré Christine avec ses bras et l'a embrasé.

— J'ai déjà dit à Christine combien je suis heureuse d'être sa belle sœur. En plus, je veux dire que j'admire sa détermination et son courage. (Fabiana)

—Moi aussi. Je souhaite du bonheur au couple. (Patricia)

Paulo Pereira commence à servir le cocktail et Christine est un peu renfermée, malgré être heureuse. La conversation commence à tourner sur divers sujets et Christine est le centre d'attention. Tout le monde fait de louanges sur sa posture et ses manières. Le temps passe et Christine ne s'en aperçoit pas. Après de se connaître davantage, Christine dit au revoir et Claudio l'accompagne vers la sortie. Ils s'enlacent et s'embrassent avant de se quitter. L'attitude de Claudio montra à Christine que ses intentions étaient sérieuses et authentiques.

Confession

C'était un beau matin de jeudi et Christine se prépare pour être reçue par le prêtre Chiavaretto. Il y a une rangée de cinq personnes. L'anxiété, la nervosité et le doute envahissent tout son être. La préparation qu'elle avait faite avant la confession n'avait pas encore fait aucun effet. À sa mémoire reviennent tous les faits qu'elle considère comme des péchés : Les omissions, les erreurs et le manque de précautions. Néanmoins, elle n'avait pas la certitude de dire toute la vérité. De l'autre côté, si elle ne les disait pas, elle continuerait toujours en état de péché. Les religieuses du couvent auquel elle est restée pendant trois ans étaient très stricts en ce sens. La rangée avance et Christine est la prochaine à être attendue. Elle entre dans le confessionnal et s'agenouille.

— Je vous salue Marie, très pure !

—Conçue sans péché.

—Révélez vos péchés, ma fille.

— Eh bien, Prêtre, j'ai un grand secret qui est trop lourd pour moi. Il y a quelque temps que je fréquente en caché le collecteur d'impôts, Claudio. Ce secret me tue, prêtre. Parfois, je ne peux pas dormir la nuit. Cependant, si mes parents le savaient, ils seraient contre cette relation, car ils ont beaucoup de préjugés. Qu'est-ce que je peux faire, prêtre ? Je ne veux pas terminer avec Claudio, parce que je l'aime.

— Ma fille, vous devez avouer toute la vérité. Uniquement celle-ci peut vous libérer des remords. Parlez avec vos parents et montrez votre point de vue. Quand l'amour est vrai, il surmonte les obstacles. Je pense que je vais vous donner une pénitence pour que vous puissiez mieux réfléchir. Priez dix Notre Père et cinq Ave Marias.

Christine remercie le prêtre et va réaliser sa pénitence. Elle va bien réfléchir aussi sur les conseils qu'il lui avait donné.

Commérage

La visite de Christine chez Claudio n'a pas passé totalement inaperçue et ou la façon dont il la traitait en public. Beatriz, voisine de Claudio, a soupçonné que la visite n'était pas d'une simple amie. Après le fait, elle a décidé de les surveiller de près pour vérifier si ses soupçons étaient réels. Elle a finalement découvert toute la vérité. Pendant un temps, elle a gardé silence même par crainte de la réaction du commandant et de sa femme. Après, elle n'a pas trouvé juste cette situation. Avec un sens de la justice, elle a décidé d'aller chez le commandant pour lui dire tout. Elle arrive, claque et elle est reçue par Gerusa.

—Qu'est-ce que vous voulez ?

— Je veux parler avec le commandant et sa femme.

— Ils sont dans le salon. Entrez-y.

Rapidement, Beatriz entre et se place face à eux.

— Bonjour, M. le Commandant Quintino et Mme. Helena. Je dois parler avec vous quelque chose de sérieux. Votre fille est ici ?

—Elle est allée se confesser. (Mme. Helena)

—Encore mieux. C'est d'elle que je veux parler. Elle est tombée amoureuse de Claudio, le collecteur d'impôts et ils se voient en secret. C'est tout. J'ai parlé.

—Quoi ? Vous êtes folle, femme ? Ma fille a du bon sens. Elle ne s'engagerait avec un garçon de ce type. (Commandant)

—Je ne crois pas, non plus. Je veux encore qu'elle devienne religieuse. (Mme. Helena)

—Je peux vous garantir que ce que je vous dit est vrai. Je les ai vus serrés l'un contre l'autre en s'embrassant, avec mes yeux que la terre va manger.

— Alors, elle nous a trahi. Elle se trompe si elle croit qu'elle restera avec lui. Je ne vais pas mélanger mon nom et mon sang avec un simple Pereira. (Commandant)

—Je n'accepte, moi non plus. Si c'était ma décision, elle ne se marierait pas non plus. (Mme. Helena)

— Et bien, je crois que j'ai accompli ma mission de citoyenne. Je ne supporte pas voir des injustices.

—Merci de nous avoir averti. Je sauré vous compenser.

Le commandant se lève et donne une liasse de billets à Beatriz. Elle se retire du bungalow heureuse et tranquille, car elle considérait sa mission accomplie.

Voyage à Recife

La nouvelle que Christine était devenue amoureuse d'un simple collecteur d'impôts n'a pas laissé heureux le commandant. Blessé dans son orgueil, il planifia une sortie à cette situation vexatoire pour lui. Il envoya une note au préfet et au colonel de Rio Branco les invitant à un Voyage à Recife. Ils iraient tous les trois parler avec le gouverneur sur des affaires, de la politique et des sujets personnels. Ayant tout accordé, le commandant prépara ses valises, car il partirait le lendemain pour Recife.

Le jour s'est levé avec le soleil plus chaud que jamais. Le commandant s'éveille et sans retard, il se lève pour prendre son bain. Il entre dans la salle de bain, ouvre la douche et l'eau inonde son corps. L'eau froide calme davantage sa conscience, car son sang est encore brulant. Il se rappelle de Christine quand elle était petite. Elle était si douce et tendre comme une fleur. Une fois elle jouait avec des poupées et elle l'a invite pour jouer aussi. Sans trop d'enthousiasme, il accepta. Christine jouait le rôle de la mère et lui celui du père de la poupée. Ils ont passé longtemps à simuler des conversations à l'intérieur d'une famille. Il y a eu un moment où elle a dit : - Ma poupée a de la chance ayant un papa comme vous. Cela l'a trop ému et il a du quitter le jeu pour qu'elle ne le voit pleurer. Qu'est devenue cette petite fille sensible ? Comme pouvait-elle le trahir de cette façon-là ? Quand elle est née, il a reconnu un mécontentement à cause d'avoir eu une fille. Le plus juste pour lui aurait été d'avoir eu un garçon, quelqu'un pouvant le succéder dans la tyrannie, dans le pouvoir politique et dans l'ostentation sociale. Cependant, dans le cours des années, elle a montré sa valeur et a conquit tous dans la famille. Donc, son plan était maintenant de trouver un bon mari pour prendre soin de sa fille et qui puisse le succéder. Des plans qui risquaient d'échouer avec la dernière nouvelle qu'il venait de recevoir. Vite, le commandant éteint la douche et sort de la salle de bain. Elle avait hâte de passer à l'action avec son plan.

    Il se dirige vers la cuisine et va boire son café. Salue sa femme, mais il fait semblant de ne pas voir sa fille. Christine prend l'initiative et lui parle. Mais il lui répond dur et sec. L'attitude de son père lui semble étrange, mais elle reste en silence. Le commandant boit son café, annonce qu'il restera dehors pendant quelques jours, se lève et s'en va. Une fois hors de la maison, il commence a dessiner le plan d'action : D'abord, aller à la station de police et après, s'embarquer dans le train pour aller à Recife. Ses plans révèlent la situation dans laquelle le commandant se trouve : Inquiet, appréhensif et déçu. Inquiet pour se trouver dans la situation actuelle : Beau père d'un simple fonctionnaire public. Appréhensif de ne pas connaître avec certitude le résultat de ce voyage. Déçu à cause de la trahison de sa seule fille bien-aimée. Qu'est qu'on pouvait attendre maintenant ? Et bien, il ne le savait pas. Quelques minutes plus tard il peut voir la station de police et sa haine augmente encore plus. Qui ce misérable collecteur d'impôts pensait qu'il était ? Pas même dans ses rêves pourrait-il entrer dans la famille Matias. Une famille traditionnelle et qui a dominé pratiquement toutes les terres se trouvant à l'ouest de Pesqueira. Qui étaient-ils les Pereira ? Uniquement une famille de simples commerçants qui n'étaient pas à la hauteur de sa fille. Il n'allait pas permettre, étant en vie, que les deux puissent rester ensemble.

Finalement, le commandant entre dans la station de police et se dirige au bureau du délégué Pompeu. Il le salue et commence à parler.

— M. Pompeu, j'ai un service pour vous. Je veux que vous détenez un homme pour moi.

— Pourquoi ? Qui est cet homme ?

—Est un homme qui a manqué le respect à ma fille. Il s'appelle Claudio, le collecteur d'impôts.

— Claudio ? Il me semblait si correct.

— Je croyais cela aussi. Néanmoins, il m'a déçu avec son attitude. À partir d'aujourd'hui, il est mon ennemi et doit souffrir à cause de sa trahison. Je veux que vous le détenez immédiatement et que vous ne le libérez pas avant me consulter.

— C'est bien. Je vais le faire. Mes hommes vont le prendre même aujourd'hui.

— C'était cela ce que je voulais entendre. Vous êtes un bon ami, Pompeu. Peut-être que lorsque je serai maire vous ne serez pas mon secrétaire.

— Á vos ordres, major.

Les deux disent au revoir et le commandant part vers la gare de train. Un train ayant comme destination Recife sortirait dans quelques minutes. Les pas du commandant sont régulièrement disposés et se sent plus tranquille. La première étape de son plan a été accomplie. Son ennemi, dans peu de temps, serait impuissant derrière les barreaux. Christine devrait s'habituer à vivre sans lui. Le commandant commence à élaborer, dans sa tête, la deuxième étape de son plan. Une étape que seul Dieu et lui connaissaient. Il arrive à la gare, achète le ticket, salue les fonctionnaires et s'embarque.

En entrant dans le train, il aperçoit le colonel de Rio Branco (Monsieur Henrique Cergueira). Il s'assoit à côté de lui et se sent heureux que le colonel ait satisfait sa demande. Ils commencent à bavarder et se rappellent de leur époque d'explorateurs. Ils se rappellent de la résistance des indigènes et comment ils ont dû être cruels pour prendre possession de leurs terres. Ceux-là ont été des moments de gloire pour eux. Le commandant Quintino et le fermier Osmar ont pris possession des terres dans la région de Mimoso et le colonel Henrique Cergueira des terres dans la région de Rio Branco, village situé à l'ouest de Mimoso. Le colonel se souvient comment il a été habile pour convaincre une famille d'indigènes qu'il ne leur ferait aucun mal. Le temps passa vite pour eux en se rappelant de ce passé pas si lointain.

Le train siffle pour annoncer qu'on va faire un arrêt. Le commandant et le colonel sortent pour faire un repas rapide. Ils arrivent dans un bar à côté de la gare de Pesqueira.

—Qu'est-ce que vous voulez, messieurs ?
—Deux verres de ceux bons que vous avez là et un plat de rôti. (Commandant)
— Et bien, vous m'avez invitez pour aller à Recife, mais vous ne m'avez pas expliqué quel est le vrai sens pour aller là-bas.
— J'ai mes plans, mais je ne peux pas vous en parler maintenant. Je dois résoudre une situation avec le Gouverneur et après cela avoir une conversation sérieuse avec vous.
— Ne pouvez vous m'avancer quelque chose ?
— Non. Rien en dehors de ce que je vous ai déjà dit.

La conversation s'est refroidi et les deux ont mangé son déjeuner. En sortant du bar, ils retournent à la gare et s'embarquent à nouveau, parce que le train allait sortir. En entrant dans le train, le maire était déjà là. Le commandant s'est senti heureux que celui-ci ait répondu à sa demande. Ils restent dans la même queue du train en parlant de la famille, le début du football et des femmes. En parlant de sa famille, le commandant parle de sa femme et de sa fille comme ses plus grands trésors. Le colonel parle de son fils Bernardo et de sa fille Karina et il assure qu'ils seront ses légitimes successeurs tant dans la politique que dans la façon d'agir. Le maire dit qu'il n'a pas d'enfants, car sa femme est stérile, mais qu'il est heureux dans son couple malgré cela. En parlant du sport, ils parlent de Sport Recife et Nautique comme les meilleurs équipes de football de l'état. En ce qui concerne les femmes, le commandant affirme qu'il aime toutes les femmes. Le colonel dit qu'il préfère les femmes noires et de corps mince. Le maire affirme qu'il ne regarde autres femmes que la sienne. Les autres rient avec cette affirmation. Ils continuent à bavarder et le temps passe vite. Le train s'arrête plusieurs fois avant d'arriver à sa destination finale qui est Recife.

Les trois débarquent et louent immédiatement un véhicule pour les emmener au palais qui est le siège du gouvernement de l'état. Dans la voiture, le conducteur se présente et pose quelques questions. Ils répondent en continuant la conversation. Le conducteur parle sur Recife, en remarquant ses ponts, ses plages, ses rivières, ses églises et d'autres endroits touristiques. Il finit par dire que les gens de Recife sont accueillants et sympathique. Le commandant ne fait pas trop d'attention à la conversation, car il est concentré dans ses plans. La conversation avec le Gouverneur serait décisive pour lui. Quelque temps après, la voiture s'arrête face au palais et tous décèdent.

Les trois parcourent la distance qui leur sépare du palais et entrent par la porte principale. Une fois à l'intérieur, ils sont conduits vers le cabinet où le gouverneur est à l'écoute. Ils entrent dans cette répartition et sont reçus par le Gouverneur. Le maire fait les présentations nécessaires.

—Voici le commandant Quintino, principale autorité politique de la région du prospère village de Mimoso. Voici le colonel de Rio Branco (Henrique Cergueira), un important explorateur de la région ouest de Pesqueira.

—J'ai déjà entendu parler de Mimoso. Cet endroit est devenu un important comptoir commercial de Pernambuco, avec l'implantation de la voie ferrée. Quant au colonel de Rio Branco, sont notoires les histoires de ses grandes actions. C'est un honneur de vous accueillir ici dans ce bâtiment qui représente la force de notre peuple et la fierté de notre état. Comment puis-je vous aider ?

— Le commandant doit savoir. Il nous a invité venir ici, mais il ne nous a rien avancé sur le motif. (colonel de Rio Branco)

— C'est vrai. Il s'agit des élections prochaines de la mairie de Pesqueira. Je veux, avec tout le respect, que M. le Gouverneur, me soutienne comme successeur de notre cher ami ici présent, Monsieur Horacio Barbosa.

— Comment ? La région de Pesqueira a beaucoup de colonels. L'un d'entre eux doit être le successeur.

—Aucun d'entre eux a mon courage et mon pouvoir politique. Je mis en œuvre un instrument de torture appelé presse qui est la terreur de mes ennemis. Je ne suis plus un simple commandant. Monsieur Horacio et Monsieur Henrique présents ici peuvent témoigner à ma faveur.

— C'est vrai. Le commandant Quintino se distingue dans la ville de Pesqueira. Il est un important membre de notre système "Colonélisme". Moi, en tant que colonel de Rio Branco, lui donne mon soutien sans restriction.

— Je lui donne mon soutien aussi. Il a été l'un des premiers explorateurs des terres de la région de Mimoso. Son attitude avec les indigènes a été très important et décisif. Il est le seul qui peut me remplacer au poste de maire.

—Et bien, si vous témoignez ensemble et approuvez sa candidature, je ne m'y oppose pas. Je vais le soutenir pour qu'il devienne le prochain maire de Pesqueira.

Les trois applaudissent le Gouverneur et le commandant Quintino traine par le bras le colonel de Rio Branco l'emmenant dans une autre salle où ils auront une conversation décisive.

—Que voulez-vous parler avec moi, commandant ? Pourquoi m'avez vous traîné de cette façon ?

— J'ai quelque chose à vous proposer. J'ai une belle fille appelée Christine et je veux la marier le plus tôt que possible. J'ai pensé un peu aux prétendants possibles. Alors, je me suis rappelé de votre fils Bernardo et de comment lui est votre successeur légitime tant dans les attitudes que dans la politique. Je crois qu'il est devenu le couple idéal pour ma fille. Qu'est-ce que vous me dîtes ? Ce serait formidable que les deux unissent nos familles.

Monsieur Henrique pense pendant quelques minutes et réponds ce qui suit :

—J'ai aussi pensé à marier Bernardo. Il arrive un moment où un homme doit développer le jugement et créer des racines. Votre fille serait un excellent parti pour lui. Cependant, elle n'allait pas devenir religieuse ?

—Elle a déjà abandonné cette idée. Ma femme a rempli sa tête quand elle était petite. Maintenant, elle est décidée et prête à se marier. Pour quand pouvons nous fixer la date du mariage ?

— Je pense qu'un mois c'est suffisant pour s'occuper des préparatifs. Nous devons organiser une grande fête et inviter nos partenaires du système.

— Bien sûr. Tout pour le bonheur des deux. Je ne vois pas l'heure où ma maison sera pleine de nos petits-enfants.

Les deux se saluent et retournent au bureau du gouverneur où ils rejoignent le maire. Il disent au revoir à la plus haute autorité politique de l'état et se dirigent vers un hôtel proche. Ils allaient passer deux jours à la capitale pernambucana pour assister à des cérémonies et en profitant de la beauté des plages.

Retour à l'intérieur

Les trois voyageurs de l'intérieur disent au revoir à l'hôtel et aux commodités de la capitale pernambucana. Ils charter une voiture directement à la gare. Dans peu de temps ils arrivent à sa destination. Ils sortent de la voiture, achètent les tickets et finalement, ils s'embarquent. Il s'assoient dans la partie correspondante à la première classe. Le maire et le colonel de Rio Branco commencent à bavarder, mais le commandant est un peu distrait et pensif. Dans sa pensée, il voit l'image de Claudio et de Christine. Non, ils ne pourraient pas rester ensemble, car ils appartenaient à des mondes complètement différents. Il n'avait pas élevé as fille pour être employée dans un magasin. Elle méritait plus que tout cela, car elle était la fille du commandant, la plus haute autorité politique de la région de Mimoso. Dans sa pensée, le commandant voit Claudio détenu et cela lui donne une étrange sensation de plaisir. Qui l'a fait lui trahir comme ça ? Qui l'a autorisé à rêver si haut ? Il ne faisait autre que payer le prix de as folie. Le commandant voit toute la scène et n'a aucun regret. Après tout, il ne faisait autre chose que protéger les intérêts de sa fille et son avenir.

Le train embarda un peu et le commandant s'intègre à la conversation de ses deux compagnons. Ils parlent de se projets à l'avenir. Le colonel de Rio Branco aspire que son village devienne bientôt une ville et en conséquence obtenir l'indépendance de la commune de Pesqueira. Il rêve à être maire et au moyen de cela obtenir de bonnes positions pour ses proches. Le maire parle de quitter la politique et devenir un grand propriétaire des terres du sertao, près de Vila Bela. Il parle d'élever beaucoup de bétail et faire de vastes jardins. L'argent qu'il a obtenu en pratiquant des fraudes serait déjà suffisant pour réaliser ce plan. Le commandant est plus modeste. Il souhaite voir as fille marié et avec des enfants. Il compte aussi avec la parole du gouverneur qui lui a promis de le soutenir pour devenir maire. Les trois continuent à bavarder et un fonctionnaire leur propose du jus et des collations. Ils acceptent. Le temps passe vite et ils passent par les principales villes de l'état. Quand ils arrivent à Pesqueira, le maire dit adieu et débarque.

Le reste du trajet (24 Km) entre Mimoso et le siège se réalise de manière calme et sécuritaire. Le commandant et le colonel de Rio Branco restent en silence la plupart du temps. Quand le train arrive à Mimoso, le commandant dit adieu et débarque. Au moment de descendre, il montrait son bonheur sur son visage, car il se sentait comblé.

Mariage Arrangé

Après avoir salué les fonctionnaires de la gare, le commandant part chez lui. Il rencontre quelques gens dans la route, mais ne fait pas beaucoup d'attention, car il réfléchit sur la meilleur façon de donner les nouvelles à ses femmes. Quelle serait la réaction de Christine ? Qu'est-ce que dirait sa femme bien aimée ? La première avait trahi sa confiance tombant amoureuse d'un simple collecteur d'impôts. La deuxième, souhaitait encore que la jeune fille devenait religieuse. Et bien, il ne se souciait pas. Il était l'homme de la maison et les deux devraient accepter leurs décisions. Ce qu'il avait décidé était le mieux pour toute la famille. Avec cette pensée, le commandant accélère ses pas et dans peu de temps il arrive chez lui. Il ouvre la porte principale, se dirige vers le salon, mais il n'y a personne là. Il appelle sa fille et sa femme et elles répondent depuis la cuisine. Rapidement, il y va.

—Je suis arrivé de Recife. Vous ne m'embrassez pas ?

Christine et Mme. Helena répondent chaleureusement à la demande du commandant. Ils passent quelque temps à échanger des caresses.

— J'apporte de bonnes nouvelles pour vous. Voyez, quel honneur, j'ai eu le privilège de parler avec le gouverneur en personne.

—Je savais toujours que tu étais un grand homme. Depuis que je vous ai connu, j'ai eu la certitude que vous étiez l'homme de ma vie. Un visionnaire et de succès. Vous avez acheté le grade de commandant, nous avons déménagé pour Recife et vous avez eu l'idée géniale de saisir une grande partie des terres situées à l'ouest de Pesqueira. À partir de ce moment-là, notre vie n'a vu que le succès. Je suis fière de vous, mon amour. (Mme. Helena)

Le commandant et sa femme se serrent et s'embrassent et Christine se sent émue avec la scène. Elle voulait aussi être heureuse de même que ses parents.

—Quelles sont ces nouvelles, papa ? Je suis anxieuse d'en connaître.

Le commandant leur demande de s'asseoir avec un regard sérieux et mystérieux.

— Eh bien, il s'agit de deux grandes nouvelles. La première est que le gouverneur va me donner plein soutien à ma candidature pour devenir maire de la commune de Pesqueira. La deuxième, et pas moins importante, est que j'ai arrangé un beau mariage pour vous, Christine. Votre époux sera le fils de l'important colonel de Rio Branco. Il s'appelle Bernardo et il a le même âge que vous. Le mariage sera dans un mois.

Un frisson traverse la colonne vertébrale de Christine et elle devient un peu étourdie. Est-ce qu'elle avait bien entendu ? Cette réalité était pire que n'importe quel cauchemar.

— Comment ? Vous avez arrangé un mariage pour moi ? Je ne m'attendais pas à cela. Papa, je ne suis pas prête pour cela. Je ne connais pas ce jeune garçon et en plus, je ne l'aime pas. Vous devez me pardonner, mais je ne vais pas me marier avec lui.

—Moi, je suis contre cette décision. J'ai toujours rêvé que ma fille devienne religieuse. Je garde toujours l'espoir qu'elle retourne au couvent. Le mariage n'apportera pas le bonheur à ma fille.

— C'est décidé. Vous pensais que j'allais accepter votre flirt avec Claudio ? Pas même dans ses rêves pourra-t-il devenir mon gendre. Je n'ai pas élevé ma fille pour la donner à n'importe qui. Quant à l'amour, ne vous inquiétez pas, il arrive avec le temps.

Christine commence à pleurer avec toute cette situation. Cela veut dire qu'il savait déjà sur Claudio et elle ? Il ne lui avait rien dit.

— Papa, j'aime Claudio de toutes mes forces. Même si je ne peux rester avec lui, je ne l'oublierai pas. Ce mariage que vous avez arrangé pour moi n'apportera que de malheur. Je pense que tout cela ne se terminera pas bien.

— Ne dites pas de bêtises. Tout ira bien. Quant au Claudio, Il ne vous fera plus de mal. Je l'ai déjà je retiré de circulation.

—Qu'est-ce que vous avez fait avec lui ?

— J'ai donné l'ordre au délégué Pompeu pour qu'il l'arrête. Là, il va regretter de vous avoir touché un jour.

—Vous êtes un monstre sans cœur. Je te haïs !

Christine se retire de la cuisine et va s'enfermer dans sa chambre. Elle a pleuré le reste de la journée pour son amour impossible.

Visite

L'arrivée d'un nouveau jour ne semblait avoir rien d'excitant pour Christine. Elle venait de s'éveiller, mais continuait immobile sur le lit. La veille avait été vraiment dévastatrice pour sa vie. Avec la nouvelle du mariage arrangé, son cœur avait été détruit de même que son espoir d'être heureuse. Elle ne faisait autre chose que penser à Claudio et à sa souffrance. Elle essaie de se lever, mais son corps affaibli résiste à cette tentative. Elle essai une, deux, trois fois, jusqu'à ce qu'elle réussit. Elle regarde le miroir et voit une Christine abattue et vaincue. Qu'allait se passer avec elle. Pourrait elle cacher le dégoût qu'il éprouvait pour cette étrange avec qui elle devait se marier ? Après tout, il ne faisait autre chose que détruire une belle histoire d'amour. Elle a mieux réfléchi et change d'avis. Ils n'avaient aucune culpabilité. La faute était d'un système archaïque qui établit que les parents doivent arranger les mariages de ses enfants. Où se trouvait-elle la liberté si longtemps attendue et idéalisé dans la révolution française ? Elle n'existait pas au Brésil tout simplement. L'égalité et la fraternité étaient également des objectifs lointains à atteindre. Dans un monde où le colonélisme et l'autoritarisme dominaient, il n'existait pas un endroit pour les droits.

Christine s'éloigne du miroir et décide de prendre une douche. Peut-être qu'un peu d'eau froide pourrait calmer ses nerfs et son humeur ? C'est avec cet espoir qu'elle entre dans la salle de bain. Environ vingt minutes après elle sort de là et il semble qu'elle va un peu mieux. L'eau a même la propriété de restaurer les forces. Elle s'essuie et met une belle tenue. Après, elle va boire un café à la cuisine. Elle rejoint là sa mère qui est servie par Gerusa.

—Où est mon papa ?

—Il a sorti tôt. Il est allé acheter des bovins à la ferme voisine. Après, il a une réunion d'affaires dans l'association d'habitants. (Mme. Helena)

— Il est encore avec cette idée fixe de vouloir me marier ?

— Il a été bien précis hier. Votre mariage se réalisera dans un mois. Si c'était toi, je serais conforme, car il ne va pas changer d'avis.

— Ne pouvez pas, maman intervenir dans ma faveur ? Ce mariage n'apportera rien de bon à notre famille.

— Je ne veux pas me disputer avec votre père. Notre mariage a duré jusqu'à aujourd'hui, parce que j'ai appris à être prudente et soumise. Si vous m'aviez écouté et resté au couvent, vous n'auriez pas du faire face à cette situation. Vous seriez en ce moment en en pleine communion avec notre Seigneur Jésus-Christ.

—Je n'allais pas vivre votre rêve, maman. J'ai ma propre vie. Il y a beaucoup d'autres moyens pour servir à notre Seigneur Jésus-Christ.

— Alors, ne me demandez rien.

Christine est restée en silence et termine de boire son café. Elle se lève et invite Gerusa pour l'accompagner faire une promenade, à ce que Gerusa a vite répondu. Elles sortent toutes les deux sans éveiller des soupçons chez Mme. Helena. Lorsqu'elles sont en dehors de la maison, Christine répète les instructions à la femme de chambre. Elle les reçoit et toutes les deux continuent à marcher. Elles se dirigeaient vers la station de police ou Christine prétendait voir à nouveau, même si ce n'était quelques instants, son grand amour, Claudio. Son petit cœur était serré en pensant aux probables atrocités commises contre lui. Elle accélère un peu plus le pas pour le revoir. Elle n'avait pas oublié les moments spéciaux à la montagne ni le trou où elle s'est entièrement abandonnée à lui. Son père pourrait la marier à un autre homme, mais il ne pourrait pas tuer le sentiment qu'elle gardait dans son cœur. Même s'il voudrait le faire, il ne pourrait pas.

Enfin, quelque minutes plus tard, elles arrivent toutes les deux à la station de police. Christine dit à Gerusa de l'attendre dehors et elle se dirige au bureau du délégué.

—Bonjour, mademoiselle Christine, qu'est-ce que vous souhaitez ?

— Je veux parler avec le détenu Claudio.

—Je suis désolé, mais j'ai des ordres stricts qu'il ne reçoit aucune visite de personne. En plus, ses parents sont venus ici et je les ai rejeté. Il est en qualité d'isolement.

—Vous savez très bien que son arrestation est illégale. Si les autorités municipales prennent connaissance, vous aurez des difficultés.

—La seule autorité que je connais vraiment est votre père, le commandant. Cet homme est terrible et je vous demande des excuses pour utiliser ce mot.

—Vous ne m'avez pas compris. Je veux le voir maintenant ou vous allez refuser d'exécuter une ordre de la fille du commandant ?

Le délégué Pompeu réfléchit un peu et décida de ne pas se risquer. Il appela l'un de ses subalternes et lui a ordonné de laisser seuls Claudio et Christine, dans une salle privée. Ils s'enlacent tous les deux et se donnent un long baisser.

— Comment allez-vous ? Ils vous ont beaucoup maltraité ?

— Je suis dévasté. Être loin de vous est le pire des supplices. Ils ne me traitent pas bien et la nourriture n'est pas bonne, mais je suis vivant. Vous aviez raison, Christine, vos parents ont beaucoup de préjugés.

Christine passe sa main sur le dos de Claudio et s'aperçoit des marques de sa souffrance. Un frisson parcourt sa colonne vertébrale et elle se met à pleurer.

—Pourquoi se passait tout cela ? Est-ce que deux êtres humains n'ont pas le droit de s'aimer librement ? Et la demande que nous avons fait à la montagne ? Est-ce qu'il va se réaliser un jour ?

—Vous devez avoir foi dans l'amour et à la montagne, Christine. Alors que nous sommes en vie, il y a un espoir, même petit. Entrons dans la grotte du désespoir, même avec l'imagination, nous allons surmonter les obstacles et les pièges. La grotte est capable de faire réalité les souhaits plus profonds.

—Oui, c'est vrai. Beaucoup de fois, dans mon imagination, j'ai pénétré dans des univers parallèles où seulement pouvons être nous deux. Je me vois mariée et avec sept jolis enfants de vous.

— C'est comme ça qu'on doit parler. Néanmoins, vous n'auriez pas dû tant se risquer en venant ici. Cet endroit tache votre beauté. Je serai bien, ne vous inquiétez pas. Si vous voyez mes parents, dites à eux qu'ils me manquent.

— J'ai pris le risque parce que je t'aime. N'oubliez pas ça. Je ferai une prière à Saint Sébastien, le brave soldat, pour lui demander par votre liberté.

— Merci. Je t'aime aussi.

Ils se serrent, s'embrassent et, enfin, ils se disent au revoir. Le temps de la visite s'était fini. En sortant de la salle privée, Christine remercie le délégué et s'en va. Gerusa est à l'extérieur en attendant. Christine lui donne des nouvelles instructions et elles retournent à la maison.

Raclée

Le commandant Quintino est dans une autre réunion d'affaires dans le bâtiment de l'association d'habitants. Il gesticule, propose des accords et entends les réclamations des membres de l'association. Son grade de commandant lui donnait le droit d'avoir le dernier mot. Au milieu de la réunion, apparaît le délégué Pompeu lui demandant cinq minutes de son attention. Il s'excuse et va parler avec lui à l'extérieur de l'association.

—Qu'est-ce qu'il y a si important pour que vous interrompez la réunion ? Est-ce que vous ne pouviez pas attendre à me parler plus tard ? (Commandant)

— Je suis venu vous informer que votre fille est venue à la station de police pour exiger de parler avec le détenu Claudio.

—Quoi ? Vous n'avez pas permis cela, n'est-ce pas ?

— Elle a tant insisté que j'ai cédé. Après tout, elle est votre fille.

— Vous êtes vraiment incompétent. Ne vous ai-je pas passé des instructions d'empêcher à quiconque de le visiter ? Vous n'êtes pas démis de vos fonctions maintenant uniquement parce vous avez déjà fourni des services compétents à la communauté. À partir d'aujourd'hui, ne permettez pas qu'il reçoive d'autres visites, même si c'est le pape en personne. Ma fille m'a déçu encore une fois. Je pense que je dois prendre des mesures sérieuses.

—Je vais vous obéir. Merci de ne pas me licencier.

—Je vous excuse. J'ai assez entendu.

Le commandant dit au revoir au délégué et retourne au bâtiment de l'association pour annoncer qu'il doit partir tout de suite. Quelques uns réclament, mais il ne fait pas attention. Stupéfait, il se dirige vers sa maison où l'attend une Christine pas informée. Une rafale de pensées remplit l'esprit confus du commandant. Il se souvient à nouveau de la trahison de Christine et son sang bouillonne davantage. Elle ne savait pas avec qui elle se confrontait. Avec un père compréhensif et affectueux ? Elle n'a pas perdu en attendant la réaction du commandant. Il se rappelle de la réaction de Christine lorsqu'elle a appris la nouvelle du mariage arrangé et comment il comment il a été mal compris par elle. Le zèle pour sa famille et l'avenir de sa fille étaient une priorité pour lui. Il passerait par-dessus de n'importe quel obstacle pour atteindre ses objectifs. Même si pour cela il devait perdre l'amour et la tendresse de as seule fille. Elle le remercierait après, dans l'avenir. Quelque temps plus tard, le commandant arrive chez lui, ouvre la porte principale et entre. La première personne qu'il voit c'est as femme, Mme. Helena.

— Où est Christine ?

—Elle se repose dans sa chambre.

— Appelez-la tout de suite. Je veux lui parler.

Mme. Helena frappe à la porte de sa chambre et l'appelle. Quelques minutes plus tard elle apparaît et fait face au commandant.

—C'est avec vous que je veux parler maintenant. Que signifie c'est histoire de parler avec Claudio ? Vous n'avez pas encore compris que vous deux n'avez pas d'avenir ?

— Mon cœur m'a demande d'aller le rejoindre et voir comment va-t-il. Vous pouvez m'obliger à marier un autre homme, mais vous n'allez pas effacer ce que je ressens pour lui. Notre amour est éternel.

— Vous allez payer cher pour m'avoir confronté. Je suis commandant, la plus grande autorité de cette région, et pas même vous qui êtes ma fille ne pouvez pas agir contre ma volonté. Écoutez-moi bien : À partir d'aujourd'hui, il est interdit de sortir sans ma permission et je vais faire quelque chose que j'aurais dû avoir fait il y a longtemps.

Le commandant déroule la ceinture de cuir qu'il porte dans son pantalon et dans un mouvement rapide il prend Christine avec l'un de ses bras forts et virils. Christine essaie d'échapper, mais n'a pas de succès. Impitoyablement, il commence a commence à donner des coups durs et précis avec la ceinture. Christine crie de douleur et sa mère, Mme. Helena essaie de la sauver. Le commandant la menace et elle s'éloigne. Il continue à frapper Christine pendant un temps et quand il considère que c'est suffisant, il s'arrête. Christine tombe épuisée et blessée sur le sol. Mme. Helena l'aide et le commandant se retire. Christine pleure, pas de douleur, mais en se rendant compte que le père est un crétin insensible. Elle ne regrette rien de ce qu'elle a fait ni de l'amour qu'elle ressent pour Claudio. Elle était prête à souffrir pour ce qu'elle considérait sacré. Les coups du commandant et ses menaces ne l'empêcheraient pas de rêver à son vrai amour. Après tout, quel sens aurait la vie si elle perdait l'espoir d'être heureuse ? Par amour, elle risquerait de la perdre si nécessaire.

Mme. Helena aide Christine pour prendre un bain et après se retirer dans sa chambre. Elle ne se sentait bien pour recevoir personne ou réaliser n'importe quelle activité.

La cousine de Gerusa

Une nouvelle résidente est arrivée à Mimoso, laquelle venait de débarquer à la gare du train. C'était Clemilda, la cousine de Gerusa. Originaire de Bahia, sa naissance a été entourée de mystères. Elle serait née juste au moment où sa mère faisait partie d'un rituel en hommage des forces cachées. Depuis sa naissance, la fille présentait une certaine aptitude pour faire face à ces forces. Craignant ses dons, sa mère l'abandonna en suite à la porte d'une institution de charité. Elle a été sauvée par le personnel et élevée comme fille d'eux. Dès son adoption, des faits mystérieux ont commencé à se produire dans la même institution. Des verres et des miroirs se brisaient fréquemment, des incendies sans raison apparente avaient lieu et le son des griffes pouvait être entendu sur le toit et les fenêtres. Pendant l'un de ces incendies, elle a été la seule fille à échapper. L'institution a été fermée et elle devient orpheline à nouveau.

Alors, elle a été accueillie par un habitant de la rue et a commencé à pratiquer des délits mineurs pour survivre. Ses dons ont été découverts et son bienfaiteur a commencé à l'utiliser pour recueillir des richesses. Elle a grandi en pratiquant la tricherie, le vol et la falsification des résultats de loterie. Peu de temps après son bienfaiteur est décédé et elle est devenue libre de son influence. Elle reste seule à Salvador. Alors, elle a décidé d'écrire une lettre à sa cousine Gerusa (qui la visitait fréquemment et était la seule de la famille qu'elle avait connue) lui expliquant la situation. Elle l'a invité pour vivre à Mimoso, où elle travaillait en tant que femme de chambre dans une maison de gens riches. Clemilda accepta vite.

Elle était là, maintenant, à la gare, pleinement convaincue et tranquille de sa décision. Elle mettrait son plan en action vite, car elle avait déjà le contrôle total sur les sur les forces cachées. Mimoso serait l'endroit idéal pour son règne d'injustices. Après la conquête du Mimoso, elle prétendait dominer le monde. Cependant pour atteindre cela elle devrait déséquilibrer les "Forces opposées" et les utiliser à son avantage. Les pas pour atteindre cela sont : lancer une malédiction, dénaturer le vrai amour et provoquer une tragédie. Ayant tout fini, elle pourrait suffoquer la vraie religion et prendre le contrôle de tout.

Elle vérifie l'adresse figurant dans la lettre et demande à une personne qui passe près d'elle comment y arriver. Elle est orientée et commence à marcher. Sa pensée est pleine d'énergies négatives et elle ne pense qu'à détruire, humilier et pervertir. Dans sa valise, elle porte un oracle qui sert comme intermédiaire entre elle et le Dieu des ténèbres. Elle se rappelle de son premier contact avec l'inframonde et comment elle s'est senti heureuse et puissante en réussissant un tel exploit. Après cela, elle avait eu des nombreux contacts. Le dernier message qu'elle avait reçu avait éclairci certains faits inconnus pour elle. Maintenant, elle était prête à agir et commencer son règne d'injustices.

Elle continue à marcher et voit bientôt le beau bungalow. Elle ressent un mélange d'angoisse et de souffrance à l'intérieur de la maison. Elle rie car elle sent du plaisir face à ces situations. Elle marche un peu plus vite et ensuite elle arrive à la maison. Elle claque à la porte et crie pour être reçue. Quelques minutes se passent et Gerusa vient la recevoir.

— Ma cousine, Clemilda. C'est bon de vous voir ici.

— Je suis arrivée il y a peu de temps. Vous avez déjà arrangé une place pour moi ?

— Pas encore. Le commandant est à la maison et vous pouvez parler avec lui en personne. Mais, entrez.

Clemilda accepta l'invitation tout de suite. Elle entre à la maison (accompagnée de Gerusa) et va parler avec le commandant. Elle le rejoint dans le salon.

—M. le commandant, voici ma cousine Clemilda, qui est venue de Bahia. Elle est venue parler avec vous, monsieur.

— Enchanté. Mon nom est Quintino et comme vous devez savoir, je suis la plus grande autorité politique de cette région. Qu'est-ce que vous voulez ?

— Ma cousine Gerusa m'a invité venir vivre ici à Mimoso, car je suis restée toute seule à Salvador. Je voulais savoir si vous, M. le commandant, pourriez arranger un bon emploi et aussi un endroit où je puisse demeurer.

—Et bien, une de mes maisons n'est pas occupée et en tenant compte que vous êtes la cousine de Gerusa, qu'il y a longtemps qu'elle est avec nous, je peux vous céder celle-ci. Quant à l'emploi, rien ne me vient à l'esprit en ce moment, mais si j'ai connaissance d'une bonne opportunité, je vous communiquerai. Ce n'est que ça ? Gerusa vous donnera les clés de la maison. En vrai, c'est un grand château. Je pense que vous allez aimer.

—C'est tout. Merci.

Contente d'avoir trouvé une location, la sorcière partit pour sa nouvelle demeure. Le lendemain serait le début de ses plans cruels.

La "bénédiction"

Un jour après l'arrivée de Clemilda, les résidents du beau bungalow prennent le petit-déjeuner. Christine évite de parler avec son père, car elle est encore pleine de ressentiment à cause des coups qu'il lui a donné. Mme. Helena et le commandant bavardent en toute liberté.

—Vous voulez dire que le jeune garçon ne vient pas connaître notre fille ? Je pense que cela est absurde. (Mme. Helena)

— Son père préfère que ce soit comme ça. C'est pour maintenir un certain air de mystère. C'est dommage que notre fille n'aime pas l'idée de se marier. Je ferais n'importe quoi afin de la convaincre que cela est le meilleur. (commandant)

—Oubliez ça. Ne me demandez pas l'impossible.

Gerusa entends la conversation et décide d'intervenir.

— Je connais quelqu'un qui peut vous aider. Ma cousine Clemilda est expérimentée dans les relations.

— Je pense que c'est une bonne idée. Gerusa, accompagnez ma fille chez Mlle. Clemilda. Si elle réussit, je vais la récompenser.(major)

— Je n'irai pas. (Christine)

— Ce n'est pas toujours comme vous voulez. Ne m'obligez pas à vous frapper à nouveau. (commandant)

Un frisson parcourt le corps de Christine se souvenant du châtiment. Elle n'était pas prête à vivre à nouveau ce sentiment. Elle accède malgré que ce ne soit pas son souhait. Elle quitte la table ET accompagne Gerusa. Elles sortent toutes les deux de la maison et partent chez Clemilda, qui se trouve juste en face. Un frisson est ressenti par Christine comme un avertissement de sorte qu'elle n'aille pas. Néanmoins, la crainte du père était plus grande et elle décide de rester en silence. Elles parcourent les quelques mètres jusqu'à la résidence de Clemilda. Gerusa frappé à la porte pour être attendue et quelques minutes plus tard, Clemilda apparaît.

— Je vous attendais. Entrez. C'est vous Christine, n'est-ce pas ?

— Comment est-ce que vous me connaissez ?

— Tout le monde parle de vous, de votre beauté et de vos bons sentiments. Je n'ai fait autre chose que le déduire quand vous êtes arrivée. Et bien, entrez.

Gerusa et Christine entrent dans une atmosphère chargée de forces négatives. Les objets composant le scénario de terreur avaient retirés au préalable par Clemilda.

— Je suis venue ici avec Christine pour que vous lui conseillez d'accepter le mariage arrangé que le commandant a accordé. Elle se résiste à cette idée.

— Et bien, je pense que je peux lui parler. Gerusa, pouvez vous nous laisser seules ? Soit dit en passant, il y a une pile d'objets à être lavés à la cuisine.

— Vous ne changer jamais. Toujours voulant m'exploiter.

Gerusa obéit et s'en va à la cuisine. Clemilda s'approche de Christine et commence à tourner au tour d'elle.

—Je vois un garçon dans votre chemin. Il s'appelle Claudio, n'est-ce pas ? Il est un garçon jeune, sérieux et beau. Vous vous connaissez au travail et la semence de l'amour a été déposée dans votre cœur. Néanmoins, pensez avec moi, pour quelle raison il ne s'intéresserait pas à vous ? Vous êtes jeune, belle, intelligente et, en plus, vous êtes la fille d'un commandant puissant. Est-ce peut-être que l'amour que vous sentez est un sentiment solitaire ? Je peux vous garantir qu'il aurait tous les motifs pour cela : orgueil, ambition et pouvoir. C'est cela que les personnes cherchent. L'amour que vous gardez dans votre cœur n'est qu'une illusion.

—Vous n'allez pas me convaincre si facilement. Je connais Claudio et ce que nous ressentons est vrai. Je n'ai pas besoin de lire sa pensée pour avoir la certitude de ses sentiments. Illusion c'est le mariage qu'on a arrangé pour moi.

—Avez-vous déjà considéré que cela peut uniquement un plan ? Ne trouvez vous pas rare l'amitié soudaine que vous avez commencé ? Les personnes son même prévisibles. Ce qu'elles veulent est d'être au sommet, quels que soient les sentiments des autres.

—Votre bouche venimeuse ne va pas me confondre. Je n'aurais pas du venir ici, car je ne me sens pas bien.

—Attendez, chérie. Laissez-moi vous bénir pour que vous soyez heureuse dans votre mariage.

Avant que Christine puisse répondre, Clemilda mis sa main sur sa tête. Elle prononça des mots inintelligibles et Christine se sentit étourdie. Un tourbillon d'énergie surgit de ses mains et pénétra la tête de Christine. L'opération dura environ trente secondes. Après, Christine retira la main et appela Gerusa. Une fois qu'elle est venue, les deux sont sorties de la Maison de Clemilda et retournèrent chez Christine. La bénédiction a fait que Christine devienne une mutante.

Phénomènes

Après la mystérieuse rencontre avec la sorcière Clemilda, Christine commença à se sentir complètement différente qu'avant. Les activités qu'elle réalisait fréquemment et qui lui donnaient plaisir comme tricoter, lire et aller au travail sont devenues ennuyantes. La seule chose qui continuait intacte était le sentiment qu'elle gardait par Claudio. En dehors de cela, des étranges phénomènes commencèrent à avoir lieu à son retour. Le tricot qu'elle avait appris depuis son enfance, soudainement ne formait plus une pièce. Les lignes semblaient ne plus avoir sens. Lorsqu'elle lisait un livre, la page qu'elle était en train de lire a été atteinte par un rayon de feu et s'est brulée. Elle sentait comme si ses yeux brulaient en ce moment. Quand elle s'approchait des objets métalliques, elle les attirait. À chaque découverte elle se désespérait davantage et pensait qu'est-ce que tout cela pouvait représenter. Ce serait cela une malédiction ? Qu'est-ce qu'elle était devenue ? Personne ne pouvait en connaître, le cas contraire, elle risquait d'être enfermée et des médecins du monde entier voudraient réaliser des expériences médicales avec elle.

Dans le but d'éviter être découverte, elle n'est plus sortie avec ses amis et ne participait à des activités sociales que lorsqu'il était strictement nécessaire, comme le travail, par exemple. Dans toutes les occasions, elle essayait de se contrôler, car les phénomènes n'avaient lieu que lorsqu'elle était déséquilibrée sur le plan émotionnel. Afin de se livrer de la malédiction, elle a utilisé plusieurs méthodes, cependant, aucun d'entre eux n'a prouvé son efficacité. Angoissée et en colère, Christine s'est isolée davantage dans son propre monde.

Une nouvelle amie

La routine du travail, tous les quinze jours, c'était presque la seule activité sociale réalisée par Christine. Grâce à lui, elle a rencontré d'innombrables personnes avec les quelles elle a établi un lien d'amitié. Parmi lesquelles on pouvait remarquer Rosa, une jeune fille qui avait environ le même âge de Christine. La sympathie a été mutuelle et chaque fois qu'elles se rencontraient, elles passaient beaucoup de temps à bavarder. Dans une de ses occasions, Christine l'a invitée pour aller chez elle et Rosa a vite accepté. Le jour et à l'heure accordés, Rosa était en train de pénétrer dans le jardin de la maison et claquait les paumes pour se faire annoncer. Gerusa, la domestique de la maison, la reçoit.

—Qu'est-ce que vous voulez ?
—Je suis venue parler avec Christine.
—Attendez un peu, je vais l'appeler.

Quelques minutes plus tard, Christine apparaît et invite Rosa pour être ensemble sur le balcon de la maison, car c'était l'endroit le plus aéré et calme où elles pouvaient rester.

—Et bien, Christine, je veux mieux vous connaître. Vous m'avez dit avant que vous allez être religieuse. Comment était la convivialité au couvent ?

— J'ai passé trois ans de ma précieuse vie là. Eh bien, les religieuses étaient gentilles avec moi, malgré qu'elles fussent très strictes. Le temps consacré à la prière était trop long et cela m'ennuyait parfois. À mon avis, ce n'était pas si nécessaire tant d'abnégation ni de dévouement pour que l'être humain entre en contact avec Dieu, car Dieu est omniscient et comprend tout ce que nous souhaitons. Avec le temps, elles se sont rendu compte que je n'avais pas de vocation et elles m'ont dit de quitter le couvent.

—Alors, vous avez quitté le cloître et vous êtes retournée au monde. Vous ne regretterez pas cette décision ?

— Ça dépend du point de vue. Pas immédiatement. Cependant, maintenant, que mon père veut m'obliger à me marier, je pense que ce serait mieux si j'étais là. Même si cela était échapper du monde injuste que nous vivons où les parents décident l'avenir de ses enfants.

—Êtes-vous tombée amoureuse ou avez-vous aimé quelqu'un ?

— Quand j'étais au couvent, j'ai connu le fils du jardinier qui m'a captivé. À ce moment-là, je pensais que c'était l'amour, mais après qu'il m'a abandonné je me suis rendu compte que cela n'était qu'une passion. C'est avec Claudio, mon collègue de travail, que j'ai connu le vrai amour. Néanmoins, l'opposition de mes parents a rendu la relation impossible. Mon seul espoir est la pétition que j'ai fait à la montagne que, tel que tout le monde le dit, est sacrée. Parlez –moi un peu de vous. Avez-vous déjà aimé ?

— Comme je vous avez dit, j'ai un copain nommé Felipe, fils du propriétaire du magasin. Nous nous aimons nous deux et peut-être qu'un jour nous nous pouvons nous marier. Nos parents on donné leur approbation.

— Je vous envie. Vous ne savez pas dans quelle mesure ça me fait mal l'incompréhension de mes parents. Je voulais être une jeune fille commune et non pas la fille du tout-puissant commandant.

Des larmes coulent sur le visage de Christine et son amie essaie de la soulager. Le fardeau qu'elle portait sur son dos était trop lourd pour son immaturité. Elle voulait être heureuse et voyait que l'occasion coulait entre ses mains. Il ne lui restait que deux jours pour elle de se livrer à un mariage sans avenir et à un inconnu duquel elle ne connaissait que le nom. Voyant que son amie n'était plus en mesure de parler, Rosa dit au revoir, promettant retourner dans une autre occasion. Son amitié était importante pour que Christine ne se sente seule et complètement abandonnée.

Un jour avant le mariage

La proximité du mariage faisait que Christine devienne de plus en plus inquiète. Elle est allée parler avec le prêtre, parler avec l'amie et fait la dernière tentative de convaincre ses parents pour qu'ils désistent de la marier. Cependant, elle n'a pas réussi. Le prêtre lui a conseillé de se résigner à accepter sa situation. Comment pouvait-il faire cela ? C'était as vie et son bonheur qui étaient en jeu. Elle avait appris au couvent que tous les êtres humains étaient libres pour prendre ses décisions et guider leur propre destin. Ses droits étaient en train d'être supprimés par une structure de société où les parents décident sur le mariage de ses parents. Elle a réfléchi avec son amie sur son avenir et celui de Claudio. Ni elle ni son amie n'ont trouvé une alternative réelle et tangible pouvant permettre de rester ensemble tous les deux, sauf l'espoir de la montagne sacrée et la pétition que Christine lui avait posé. Il ne lui restait que cela : Attendre un miracle ou l'inattendu.

Christine sort à la terrasse et commence à observer le ciel. Elle se souvient des moments passes à la montagne et des étoiles qu'elle et Claudio ont regardé ensemble. Elles étaient les témoins du sentiment qui les unissait tous les deux et même si le commandant et les conventions sociales ne leur permettaient pas d'être ensemble, ils continueraient à s'aimer. En regardant le ciel, elle souhaite que le monde soit meilleur et plus juste dans l'avenir et que ceux qui connaissent vraiment l'amour, puissent atteindre le bonheur. Elle pense à Dieu et comment elle avait appris qu'il est merveilleux. Elle demande à Dieu de réaliser les rêves des rêveurs les plus simples, indépendamment d'entrer dans la grotte ou de toute autre chose. Elle demande aussi des forces pour supporter son martyre jusqu'à la fin. Après tout, maintenant elle était une mutante déçue par l'amour. Elle pleure ses dernières larmes qu'elle a pour pleurer et retourne à la maison.

Tragédie

Enfin, le nouveau jour se lève et cela signifiait que le terrible jour était arrivé. Christine s'éveille, mais essaie de faire semblant qu'elle dort pour ne pas faire face à la réalité. Peut-être que ses parents ne l'avaient oublié et tout ce qu'elle avait souffert les derniers jours ne serait qu'un simple cauchemar ? Elle voulait ouvrir les yeux et trouver Claudio, son vrai amour. Elle voulait se marier avec lui et non pas avec un inconnu, fils du colonel de Rio Branco. Par un instant, elle pense à être dans le trou et se souvient de tous les détails de ce qui s'était passe là. Il lui semble sentir la force de l'eau, le câlin masculin de Claudio et son arôme naturel. Elle se plonge profondément dans cette pensée jusqu'à ce qu'un fil de voix la dérange et la ramène à la réalité. C'était sa mère.

— Christine, ma fille, éveillez-vous, car les invités au mariage arrivent. Avez-vous oublié qu'il sera réalisé à 08:00 heures ?

—Oh, maman. Soyez patiente. J'ai mal dormi toute la nuit en pensant à ce mariage.

Christine se lève de mauvaise humeur et se dirige vers la salle de bain pour prendre une douche. Sa mère l'attend dans la chambre. Environ vingt minutes après, elle revient et trouve as belle robe sur le lit. Elle le regarde et pense qu'il est joli, malgré que mélancolique. Sa mère l'aide à s'habiller et se maquiller. Une fois prête, elle s'approche du miroir pour voir comment elle était. Elle voit une Christine abattue, malgré sa beauté. Elle pense au sens de tout ce qui allait se passer et sur son avenir à côté d'un homme inconnu. Soudainement, le miroir crève et se brise, dans une large fissure. Christine crie et sa mère se précipite pour aller à son secours. Heureusement, elle ne se blesse pas.

Elle sent son cœur serre et se demande sur ce qui va se passer. Elle se souvient du rêve si souvent répété. La mère la soulage et lui dit que ce n'est rien. Elles se dirigent toutes les deux vers le salon pour connaître la famille du futur mari et recevoir quelques invités. Le commandant prend la main de Christine et fait sa présentation.

— M. Henrique, voici ma fille Christine. Elle est belle, n'est-ce pas ?

—Oui, elle est très belle. Mon fils est un homme de chance. Aujourd'hui, l'union de nos familles va se concrétiser et cela me rend très heureux.

Christine fait un rire forcé afin de ne pas être désagréable. La mère du futur mari essaie aussi d'être sympa.

— Une fois que vous serez mariée et que vous aurez besoin d'aide, vous n'avez qu'à me demander. Les femmes de notre famille sont très unies.

Karina, la sœur du futur mari, se présente aussi et Christine éloge sa coiffure. Le commandant et Mme. Helena donne la bienvenue aux invités qui sont encore en train d'arriver. Quand l'horloge sonne exactement 08h00 tout le monde se dirige vers la terrasse où le mariage aura lieu. Christine est conduite par le commandant jusqu'à l'autel improvisé. En marchant vers l'autel, elle a l'occasion de voir, de travers, des visages avec des expressions anxieuses. Elle voit l'abbesse et les religieuses qui vivaient avec elle dans le couvent. Elle voit aussi ses premiers professeurs et ses cousins venus de do Recife. Sur tous ces visages elle a aperçu l'expectative et l'émotion du moment. En avançant un peu plus, elle a pu faire face le futur mari et le prêtre Chiavaretto. Soudainement, une rage intérieure la domine et la fait détester tous les deux. Pour quelle raison, cet homme appelé Bernardo avait accepté de se marier avec elle ? Après tout, il était homme et avait une plus grande liberté d'action. Elle s'abandonnerait à un mariage sans avenir et serait malheureuse pour le reste de sa vie. Et quant au prêtre ? Pourquoi participait-il de cette farce ? L'église aurait du prendre parti au lieu d'accepter cette situation et en plus, être complice de cela.

Elle s'approche davantage de l'époux et sa rage ne diminue pas. Quand elle se trouve face à lui, un rayon venant du fond de ses yeux le frappe juste au centre de sa poitrine. Il tombe, évanoui. L'agitation dans la salle est générale et Christine tombe à ses pieds.

— Elle est un monstre ! (quelques uns crient)

Le commandant agit rapidement et envoie ses hommes de main pour aider Christine à se lever et la protéger de la multitude révoltée. Entre-temps, les religieuses se signent ne croyant pas à ce qu'elles voyaient. La famille de l'époux essaie de presser le délégué qui est prêt à prendre une attitude, mais le commandant rejette cela. Enfin, Christine est sauvée et le commandant dispense les invités. La fête et tout le cocktail sont annulés. Le mariage arrangé finit dans une tragédie.

Le nuage noire

Une fois terminée la tragédie, Clemilda a commencé à jeter un sortilège qui allait atteindre toute la région de Mimoso. Elle avait l'autorité pour faire cela, car elle avait accompli les trois étapes pour le faire : Elle avait jeté une malédiction, déformé le vrai amour et causé une tragédie. Maintenant, le ministère de la méchanceté était prêt à agir et suffoquer le Christianisme. Elle s'approche du chaudron et met dans son intérieur les derniers ingrédients du sortilège. En prononçant des mots inintelligible, elle danse autour de lui. Brusquement, elle s'arrête et dit d'une voix grave et forte : - Nuage noir, apparaissez !

Immédiatement, un grand nuage épais de couleur noire couvre le ciel de Mimoso. Le soleil est aussi couvert et avec cela la lumière naturelle diminue de manière significative. Le sortilège était programmé pour avoir lieu tous les jour après 12h00. Avec cela, la sorcière aurait son pouvoir doublée et elle pourrait agir plus librement.

Les martyrs

Peu de temps après l'implantation du nuage noir, la sorcière commence son action. Elle a essayé d'embaucher deux païens nommés Totonho et Cleide pour l'aider dans se travaux de magie noire. En plus, elle a instruit les deux pour se débarrasser des représentants du Christianisme dans le village. Les premières victimes ont été le prêtre Chiavaretto et le Frère Nunes, qui était de passage par Mimoso. En dehors d'eux, certains fidèles ont été décapités et d'autres brûlés, dans un grand feu. Après les assassinats, ils ont procédé à détruire la petite chapelle du village, qui a été érigé en l'honneur de Saint Sébastien. Il n'a resté presque rien, sauf le crucifix qui a résisté intact les tentatives de le détruire. Il était le symbole que le christianisme était vivant et pouvait agir à nouveau.

Ayant complété la domination, le cercle des "Forces opposées s'est défait et cela a généré un déséquilibre. Si cette situation continuait par beaucoup de temps, Mimoso risquait de disparaître. Cela dû au fait que les forces du bien no resteraient avec les mains liées face à ce sacrilège. Alors, à la fin, cela se traduirait dans une guerre imprévisible pouvant détruire les deux mondes.

Fin de la vision

La séquence d'images de la vision qui envahissait complètement ma pensée soudainement s'arrête. La conscience revient progressivement et je soutiens maintenant la feuille du journal avec le titre : Christine, la jeune monstre. Je l'observe bien et je pense qu'il est complètement inadéquat, car la tragédie qui a eu lieu, n'a pas été, dans aucun cas, responsabilité de Christine. Elle n'était autre chose qu'une victime de plus des trames cruelles de la puissante sorcière Clemilda. Soudainement, je commence à comprendre le motif de mon voyage dans le temps et de ma victoire sur la grotte. Je faisais partie d'une trame du destin pour essayer de récupérer le cher Mimoso de la tragédie. Ma mission était de réunir les "Forces opposées" et aider la propriétaire du cri que j'ai entendu dans la grotte. J'avais maintenant toute la certitude que la propriétaire de cette voix était la belle demoiselle Christine. Une Christine mutante et totalement envenimée attendait pour moi. Je devais la convaincre de réagir pour qu'elle devienne mon alliée dans la lutte contre les forces du mal. Pour y aboutir, je devrais me souvenir des enseignements de la gardienne de la grotte redoutée du désespoir qui avait réalisé mes rêves et m'avait fait devenir voyant. J'avais maintenant un nouveau défi et j'étais prêt à le surmonter.

Avec le journal sur les mains, je lis tout le rapport sur le cas de Christine. Ils affirment qu'elle était un monstre depuis son enfance et que ce n'est que maintenant qu'elle a été découverte. Un mélange d'indignation et de révolte envahissent tout mon être. Comment ces journalistes avaient le courage de publier cela ? Ils avaient profité de la tragédie pour dire des mensonges. Christine n'avait jamais été un monstre et elle ne l'était pas à présent non plus. Elle venait d'être maudite par une sorcière méchante et perverse. Alors, les êtres du bien devaient l'aider et la guérir. Je continue à lire le journal et ils affirment que Christine était une jeune fille rebelle qui avait été chassée du couvent pour un mauvais comportement. Je me révolte encore une fois et je voudrais rompre le journal avec la nouvelle. Journalistes maudits, ils déforment tout pour faire de l'argent. Christine avait été une jeune fille soumise et pour cette raison elle avait suivi les conseils de sa mère de se cloîtrer dans un couvent. Quand les religieuses se sont rendus compte qu'elle n'avait pas de vocation, l'ont chassée de là. Je refuse de continuer à lire le reste de la nouvelle, car elle n'est pas vraie. La vision était suffisante pour savoir sur quel terrain je marchais. Je prends le journal et je le remets dans le tiroir de l'armoire, à coté de la table, d'où je l'avais pris. Je me lève et commence à dessiner le plan d'action dans ma pensée. Je devrais réunir les "Forces opposées " et aider Christine à trouver son destin. Je m'approche de la porte et je vais l'ouvrir.

Témoignage

En l'ouvrant, je suis surpris quand j'aperçois une réunion de personnes dans le petit salon de l'hôtel. Qu'est-ce que cela signifiait ? Je m'approche pour demander.

— Qu'est-ce qui arrive ici ?

Pompeu, le délégué, prends la parole.

— Nous sommes ici parce que des accusations graves ont été portées contre vous. Vous devez nous accompagner, garçon.

Le délégué fait un signe à ses subalternes et ils apportent avec eux des menottes. Il les mettent dans mes bras et je me sens comme les esclaves au temps de l'empire, injustement condamné. Mme. Carmem essaie d'intervenir, mais le délégué n'écoutait pas.

— Est-ce que cela est nécessaire ? Je me sens en bonne conscience.

— Nous allons voir cela à la station de police, monsieur. (commandant)

En obéissant les ordres, je me mets à marcher et le train part en même temps. En sortant de l'hôtel, je me rends compte qu'il y a beaucoup plus de personnes intéressées par la question. Qu'est-ce qu'ils voulaient avec moi ? J'avais commis un crime ? Dès que je suis arrivé à Mimoso, j'avais fait des efforts pour ne pas attirer l'attention. Néanmoins, maintenant j'étais menotté et on me conduisait vers la station de police. Je commence à m'inquiéter sur ce que je devais leur dire exactement. Je ne pouvais pas dire toute la vérité et mettre en risque une mission. Je devais me défendre des accusations avec beaucoup de bon sens et intelligence. Je commence à penser à Claudio et à la façon dont il avait été mis en prison. Je devais penser à une manière d'empêcher que la même chose m'arrive.

Enfin, environ dix minutes après avoir sorti de l'hôtel, nous sommes arrivés à l'imposante station de police du village. Le délégué Pompeu et le commandant Quintino entrent avec moi. Les autres restent dehors, attendant une décision. En entrant dans le bureau privé du délégué, ils retirent mes menottes et avec cela je me sens plus soulagé.

— Bien, asseyez-vous. Maintenant, c'est mois qui pose les questions. D'abord, quel est votre vrai nom et d'où venez vous ? (délégué)

—Mon nom est Aldivan et je suis de Recife.

— Qu'est que vous, monsieur, étant de Recife, êtes venu faire dans cet endroit ? Qu'est-ce que vous faites comme travail ?

—Je suis journaliste du Journal de la capitale et je suis venu à la recherche d'une bonne histoire. Je vous assure que mes intentions sont les meilleures possibles. Je ne suis pas criminel et je ne veux pas endommager personne.

— Que pouvez-vous me dire des interrogatoires incessants auxquels vous soumettez les gens du village ? Que prétendez-vous avec cela ?

—Cela fait partie de ma stratégie de travail qui consiste à recueillir de l'information. Cependant, si cela est devenu constrictif, je ne continuerai pas.

—Comme vous devez le savoir, la reine Clemilda a publié un décret contre votre personne. Qu'est-ce que vous me dites de cela ? Éventuellement, êtes-vous son ennemi ?

— Je pense que c'est mieux de ne pas répondre à cette question.

— Eh bien, je n'ai plus de questions. M. le commandant, avez-vous quelque doute que vous voulez poser à cet individu ?

— Oui. Je veux savoir s'il travaille pour l'opposition du gouvernement.

—Non, pas du tout. Je ne cherche pas à me mêler dans des affaires politiques malgré que je trouve le système actuel assez injuste.

—Eh bien, monsieur Aldivan, je pense que je vais vous laisser en prison pendant quelques jours pour vérifier si tout ce que vous avez dit c'est vrai.

—Je n'y resterai pas. Cela est injuste. Si je suis soumis par vous à ce procédé arbitraire, je vais vous dénoncer au gouverneur dont je suis un ami proche.

Le commandant et le délégué sont surpris par ma réaction et avec la nouvelle que je venais de leur donner. Ils se sont réunis en silence et décident de ne pas se risquer. En fin de compte, je suis libéré malgré les protestations de certaines personnes hors de la station de police. Mon plan avait fonctionné.

Retour à l'hôtel

En sortant de la station de police, je commence à me demander pourquoi les gens de Mimoso agissent de manière si passive. Ils vivaient sous la tyrannie d'une sorcière et d'un commandant cruels. Je pense que probablement est la peur qui gèle toute réaction d'eux. Soudainement, je commence à me rappeler des trois portes desquelles je devais choisir une pour avancer dans la grotte. Elles représentaient la peur, l'échec et le bonheur. Là, j'ai appris à contrôler la peur et faire face à elle, malgré tous les facteurs de la grotte qui le déclenchaient comme l'obscurité, l'inattendu et les pièges. J'ai aussi appris à faire face à l'échec pas comme la fin de tout, mais comme le début d'un nouveau plan. J'ai fini par choisir la porte du bonheur et que souvent, les gens ne choisissent pas. Beaucoup d'entre elles sont attachés à la vie quotidienne, l'égoïsme, les règles morales, la honte et la propre capacité de rêver. Sont celles-là qui échouent et ont peur. Elles ne se risqueraient même pas à entrer dans la grotte pour réaliser ses souhaits. Ils deviennent des gens malheureux et sans amour propre.

    Je regarde à mon cote. Je vois des gens qui ne me connaissaient même pas se révoltant contre ma libération de la station de police. Au fond du cœur, elles m'avaient déjà jugé et condamné. Combien de fois faisons-nous cela ? Combien de fois pensons-nous que nous sommes les propriétaires de la vérité et que nous avons le droit de condamner ? Je me suis rappelé ce que Jésus dit : Retirez d'abord la poutre de votre œil avant de pointer à votre frère. Il dit cela, car nous avons tous des défauts et cela rend notre jugement partiel et obscur. Uniquement celui qui connait le cœur humain et qui est libre de tout péché, a la capacité de voir tout clairement. J'observe par la dernière fois ces personnes et je suis désolé pour elles, parce qu'elles préfèrent leur petit jugement au lieu de réfléchir sur ses propres vies. Elles restent en arrière et je continue à suivre mon chemin de retour à l'hôtel. Je commence à planifier dans ma pensée tous les pas que j'allais faire pour réunir les "Forces opposées" et aider la demoiselle Christine. Elle avait été la propriétaire du cri que j'avais entendu dans la grotte du désespoir et qui m'a conduit à voyager dans le temps. Un voyage qui était partie d'une partie de mon processus de développement spirituel et humain, et qu'en même temps avait pour but de corriger les injustices. Je continue à marcher et après environ cinq minutes j'arrive à l'hôtel. Renato et Mme. Carmem m'attendaient pour moi à la porte. Ils sont ses camarades de lutte. Le prochain jour serait le moment le plus juste pour commencer ses plans.

L'idée

Les premiers rayons de soleil caressent mon visage et la force de la lumière naturelle finit par m'éveiller. Je reste immobile pendant quelque temps, car je n'ai pas passé une bonne nuit. Je me souvenais encore du cauchemar que j'avais eu la nuit et qui m'a fait éveiller. Dans le rêve, je bavardais avec quelques jeunes et nous parlions de mon livre. Je parlais de mes expectatives et des mon espoir pour obtenir un éditeur commercial pour celui-ci. Voici un petit diable qui apparait agitant l'endroit et effrayant tout le monde. Les gens ont fui et le démon, qui ne montrait pas son visage, a exclamé : - Alors, vous aviez tout planifié !

En ce moment, le cauchemar finit et je me suis éveillé, au milieu de la nuit, transpirant assez. Qu'est-ce que cela signifiait ? Est-ce que cela avait quelque chose à voir avec l'histoire de Mimoso ? Je n'avais pas la certitude. Ce que je savais est que je voulais avoir un endroit digne dans l'univers et si mon destin et ma vocation me conduisent vers la littérature, je continuerai avec beaucoup d'amour. Après tout, je suis entré dans la grotte pour devenir voyant, quelqu'un capable de transcender le temps, prévoir l'avenir et comprendre les cœurs plus confondus et affligés. Avec cette pensée, j'arrive à bouger dans le lit et me lever. Je vois Renato qui est encore endormi et je me demande pour quelle raison la gardienne avait tant insisté pour que Renato vienne avec mois si, jusque là, il avait contribué si peu. Que pourrait faire un enfant pour moi ? Eh bien, je ne savais pas. Je détourne mon attention de lui et me dirige à la salle de bain pour mouiller un peu mon corps. Le bain allait bien me donner plus de courage. J'entre, j'ouvre la douche et commence à sentir les bienfaits de l'eau. Je pense à ma famille et la nostalgie que j'ai d'elle. Je me rappelle de ma maman et de ma sœur et comment elles se montrèrent contraires à mon rêve. Un sentiment de pardon envahit mon être et je finis par oublier ce fait. Après tout, c'était moi qui devais croire à mon talent et à ma vocation. En plus de laver mon corps, j'essaie de nettoyer ma pensée de toute impureté, car je devais être prêt à vaincre les obstacles et les défis qui pouvaient apparaître. J'arrête un peu la douche et je mets du savon sur mon corps.

Au moment où une petite goute, seule, touche ma tête, je voyage par des dimensions éloignées. Je me vois, au ciel, parlant avec des anges e leur demandant quel est le sens de la vie. En réponse, j'entends des bourdonnements et ça me rend plus confus. Après les anges, je pose la question aux apôtres et l'un d'entre eux me dit que je suis vraiment spécial pour Dieu. Il me considère un fils. Je vois, de loin, la Vierge et elle me semble la même que j'avais rencontré avant : pure et sage. Après, je vois Jésus-Christ sur son trône, dans toute sa gloire, et il me dit d'être bon et confier à mon talent. Tout cela s'est passe en moins d'un second, le temps que la goute a touché ma tête. Alors, je vois la douche, l'au coulant sur mon corps et je reviens à la réalité.

Je décide de l'arrêter, car je suis assez propre. En sortant de la salle de bain, je trouve Renato encore endormi et je me révolte. Je secoue son corps avec force dans le but de l'éveiller. Il se lève en grommelant et va prendre son bain. Je profite pour aller à la cuisine de l'hôtel boire mon café. Quand j'y arrive, je suis bien accueilli par tout le monde et Mme. Carmem me sert quelques collations.

— Vous voulez dire que hier le délégué vous a libéré sans problèmes ? (Rivânio)

—J'ai réussi à le convaincre. Il n'avait pas de motifs pour ne garder là enfermé.

— Vous avez eu de la chance, garçon. Dans cette village habituellement arrivent des injustices. Un exemple de cela est Claudio. Il est détenu, parce qu'il s'est accroché de la fille du commandant. (Gomes)

—Quel dommage. Si je pouvais faire quelque chose pour lui.

— Il vaut mieux de ne pas se risquer. Le commandant vous considérerait un ennemi et cela serait une perte. Les méthodes que le commandant utilise pour traiter ses ennemis ne sont pas agréables. (Mme. Carmem)

L'avertissement de Mme. Carmem m'a fait beaucoup réfléchir. Je devais vraiment prendre soin, car le commandant et la sorcière n'étaient pas un jeu. Je marchais sur le territoire ennemi et je devais jouer avec les bonnes pièces pour être vainqueur. La conversation continue de tourner sur d'autres questions et je termine de boire mon café. Une fois que je termine, Mme. Carmem m'appelle pour une conversation privée.

— Eh bien, il est temps de faire les comptes comme je vous avez dit avant. Avez-vous de l'argent ?

La question m'a un peu surpris, mais je me suis rappelé que j'avais apporté quelques sous pour le voyage. Je me suis excusé, je suis allé chercher dans ma valise et je suis retourné avec un peu d'argent. Mme. Carmem a pris l'argent et me demanda.

— De quel pays est cet argent ? Je n'avais jamais entendu parler des «Réais». Malheureusement, je ne peux pas accepter. Je veux de la monnaie nationale.

La réponse de Mme. Carmem m'a donné un claquement et je me suis rendu compte qu'en 1910 mon argent n'avait aucun valeur. J'étais sans réponse.

— Eh bien, je vois que vous n'avez pas d'argent. Alors vous devrez chercher un travail pour me payer. Peut-être que vous pouvez travailler pour le commandant en tant que journaliste ?

— Je pense que ce n'est pas une bonne idée. Cependant, c'est la seule option que j'ai. Je vais parler avec le commandant pour lui demander du travail.

—C'est comme ça qu'on doit parler. Je vous souhaite bonne chance.

Mme. Carmem me donne une accolade et se retire. Son idée n'était pas si mauvaise. J'aurais l'occasion de connaître Christine et peut-être entrer en contact avec elle.

La figure du commandant

Peu de temps après avoir parlé avec Mme. Carmem et qu'elle m'avait donné l'idée, j'ai décidé de définir vite cela. Après tout, le temps passait et j'avais maintenant un peu plus de deux semaines pour rassembler les "Forces opposées" et aider Christine à trouver son destin. En pensant à cela, je suis allé dans ma chambre, j'ai mis de bons vêtements et je suis parti. En sortant de l'hôtel, je commence à me concentrer et penser à la meilleure façon de traiter le commandant, car il était un homme difficile, avec des préjugés, orgueilleux et autoritaire. Christine et Claudio étaient quelques-unes des victimes de sa façon de penser et d'agir. Je ne voulais pas être un de plus dans cette relation et je devais, donc, choisir les mots adéquates. Je continue à réfléchir sur le commandant et je pense aux nombreuses difficultés qu'il avait passe quand il n'était qu'un enfant. Néanmoins, il semblait avoir rien appris, car ne perdait pas l'opportunité d'humilier et d'endommager les gens. La vie endurcit son cœur et son âme. Il n'était pas le maître des rêves de personne, mais j'avais besoin de l'emploi pour mener à bien mes plans.

Par un moment, j'arrête de penser à lui et j'accélère un peu mes pas, car je m'approche du bungalow. Je regarde autour de moi et les gens que je vois sont tristes et résignés. Je pense que le peuple de Mimoso est en parti responsable de la situation actuelle de tyrannie et d'injustice qui a lieu dans cet endroit. Ils étaient domines par une sorcière perverse et par un commandant représentant du colonélisme. L'une menaçait le peuple avec la magie noire et l'autre utilisait la force pour intimider et maltraiter. Tous les deux pouvaient être renversés si tous unis se révoltaient contre eux. Le manque d'initiative et le conformisme les tenaient dans la même situation, dominés. Alors, les forces du bien ont agi et m'ont fait voyager vers une montagne dont tout monde disait qu'elle était sacrée. Là, j'ai connu la gardienne, la jeune fille, le fantôme, l'enfant, j'ai surmonté trois défis et je suis entre dans une grotte capable d'accomplir les rêves les plus profonds. Dans la grotte, j'ai échappé des pièges et avancé des scénarios, jusqu'à ce que je suis arrivé à la fin. Je suis devenu voyant et j'ai Voyage dans le temps, suivant une voix que je ne connaissais pas. C'était la voix de mademoiselle Christine, une nouvelle mutante, fille du commandant. Un commandant à qui j'allais faire face pour lui demander un emploi pour pouvoir payer les comptes à Mme. Carmem. Enfin, j'arrive au bungalow et la femme de chambre de la maison vient me recevoir, au jardin.

—Qu'est-ce que vous voulez, monsieur ?

— Mon nom est Aldivan et je suis journaliste. Je veux parler avec le commandant. Est-ce qu'il est là ?

—Oui. Entrez-donc, il est dans la salle.

Avec le cœur accéléré, j'entre dans le beau bungalow. L'anxiété et la nervosité me tuaient. J'arrive dans la salle et je salue au commandant.

— Quels sont les bons airs qui vous conduisent ici, monsieur le voyant ?

— Eh bien, comme le commandant sait, je suis journaliste. Alors, j'ai pensé que votre seigneurie pouvait avoir besoin de mes services et j'ai décidé de venir ici pour accorder un contrat.

—Voyez, je ne vous connais pas bien et je n'ai pas encore la certitude si vous êtes un espion ou vous faites partie de l'opposition. Je pense que je ne peux pas vous aider.

—Je peux vous garantir que je suis fiable et un commandant de votre taille a besoin d'un soutien journalistique face à la société. Et comme le dit le proverbe, l'homme est créé par les nouvelles.

—Vu de ce côté-là, je pense même que c'est une bonne idée. Nous ferons une expérience pour voir si ça fonctionne.

Cependant, si vous nuisez mon image, vous serez traité comme mon ennemi et probablement vous avez déjà entendu parler que cela n'est pas du tout confortable. Quant au salaire, ce sera un bon montant d'argent. Ne vous inquiétez pas.

—Merci. Je vous promet que je ne vais pas vous décevoir. Quand est-ce que je peux commencer ?

— Commencez à travailler le plus vite que possible. Je veux voir mon nom répandu par tout dans la région de Pernambuco. Je veux être légendaire et connu par de nombreuses générations.

— Ce sera comme ça, monsieur le commandant. Je vous promets ça.

Je dit au revoir et me retire. Avec la mission accomplie, je me sens plus tranquille et confiant. Convaincre le commandant n'avais pas été très difficile, car il avait soif de pouvoir et de gloire. J'avais touché dans son point faible et c'est pour cela que je suis sorti vainqueur.

Le travail

Le commandant donna les premières instructions et j'ai commencé à travailler pour lui. Essentiellement, ma fonction était de le renforcer en vantant ses actes et faveurs réalisés pour la population locale et contribuer à sa campagne où il serait candidat à la mairie de la commune. Ces missions ne me laissaient pas dans une position confortable, car j'étais tout à fait contraire aux idéaux du colonélisme et aux attitudes du commandant. Cependant, je savais que c'était la seule chance de m'approcher d'une Christine entièrement réservé après la tragédie. Ma devise était : La fin justifie les moyens. L'une des premières nouvelles que j'ai du divulguer a été la suivante : le commandant aide des familles défavorisées. J'ai spécifié la date, j'ai parlé de la bonté du commandant et de ses actions, j'ai mentionné la gratitude du peuple et la situation catastrophique dans laquelle il se trouvait. Cependant, le plus important n'a pas été divulgué. Je n'ai rien dit du fait que l'argent utilisé pour acheter les paniers de nourriture venait des impôts et qu'en réalité, le commandant avait exige des familles leurs votes pour as candidature à la mairie. L'acte de « gentillesse »'était autre chose qu'un jeu d'intérêts très utilisé au temps du colonélisme. Maintenant, je devenais complice de ce système même contre ma volonté. J'essaie de ne plus penser à cela et je continue à travailler. Mon stratégie maintenant était de trouver une manière de me communiquer avec la demoiselle Christine et faire qu'elle trouve son propre destin.

La première rencontre avec Christine

Avec un tas de matériel que j'avais produit, je m'approche du bungalow où habite le commandant. Il fallait son approbation pour publication ultérieure des documents. Au milieu du chemin, des idées m'assaillent et je pense faire mention d'elles au commandant. Je pense mieux et finalement je désiste de l'idée, car le commandant était un homme dur et généralement n'acceptait pas de suggestions. Je fais quelques pas de plus et finalement j'arrive à la résidence. Quand je claque, une belle fille venir à ma rencontre.

— Qu'est-ce que vous voulez, monsieur ?

—Je suis venue parler avec le commandant.

— Il n'est pas ici. Pouvez-vous venir à une autre heure ?

—Pas de problème. Est-ce que je peux parler avec vous ? Êtes-vous mademoiselle Christine, n'est-ce pas ?

— Oui. Mon nom est Aldivan et je suis journaliste du journal de la capitale. Je travaille pour votre père.

—Ah, mon père m'a déjà parle sur vous. Vous êtes en train de rédiger des articles sur lui, n'est-ce pas ?

—Oui. En dehors de cela, je suis intéressé dans votre histoire. Pouvons-nous parler un peu ?

— Mon histoire ? Je pense que cela ne vous concerne pas.

— J'insiste. Je pourrais vous aider à vous rencontrer. Donnez-moi l'opportunité.

Soudainement, les yeux de Christine se fixent sur les miens et nos courants de pensée se rencontrent. En quelques secondes, elle a l'opportunité de me connaître un peu. Elle pense pendant quelques minutes et se décide.

—D'accord. Je vais chercher deux chaises pour nous asseoir ici sur la terrasse.

Elle entre dans la maison et revient peu de temps après. Elle s'assoit à mon côté et je peux sentir son délicieux parfum d'arômes naturels.

— Eh bien, Christine, ce qui a attiré mon attention a été la nouvelle que j'ai lu sur le journal de Recife il y a peu de temps. Ils parlaient de la tragédie et de votre personne.

— Ce qui est écrit est vrai et a été rapporté tout au long du Pernambuco. Je suis un monstre ! Je suis un monstre ! J'ai fini avec la vie de ce jeune qui était aussi victime de la situation que moi. Maintenant, après la tragédie, je suis seule et tous s'éloignent de moi. Je n'ai plus d'amis ni de Dieu. Je suis au plus bas.

— Ne dites pas ça, Christine. Si vous vous sentez coupable, libérez-vous, car ce qui est arrivé a été un complot sordide des forces du mal représentées par Clemilda. Elles ont tout retiré de vous, même votre Dieu. Si vous réagissez, il y aura peut-être un espoir.

— Comment savez-vous tout cela ? Qui êtes-vous vraiment ?

— Si j'essaie de vous expliquer maintenant, vous ne comprendriez rien. Je veux que vous sachiez que vous trouverez en moi un grand ami à tout moment. Vous n'êtes plus seule.

Des larmes coulent sur le visage de Christine à cause de ma sincérité. Elle me serre et dit qu'elle est trop en manque d'affection. J'essaie de recommencer la conversation.

—Racontez-moi comment a été votre expérience au couvent. Vous avez trouvé Dieu là ?

—Oui, je l'y ai trouvé. Néanmoins, nous pouvons trouver Dieu n'importe où. Il est dans l'eau de la cascade qui tombe à son sort, il est dans le chant des oiseaux dans l'aube, il est dans le geste de la mère qui protège son enfant. Enfin, il est en nous et demande toujours d'être entendu. Quand je me suis rendu compte de cela et j'ai appris à l'écouter, j'ai compris que ma vocation n'était pas d'être religieuse. J'ai appris que je peux le servir d'autres manières.

— Je vous admire par ce geste et je suis d'accord avec votre définition. Combien de gens Combien de personnes ne se trompent la vie entière et suivent des chemins qui ne sont pas à elles. Parfois, à cause de l'influence des parents, de la société ou parce qu'elles ne savent pas écouter cette voix intérieure que nous avons tous en nous et que vous avez appelé Dieu. Si vous avez déjà décidé d'abandonner la vie religieuse, je suppose que vous avez trouvé l'amour.

—Oui, mais je préfère ne pas parler de cela. La tragédie me fait encore beaucoup de mal et tous les événements antérieurs à celle-ci.

Je décide de respecter le silence de Christine et je n'ose pas lui poser d'autres questions. Je lui dis au revoir et lui demande si nous pouvions parler une autre fois. Elle dit oui et je me sens heureux. Ma première rencontre avec Christine avait été un succès.

Retour au château

Après la première rencontre avec Christine, j'ai décidé de confronter à nouveau la puissante sorcière Clemilda. Elle devait savoir que les forces du bien agissaient et que son ministère de l'impiété arrivait à sa fin. À cette fin, je m'approche à nouveau du château noir redouté. Il a le même aspect que la dernière fois et je commence à sentir des frissons, la respiration irrégulière et le cœur très accéléré. Quelle mystique était celle-ci ? Les "Forces opposées" criaient dedans moi. Quand j'étais plus proche, des voix perturbées et confuses essayaient de m'éloigner de mon objectif. Je m'agenouille sur le sol et j'essaie de calmer mon esprit pour continuer. Les voix sont même très fortes. Je commence à me rappeler des enseignements de la gardienne, des défis et de la grotte. Je me souviens aussi de la méditation et de comment elle m'avait aidé. En mettant en pratique ce que j'avais appris, je commence à me sentir mieux et maintenant je peux continuer. Je me lève et je fais les derniers pas pour arriver à ma destination. La porte d'accès s'ouvre instantanément et j'entre sans peur à travers elle. Le scénario de terreur de la visite antérieure se répète, mais je ne fais plus attention à lui. Ferme et résolu, je me dirige vers le couloir où je suis reçu par Totonho, l'un des complices de Clemilda. Il me conduit dans une salle. A l'intérieur, au centre, se trouve Clemilda encapuchonnée.

— À quoi dois je l'honneur de cette nouvelle visite du voyant ? Êtes vous venu féliciter mon travail que je fais dans cet endroit si rustique ?

—Ne venez pas avec vos plaisanteries. Vous savez, même mieux que moi, que le déséquilibre provoqué dans les "Forces opposées" menace Mimoso et même l'univers. Je veux que vous retirez d'ici le plus vite que possible. Le mal que vous avez provoqué au personnes, plus particulièrement à une jeune fille nommée Christine est très grand. Heureusement, je suis devenu son ami et je commence à lui faire voir son propre destin.

—Je m'en doute que vous allez la convaincre à être une jeune fille confiante et complètement libre de culpabilité. La tragédie a touché son bon sens et ses sentiments. Quant aux "Forces opposées", vous avez raison, mais ne sera pas facile me chasser d'ici. Je vous propose un accord. Si vous réussissez à convaincre Christine de vraiment prendre un nouveau chemin et surmonter 3 défis en 3 jours différents, vous aurez droit à une bataille finale. Les "Forces opposées" vont se rencontrer et se confronter et celui qui remportera la victoire, prévaudra pour l'éternité.

—Une bataille ? Ce n'est pas dangereux ? L'univers risque de disparaître dans le cas où quelque chose se passe mal.

— Vous n'avez pas de choix. Prenez-le ou laissez-le. Voulez-vous sauver le Mimoso ? Alors, vous devez faire face à la force des "Ténèbres".

—D'accord. Je le ferai.

Ayant dit cela, je quitté la salle et j'ai cherché la sortie. J'allais commencer une guerre entre les "Forces opposées" et j'étais l'un des personnages principaux de cette confrontation. Je ne savais pas ce qui allait se passer, mais j'étais prêt à tout pour inverser le déséquilibre des "Forces opposées" et aider Christine.

Le message II

La rencontre avec Clemilda m'a donné la certitude que je devais agir immédiatement et mettre en œuvre mon plan. La guerre entre les "Forces opposées" était déclarée et j'y avais le rôle principal. Alors, j'ai décidé d'écrire une note adressée à Christine pour l'inviter à une nouvelle rencontre. Après l'avoir rédigé, j'ai appelé Renato et je lui ai demandé de lui donner le message en personne. Il l'a pris et partit sans retard. Environ presque 20 minutes plus tard, il retourne avec la réponse. Je prends le papier avec soin et je l'ouvre lentement, ayant, peut-être, peur de la réponse. Il contient le message suivant : Rencontrez-moi à 07h00 dans le chemin du Climério. Je me sens heureux de savoir qu'elle a accepté l'invitation et mon espoir de la récupérer augmente. Elle était une pièce fondamentale dans la lutte contre la force opposée à la mienne.

Aller au Climério

Le jour de la réunion est enfin arrivé. Je me lève avec enthousiasme et j'élabore la stratégie la plus appropriée à être utilisée à la réunion. Je vais dans la salle de bain et prends un bain, je brosse mes dents et je vais boire un café. Après avoir fini toutes ces phases, je suis prêt pour sortir rejoindre Christine. L'endroit de la rencontre je le connaissais bien. Il s'agissait de Climério situe à l'est de Mimoso. Avec la même disposition que je me suis éveillé, je commence à marcher vers l'endroit de la réunion. Il était plus de 07h00 heures et juste à cette heure-là Christine aurait dû avoir sortir de la maison. Le souvenir de la première rencontre me vient à l'esprit et je me demande si Christine a déjà confiance en moi, car elle se montrait très réservée dans les premiers moments de l'entretien. Eh bien, c'était compréhensible. J'étais un inconnu, un étranger qui avait montré connaître avec beaucoup de précision les détails de sa vie. Cela provoque un impact sans précédent. Malgré que je lui aie dit de vouloir être son ami et comme elle se sentait complètement seule, elle avait fini par accepter, au moins, temporairement, mon guide et mes conseils. Maintenant, j'étais prêt pour la deuxième phase qui était la plus importante.

Je marche encore pendant quelques minutes dans le même sens et plus tard, je repère la figure de Christine. Immédiatement, je commence à courir pour la rejoindre.

—Vous allez bien, Christine ? Avez vous passé une bonne nuit ?

— Dès le moment où la tragédie a eu lieu, je n'ai plus eu de bonnes nuits. Je rêve toujours à mon mariage et à tout ce qui s'est passé là. Je ne sais pas combien de temps je vais vivre comme ça.

—Vous devez vous libérer, Christine. Oubliez la culpabilité et les remords, car ceux-ci ne font que vous nuire. J'ai appris que dans la vie nous devons vivre le moment présent et oublier les blessures du passé. Nous ne devons que nous souvenir des bons moments pour nous fortifier et continuer à marcher avec la tête haute.

—Cela ce n'est que des mots. La douleur que je sens ici dans mon cœur est trop grande.

— Un jour vous allez la surmonter. Je suis sûr de cela. Eh bien, Christine, j'ai quelque chose de sérieux à vous dire. Il s'agit de cette sorcière Clemilda qui a invoqué la puissance des ténèbres pour dominer le village de Mimoso. Elle a été la responsable de la tragédie et de tous les autres mauvais événements qui ont eu lieu ici à partir de ce moment-là. Je l'ai confronté et je me suis décidé à terminer avec son règne. En réponse, elle m'a offert un accord. Maintenant, j'ai besoin de réunir les "Forces du bien" pour qui connaît une bataille. Qu'est-ce que vous me dites ? Êtes-vous prête à me soutenir dans cette lutte ?

— Je ne sais pas si je suis prête. Clemilda est la cousine de Gerusa qui a été comme ma mère. Je sais bien qu'elle est méchante et je suis tout à fait contre ses attitudes. De l'autre cote, elle fait part de la famille. Il s'agit des "Forces opposées" qui confondent mon cœur et me font douter.

—Je comprends. Je dois vois rappeler que vous jouez un rôle fondamentale dans la guerre à venir. Avant de prendre une décision, pensez au gens, au christianisme et à vous même.

— Je vous promets que je penserai. Voulez-vous me dire quelque chose de plus ?

Je réfléchis quelques secondes avant de répondre et je me demande si elle est même prête pour cela. Je décide de me risquer.

— Oui. C'est vrai. Christine, pendant beaucoup d'années j'ai été un jeune rêveur et plein d'espoir. Néanmoins, malgré mes efforts, je ne pouvais pas atteindre mes objectifs. J'ai passé trois ans de ma vie en plein désert : Je n'avais pas de travail et je n'étudiais pas non plus. Toucher le fond m'a conduit à une crise qui m'a presque mené à la folie. Pendant cette crise, j'ai essayé de m'approcher du Créateur pour obtenir un peu de paix et de soulagement. Néanmoins, plus j'insistais, moins des réponses j'obtenais. Alors, j'ai essayé de trouver refuge chez le démon en cherchant la guérison et des réponses. Je suis allé à une session et ils m'ont promis que je trouverais la guérison et le bonheur. En retour, je devais changer de religion et faire juste ce qu'ils disaient. Le jour et à l'heure établis de mon retour à cet endroit, j'ai eu la réponse que Dieu s'intéressait en moi. Il a envoyé son ange qui m'a donné le message de retourner, que je ne trouverais pas dans cet endroit-là le bonheur si attendu ni la guérison. Alors, j'ai obéi à l'avertissement et j'ai osé retourner chez le Créateur. J'ai consulté un médecin et il m'a dit que mon cas n'était pas grave, qu'il s'agissait d'une crise de nerfs tout simplement. Alors, j'ai pris quelques remèdes et je me suis senti mieux. Dieu a utilisé ce médecin pour m'aider. Combien des fois fait-il cela sans que nous ne nous rendions pas compte? Avec la crise, j'ai commencé à écrire pour m'amuser un peu, comme une thérapie. Alors, je me suis aperçu que j'avais un talent que je ne supposais pas. Après la crise, j'ai trouvé du travail et j'ai repris mes études. En même temps, grandissait en moi le désir de devenir écrivain, de me communiquer avec les personnes. C'est donc que j'ai entendu parler d'Ororubá, la montagne sacrée. Elle est devenue sacrée à cause de la mort d'un mystérieux sorcier et sur son sommet il y a une grotte majestueuse, appelée la grotte du désespoir. Elle est capable de réaliser tout rêve pur et sincère. Alors, j'ai décidé de préparer mes valises et m'embarquer dans un voyage dont la destination était la montagne. J'ai dit au revoir aux membres de ma famille, mais ils n'ont pas compris mon rêve. Malgré ça, je suis parti. Je devais croire à mon talent et à mon potentiel. Alors, j'ai escaladé la montagne et j'ai connu la gardienne, un esprit millénaire. Avec son enseignement, j'ai pu surmonter les défis ce qui me permettrait d'entrer dans la grotte. Néanmoins, l'histoire n'avait pas encore fini. La grotte du désespoir n'avait jamais eu quelqu'un pouvant réaliser ses rêves à travers elle. Tous ceux qui avaient essayé, ont été sommairement décimés. Cependant, j'avais un rêve et le risque de ma vie ne serait pas un obstacle pour le réaliser. J'ai décidé d'entrer dans la grotte. Je me suis mis à marcher dans son intérieur et les premiers pièges sont vite apparus. J'ai pu les surmonter toutes et peu de temps après, j'ai découvert 3 portes qui représentaient le bonheur, l'échec et la peur. J'ai choisi la bonne porte et j'ai avancé dans la grotte. Après, j'ai trouvé un ninja qui, avec ses arts martiaux, a essayé de me détruire. L'expérience m'a conduit à la victoire et j'ai vaincu le ninja. Alors, j'ai avancé davantage dans la grotte et j'ai trouvé un labyrinthe. Je suis entre dans son intérieur et je me suis perdu. C'est là où j'ai eu une idée et j'ai pu trouver la sortie. Après, j'ai trouvé un scénario de miroirs. Ce scénario m'a fait réfléchir et m'a aidé à me trouver moi-même. Alors, j'ai avancé un peu plus dans la grotte. En somme, j'ai pu avancer tous les scénarios de la grotte et elle a été obligée de réaliser mon souhait. Je suis devenu le voyant et j'ai fait un voyage dans le temps, suivant une voix que je ne connaissais pas. Cette voix était la sienne, Christine, et je suis ici pour vous aider.

— C'est beaucoup d'information d'un coup. Je ne sais pas si vous êtes fou ou si c'est moi qui deviens folle en vous écoutant. J'avais déjà entendu parler de la grotte et de ses pouvoirs merveilleux, mais je n'imaginais pas que quelqu'un était entré là et avait vaincu son feu. Je dois penser un peu et réfléchir sur tout ce que j'ai entendu.

—Pensez, Christine, mais ne prenez pas beaucoup de temps. Mon temps ici est compté et je dois accomplir ma mission.

— Je vous promets de vous donner une réponse dans peu de temps. Eh bien, maintenant, je dois finir ma promenade et retourner chez moi.

Je dis au revoir à Christine et retourne à l'hôtel. J'avais fait ma part, maintenant je devais attendre la réponse. Mon espoir était entre les mains du destin et je ne savais pas vers où il se dirigeait. La guerre entre les "Forces opposées" aurait lieu dans peu de temps et la réponse de Christine serait la question principale.

Décision

La guerre imminente entre les "Forces opposées" ne me laissait absolument pas tranquille. Je n'avais jamais participé d'un combat de ce genre et alors, ce serait une expérience unique. Afin de soulager mon cœur et ma pensée, je sors de l'hôtel et je me dirige vers les ruines de la chapelle de S. Sébastien, qui se trouve très proche. Au milieu du chemin, je me demande quels sont les défis auxquels je devrais faire face et s'ils seraient aussi difficiles que les obstacles de la grotte. Eh bien, je ferais tout pour remporter la victoire au milieu de n'importe quelle difficulté. Ma pensée s'élève et je pense à la réalisation de mon rêve et à tous les obstacles que cela implique. Est-ce que je trouverai un éditeur commercial pour mon livre ? Est-ce qu'elle allait investir suffisamment pour que j'atteigne le succès ? J'avais conscience que la grotte m'avait vraiment aidé, mais cela n'allait pas résoudre tous mes problèmes. J'attendais que la grotte ne fût que Le commencement d'une longue et vigoureuse carrière littéraire. Cependant, ce n'était pas le moment de m'occuper de cela. J'avais des choses plus importantes à faire. Je dois rassembler les "Forces opposées" et aider Christine à se rencontrer. Ces objectifs m'approchaient davantage des ruines et quelques moments après, je touchais les restes du symbole du christianisme. Je cherche le crucifix qui était intact et en le touchant, je commence à comprendre la raison de ma religion et à son fondateur. Il s'était donné pour nous par un amour que nous ne pouvons pas comprendre. Un amour si grand, capable de réaliser des miracles. C'était cela dont j'avais besoin : Un miracle.

J'étais sur le point de faire face aux forces inconnues qui se nourrissaient de l'égoïsme, des vices, des faiblesses et de la haine humaine. Des forces qui étaient capables de détruire la vie humaine. Je regarde à nouveau le crucifix et je suis rempli de courage. Voilà, un exemple de vainqueur. Il avait aussi été un rêveur de même que moi et ses enseignements avaient conquis le monde. Il nous a appris à aimer et à respecter les proches et celui-là était le message que je prêchais dans mon quotidien. Je détourne mon regard pour voir tout ce qui est autour de moi : Je vois les personnes, le ciel bleu et tout le long de l'horizon. Je ne pouvais pas les décevoir et à moi non plus. Avec toute la force de ma poitrine j'ai crié :

— Je suis prêt !

La terre commença a trembler et en quelques secondes je suis déplacé de l'endroit où j'étais à cause de la force du tremblement. On me prenne par les cheveux et l'émotion du moment me fait voir tout obscure, tout vide.

L'expérience dans le désert

Je viens de m'éveiller et je me lève pour savoir exactement où est-ce que je suis. Je regarde dans les quatre directions et je vois que le sable et le ciel. Il semblait que j'étais dans le désert. Qu'est-ce que je faisais là ? Quel type de blague était celle-là ? À un moment j'étais dans les ruines de la chapelle (à Mimoso) et à un autre instant, j'étais là, dans cet endroit vide et obscur. Je commence à marcher à la recherche de quelque chose. Peut-être une oasis ou quelqu'un qui peut me guider et me dire exactement où je suis. Le sentiment de solitude augmente à chaque instant malgré mon idée que je suis toujours accompagné d'un ange. Dans ces moments, je me souviens combien il est important d'avoir des amis ou quelqu'un à qui me se confier. L'argent, l'ostentation sociale, la vanité, le succès et la victoire n'ont pas de sens si vous n'avez pas quelqu'un avec qui partager. Je continue à marcher et la sueur commence à couler, je commence à avoir faim et soif aussi. Je me sens perdu de même que dans le labyrinthe de la grotte. Quelle stratégie utiliserait maintenant ? L'oasis pourrait être n'importe où. Je m'arrête un peu. Je dois récupérer ma force et respirer. Je n'avais pas atteint mes limites, mais je me sentais assez fatigué. Je me suis rappelé la montée des marches du sanctuaire de Notre-Dame de grâce dans le site de garde, dans les ouvrages provisoires. Je n'étais qu'un enfant et l'effort de la monte m'avait trop couté. Quand je suis arrivé au sommet, je me suis installé dans un endroit sûr, avec peur que les montagnes escarpées plongent. Ma mère alluma la bougie et paya la promesse qu'elle avait faite. Le sanctuaire était visite par beaucoup de touristes et cela est arrivé à cause de l'apparition de la vierge Marie dans cet endroit.

L'histoire a été celle qui suit : En 1936, le bandit Virgulino Ferreira, le Lampião, et sa bande, rôdaient la ville de Pesqueira, où ils avaient déjà commis des atrocités avec les agriculteurs locaux. Maria da Luz avait demandé ce que Conceição allait faire si Lampião apparaitrait là en ce moment. La fille aurait répondu : "Notre-Dame devrait nous donner un moyen pour que ce homme méchant ne nous offense pas". Et c'est en regardant le sommet de la montagne, qu'ils ont vu une image de forme féminine. L'apparition s'est répété les jours suivants et la nouvelle s'est répandue par toute la région. Le Vatican a déjà accepté l'apparition de Notre-Dame de Grâces est apparue à Pesqueira et dans plus de cinq endroit dans le monde. L'apparition à l'endroit de la garde a été la seule enregistrée sur le continent américain.

En descendant du sanctuaire, je me sentais plus tranquille et confié. C'était comme ça que je me sentirais lorsque en trouvant une oasis. Je reprends la marche et j'ai une question qui ne sort pas de ma tête. Où était le défi ? Il n'y a pas de sens de marcher sans réponses. À partir du moment où j'ai fait le voyage à la montagne sacrée, réalisé les défis et entré dans la grotte, j'avais un plan et un objectif. J'étais maintenant à la dérive et sans orientation. Je commence à regarder le ciel et je vois quelques oiseaux. Une grande idée me vient à la tête et je décide de les poursuivre comme je l'ai fait avec la chauve-souris à la grotte. Et après 30 minutes de poursuite, je vois un lac où les oiseaux arrivent et l'espoir revient à moi avec plus de force. Je m'approche du lac et je commence à boire l'eau. Je bois un peu plus et mais le mauvais goût me fait la rejeter. Alors, je m'assieds un instant au bord du lac pour reposer mes jambes et mes pieds fatigués à cause du voyage. Un moment après, une main touche mon dos et je me tourne. La gardienne que j'avais connue à la montagne se trouvait face à moi.

— Vous ici ? Je ne m'attendais pas.

—Mon fils, vous semblez un peu fatigué. Voulez-vous retourner chez vous maintenant ? Votre famille a nostalgie de vous.

—Je ne peux pas. Je dois accomplir ma mission. C'est même vous qui m'avez envoyé à Mimoso pour rassembler les "Forces opposées" et aider Christine.

— Oubliez votre mission. Vous n'avez pas de forces pour vaincre le côté opposé. Rappelez-vous que même votre maître, Jésus-Christ est mort sur la croix pour défier le diable.

—Vous vous trompez. Jésus-Christ a été le vainqueur et la croix est le symbole de sa victoire. Attendez. Vous ne m'avez jamais parlé comme ça. Qui êtes vous ? Je suis sûr que vous n'êtes pas la gardienne, malgré votre apparence.

La femme a poussa un cri sarcastique et disparut. Alors, tout n'était qu'une vision visant à me perturber. Je devrais faire beaucoup d'attention avec les apparences. Je continue Assis et sans idées sur comment sortir de ce lieu vaste et vide. Je sens battre mon cœur, ma jambe trembler et l'inconscient dire que cela n'a pas fini. Qu'est-ce qu'il fallait ? Je me sentais fatigué avec ce défi. Je regarde l'horizon et je vois au loin quelqu'un qui s'approchait. Est-ce que ce serait encore une autre vision ? Je devrais faire attention. En se rapprochant, j'ai peur et je n'arrive à croire. La personne me serre et je la serre en retour, malgré la méfiance.

— Vous êtes ma mère ? Comment êtes-vous arrivée ici ?

—C'est moi. La gardienne m'a aidé à vous trouver. Après que vous êtes sorti, je suis allée à la montagne, car j'étais très inquiète. Alors, j'ai trouvé la gardienne et elle m'a guidé.

— Attendez. Je dois avoir une preuve que c'est vous ma mère. Quel était le nom de mon chat préféré et quel était le surnom que mes neveux m'ont donné ?

— Cela est facile. Le nom de votre chat préféré était « pecho » et votre surnom est oncle Divine.

La réponse me rend plus calme et je la serre à nouveau. J'ai vraiment besoin de quelqu'un familier dans ce désert.

—Que faites-vous ici ?

— Je suis venu vous convaincre de tout cela. Vous avez de grands dangers dans ce désert. Venez, partons maintenant. Je n'aurais pas du vous permettre de quitter la maison.

— Je ne peux pas. Je dois remplir une mission. Je dois rassembler les "Forces opposées" et aider Christine. En plus, je dois tout documenter dans un livre. C'est comme ça que je pourrai commencer ma carrière littéraire.

— Cette mission est une folie. Vous n'avais pas les conditions pour vaincre les forces des ténèbres ni de publier un livre. Combien de fois je dois vous dire qu'écrire des livres ne vous apportera aucun résultat. Vous êtes pauvre et pas connu. Qui va les acheter ? En plus, vous n'avez pas du talent.

—Vous vous trompez. Je peux rassembler les "Forces opposées" et réaliser mon rêve. Je ne peux pas croire que vous êtes ma mère, car même si elle ne m'encourage pas, je sais qu'elle a une lueur d'espoir que je vais vraiment devenir écrivain. J'ai du talent, le cas contraire, je ne me risquerait pas à entrer dans la grotte pour lui demander de me faire devenir le voyant.

Immédiatement, ma mère s'est transformé en homme d'apparence claire avec les yeux en feu. Je sens la peur me prendre, mais je me méfiais déjà. L'homme commence à tourner autour de moi.

— Voyant, fils de Dieu, avez-vous déjà pensé tout ce que ces noms signifient ? La clairvoyance est un don permettant à l'individu de connaître l'avenir ou avoir une notion exacte de ce qui arrive dans d'autres endroits. Vous n'avez pas ces facultés. En vrai, ce que vous avez est une clairvoyance peu développée. C'est une grande prétention la vôtre de prétendre être un voyant puissant. Quant à l'idée que vous avez d'être le fils de Dieu, cela est une grosse blague. Est-ce que vous ne vous souvenez pas vos erreurs dans un désert comme celui-ci ? Croyez-vous que Dieu vous a pardonné ? Comment avez-vous le courage de vous appeler le fils de Dieu ? Pour moi, vous êtes plus pour Diable que pour être fils de Dieu. Voilà. Vous êtes le Diable, de même que moi !

— Peut-être que je ne suis pas un voyant puissant, mais je reçois des messages du Créateur. Il me dit que j'aurai un avenir merveilleux. Je construis le jour après jour dans mon travail, dans mes études et dans les livres que j'écris. Quant à mes erreurs, je les connais et j'ai déjà demandé pardon. Qui ne fait pas d'erreurs ? Je suis devenu un homme nouveau et j'ai oublié tout mon passé. Le message que j'ai reçu est que Dieu me considère son fils et je crois à cela. Si ce n'était pas comme ça, il ne m'aurait pas fait ressusciter nombreuses fois.

Avec les yeux en larmes, je regarde l'univers, tournant le dos à mon accusateur. Je crie fortement.

— Je ne suis pas le Diable ! Je suis un être humain qui a découvert un jour que j'ai une valeur infinie pour Dieu. Il m'a sauvé de la crise et m'a montré le chemin. Maintenant, je veux rester avec lui et me réaliser. Peut importe les obstacles et les difficultés que je dois surmonter. Ils me feront grandir et me feront devenir un meilleur être humain. Je vais être heureux, parce que l'univers conspire à cela.

Le Diable s'écarte un peut et dit :

— Nous allons nous rencontrer à nouveau, monsieur Aldivan. La guerre entre les "Forces opposées" ne fait que commencer. À la fin je serai le vainqueur.

Ayant dit cela, il disparut. Quelques minutes plus tard, je suis encore une fois lancé et en quelques secondes je me trouve à nouveau dans le scénario antérieur, sous les ruines de la chapelle. Je décide de retourner immédiatement à l'hôtel à fin de me reposer, récupérer le courage et les forces. Le premier défi avait été conclu, maintenant il ne restait que deux.

Les adorateurs des ténèbres

Le lendemain, je retourne au même point d'où j'avais été emporté pour la première expérience. Inconsciemment, je croyais que celle-là était la porte d'accès aux défis. En regardant vers les ruines, je sens mon cœur déchiré par la désolation de cet endroit. Le vrai chemin avait été suffoqué par une sorcière maléfique et cruelle. Maintenant, ma mission était d'équilibrer à nouveau les "forces opposées" et retrouver la paix perdue dans la région. Pour cela, je répète le mot de passe de la veille et je suis à nouveau transporté. Je me trouve dans un endroit étrange et obscur, ou le rituel est réalisé. Il y a environ dix personnes, disposées en cercle murmurant des mots dans une langue que je ne connais pas. Au centre, un homme est accroupi et les autres déversent sur sa tête un liquide d'odeur insupportable. Un instant après, apparaissent deux cornes sur sa tête et son visage prend un aspect terrible. Il me voit et se lève. Il s'approche, prend une épée et me lance une autre. Je me sens inquiet, car je n'étais pas habitué à utiliser d'armes.

Il me pousse à lutter et commence à délivrer quelques coups. J'essaie de les bloquer avec mon épée et je réussis presque par un miracle. Il continue à attaquer et je me défends. Je commence à observer ses mouvements pour une réaction postérieure. Il agit très vite et habilement. Peu à peu, je commence à le battre et il se montre surpris. Un de mes coups le touche, mais il continue infatigable. Alors, je décide de faire appel. Je m'approche un peu plus de lui et sans qu'il se rende compte, je me prépare pour l'assaut final. L'épée m'aide à le déséquilibrer et avec les poings fermés, je réussis le frapper en pleine. Il tombe sur le sol inconscient. À ce même instant, je suis emporté vers les ruines de la chapelle. J'avais surmonté le deuxième défi.

L'expérience de la possession

Le troisième jour finalement arrive. Je me dirige à nouveau vers les ruines de la chapelle. La troisième expérience était prévue et je ne pouvais attendre davantage. Qu'est-ce qui m'attendait ? Je ne le savais pas vraiment, mais je me sentais prêt à tout. La gardienne, les défis et la grotte avaient beaucoup contribué à cela. Maintenant, j'étais Le voyant et je ne pouvais plus avoir peur. Confiant et calme, je répète le code secret de la veille. Un vent froid souffle, le corps frissonne et des voix incessantes commencent à me déranger. Dans un instant, ma conscience est emportée vers mon esprit et en arrivant là-bas j'entends quelqu'un qui frappé à la porte d'accès. Je décide d'ouvrir. En ouvrant la porte, un individu clair, mince, avec les yeux couleur de miel et qui porte une couronne d'épines sur la tête entre.

—Qui êtes vous ?

—C'est moi, Jésus Christ. Ne reconnaissez-vous pas la couronne ? C'est avec elle qu'on a blessé ma tête.

— Qu'est-ce que vous êtes venu faire ici, dans ma pensée ?

— Je suis venu prendre possession de vous. Si vous acceptez, je vous ferai le plus puissant et le plus talentueux des hommes.

—Comment vais-je savoir si vous êtes qui vous dites que vous êtes ? Je veux une preuve.

— Cela est facile. Vous êtes un jeune de vingt six ans, calme, gentil et très intelligent. Votre rêve est de devenir écrivain et pour cela vous avez réalisé un voyage vers une montagne connue de tous comme sacrée. Vous avez connu la gardienne, la jeune fille, le fantôme, l'enfant, réalisé les défis et entre dans une grotte qui est la plus dangereuse du monde. Esquivant les pièges et avançant scénarios vous avez vaincu. Alors, elle a réalisé votre rêve et vous a transformé en voyant. Cependant, la grotte n'a été qu'une des étapes de votre développement spirituel. Maintenant, vous avez besoin de moi pour continuer le chemin.

— Alors, vous êtes Jésus-Christ. Cependant, Je ne sais pas si je veux quelqu'un dans mon esprit. C'est difficile de s'habituer à une voix me guidant tout le temps. Ne pouvez-vous m'aider du Ciel ? Je me sentais plus à l'aise comme ça.

—Si je ne reste pas ici, vous serez un homme perdant. Décidez vite : Voulez-vous être un homme ou voulez-vous être un Dieu ? Si vous choisissez la deuxième alternative, je vais vous faire voler, marcher sur les eaux et réaliser des miracles.

—Je ne crois pas. J'ai besoin d'une autre preuve.

J'ai dirigé mon corps pour une plaine inondable, où passe la rivière Mimoso. Je voulais avoir une preuve réelle de ce qui se passait avec moi. En arrivant à la rivière, j'essaie de faire les premières pas sur l'eau. En le traversant, j'ai une preuve de déception. On me trompait.

— Monstre ! Vous n'êtes pas Jésus-Christ ! Quittez ma pensée maintenant, je vous ordonne cela !

L'homme s'est transformé dans une créature avec des cornes et une longue queue. Un vent fort commença à souffler sur lui et l'a poussé vers la porte d'entrée de mon esprit. Il est sorti et la porte s'est fermée. Ma conscience retourne à la normale et je me sens mieux. L'expérience m'avait fait perdre assez mes forces et à cause de cela, je me suis décidé à retourner tout de suite à l'hôtel une fois que j'ai eu surmonté le troisième défi. Maintenant, il ne fallait que convaincre Christine et partir pour la dernière bataille.

La prison

En arrivant à l'hôtel, je suis surpris à cause de la présence du délégué Pompeu et ses subordonnés.

— Eh bien, celui que nous attendions est là. Monsieur le Voyant, vous êtes détenu. (Pompeu)

—Comment ? Quelle est l'accusation ?

— Vous irez en prison par ordre de la reine Clemilda et cela est suffisant.

Rapidement, les subordonnés ont mis les menottes sur mes bras. Un mélange d'indignation et de colère remplissent tout mon être. Les forces des ténèbres utilisaient sont dernier recours pour empêcher la victoire du bien. Si j'allais en prison, je ne pourrais rien faire et avec cela Mimoso serait perdu. Que se passerait-il avec les "Forces opposées" et avec Christine ? En ce moment-là, je perdais mes espérances. Ils m'ont donné l'ordre de marcher et c'est cela ce que j'ai fait. Sur le chemin de la station de police, je me souviens de toutes les injustices que j'ai souffertes : Un test mal corrige, un fonctionnaire publique inhumain, un mauvais jugement et le manque de compréhension des autres.

Dans toutes ces situations, je me suis senti de la même façon : lésé. Je détourne mon attention vers le délégué et je lui demande s'il ne sent pas de remords. Il répond que non, qu'il pouvait le sentir s'il ne remplissait pas l'ordre, car certainement, il perdrait son travail. Je comprends son opinion et je ne lui posse plus de questions. Quelque temps après, nous arrivons à notre destin. Ils retirent mes menottes et me laissent dans une cellule où il y a quelques autres prisonniers. Je passerais ma première nuit complètement verrouillée.

Dialogue

Dans peu de temps, j'arrive à m'intégrer avec les autres détenus. Ils sont là pour des différents motifs : L'un pour voler des poulets, les autres pour refuser de payer des impôts et quelques uns pour ne pas avoir voté par le candidat indiqué par le commandant. Claudio est parmi eux. Je commence à bavarder avec lui.

— Ça fait beaucoup de temps que vous êtes là ?

— Oui. Beaucoup de temps. Je suis ici dès que le commandant a découvert que je flirtais avec sa fille. Et vous ? Pour quelle raison êtes-vous prisonnier ?

—Eh bien, j'ai eu des désaccords avec une dame appelée Clemilda. Elle a commis un acte arbitraire me renfermant ici. Mais parlez-mois de vous. Aimiez-vous tant cette jeune fille au point de vous risquer pour faire face au commandant ?

— Oui, je l'aime. Depuis que j'ai rencontré Christine, je suis un nouvel homme. Je suis arrivé à apprécier les choses vraiment importantes. J'ai même abandonné le vice et le libertinage. Sans elle, je ne sais pas ce que deviendra ma vie.

—Je comprends. Lorsque je l'ai connue, je l'ai trouvé vraiment spéciale. C'est dommage qu'elle passe par une tragédie si grande.

—J'ai entendu parler de cette tragédie ici à la prison. Cependant, je refuse l'idée que la femme que j'aime soit une assassine. Son tempérament n'est pas compatible avec le fait.

— Elle a été une autre victime de la sorcière Clemilda. Cette créature a déséquilibré les "Forces opposées" et cela menace tout l'univers. Alors, le destin m'a envoyé à la montagne sacré où j'ai connu la gardienne, la jeune fille, le fantôme et l'enfant et où j'ai réalisé les défis et avec cela j'ai conquis le droit d'entrer dans la grotte du désespoir, la grotte qui réalise les souhaits les plus profonds. Esquivant les pièges et avançant des scénarios je suis arrivé à la fin de la grotte. Alors, la grotte m'a transforme en voyant et actuellement, j'ai fait face à Clemilda et elle m'a proposé trois défis que j'ai accompli. Maintenant, il ne me reste que convaincre votre bien aimé pour que j'aie le droit à une dernière bataille. Néanmoins, maintenant que je suis emprisonné, je suis empêché de prendre n'importe quelle attitude.

—Quelle histoire ! J'avais déjà entendu parler de la grotte et de ses pouvoirs merveilleux, mais je n'imaginais pas que quelqu'un pouvait pas la vaincre. Vous avez été le premier dont j'ai entendu parler. Regardez, si vous avez besoin de mon aide, je suis à votre disposition.

— Merci. Il y a une façon de fuir d'ici ?

—Quel dommage, mais il n'y en a pas. Ces grilles sont très fortes et les sorties du bâtiment sont toutes surveillés.

La réponse de Claudio refroidit mon esprit. Que se passerait-il avec les "Forces opposées", de Christine et de Mimoso ? À chaque moment qui se passait, les choses tendaient à s'aggraver avec moi emprisonné. Maintenant, il ne me restait qu'à attendre un miracle.

La visite de Renato

Je viens de m'éveiller et l'idée que le soleil s'était levé carré ne me fait pas de bien. Cet endroit n'était pas bon pour moi, car la charge négative élevée m'angoissait. Les "Forces opposées" criaient dans mon intérieur et étaient plus actives que jamais. Un peu plus tard, l'un des gardes vient ouvrir la cellule pour que nous allions prendre un bain de soleil. J'entre dans la file d'attente qui s'est formée. Nous avons pris le bain et dans peu de temps nous sommes retournés dans la cellule. En retournant, on me dit que quelqu'un est m'attend dans la salle de visites. Un garde m'accompagne et je vais rencontrer cette personne. En entrant dans la salle de visites, je suis surpris.

—Vous ? Que faites vous ici, mon enfant ?

— Je suis venu pour vous aider. Le moment est arrivé de vous prouver que je suis utile et que la gardienne a eu raison de me faire venir pour vous accompagner.

—M'aider ? Comment ?

— Ne vous inquiétez pas. J'ai tout planifié. Quand tout arrivera, ne pensez pas deux fois, fuyez.

— Qu'est-ce que vous prétendez ? Ce n'est pas dangereux ?

— Je ne peux rien vous dire. Juste faites ce que je dis.

—Merci, mais vous ne devez pas tant vous risquer à cause de moi. Vous n'êtes qu'un enfant.

—Je suis un enfant, mais je sais distinguer le cœur humain. Je pense que vous êtes une personne vraiment spéciale.

Les mots de Renato me donnent un frisson et je décide de lui faire un câlin. Il m'avait accompagné presque tout le temps pendant le voyage que nous avons fait et cela a créé une affection entre nous. Je me sentais comme son père, mais en ce moment c'était lui qui me soulageait et m'encourageait. Après le câlin, il dit au revoir et retourne vers la cellule, accompagné par un garde. Je rencontre Claudio et nous commençons une nouvelle conversation. Environ trente minutes après le départ de Renato, je sens une odeur étrange, une fumée de cuivre dans le bâtiment et tout le monde est désespéré, même moi. On appelle le délégué et il ordonne que les cellules soient ouvertes. Dans la confusion, je me souviens Du conseil de Renato et je me dirige au dehors de la station de Police sans que personne ne me voie, parce que la fumée est trop dense. En sortant, je rencontre Renato et nous fuyons ensemble. Nous retournons à l'hôtel et là-bas Mme. Carmem nous installe dans une salle spéciale qui comptait avec une entrée dans le sous-sol et nous sommes logés là, où je serais en sécurité jusqu'à la bataille finale.

La troisième rencontre avec Christine

Christine finalement s'est décidée et était prête à se rencontrer à nouveau avec moi. Elle avait entendu que j'avais été emprisonné et ce fait l'avait aidé à se décider. Elle était aussi fatiguée des injustices commises par son père et par la méchante sorcière Clemilda. D'une certaine manière, elle contrôlait déjà ses "Forces opposées" et cela avait été un fait essentiel dans as décision. Alors, elle s'est décidé à chercher Mme. Carmem, le propriétaire de l'hôtel de la lumière. Elle avait la certitude que Carmem connaissait quelque chose sur ma localisation. Elle frappe à l'entrée de l'hôtel et on lui a immédiatement répondu.

—Êtes-vous Mme. Carmem ? Je dois vous parler.

—Oui. Entrez.

Christine accepte l'invitation et elle se blottit dans la chambre. Mme. Carmem est allée chercher une tasse de thé et des biscuits. Elle retourne et montre un sourire captivant.

—En quoi peux-je vous servir, ma chérie ? (Mme. Carmem)

— Je cherche Aldivan, le voyant. Il était en prison, mais aujourd'hui j'ai entendu qu'il a fui de la prison. Savez-vous, madame, où est-il ? C'est important.

— Je ne sais pas. Quand il a été emprisonné, je n'ai plus eu de contact avec lui.

—Ce n'est pas possible. J'ai besoin de lui et Mimoso aussi. Alors, tout vas rester comme avant ? Combien de temps allons nous supporter encore la dictature de Clemilda ?

Des larmes coulent sur le visage de Christine et elle est au désespoir. Sa réaction touche Mme. Carmem et elle décide la soulager.

—C'est si important cette rencontre avec lui ? Alors, je pense que je peux vous aider.

Mme. Carmem s'éloigne de la salle pendant un moment et vient me chercher dans la chambre. Quand j'ai pris connaissance sur la présence de Christine je me sens content et je décide de la rencontrer immédiatement. Je me dirige vers la salle, tandis que Renato reste dans la chambre et Mme. Carmem va à la cuisine, préparer le dîner. En me voyant, Christine se lève et court vers moi pour m'enlacer. Je lui rétribue le câlin. Nous nous sommes assis l'un à coté l'autre, dans la salle.

—Alors, vous vous êtes décidée ?

— J'ai pensé bien à ce que vous avez dit et je dois vous dire que je vous crois. Au couvent, on m'a appris à reconnaître quand une personne est sincère.

— En plus de croire, vous êtes prête à changer de vie ?

— Oui et je prétends oublier tout ce qui s'est passé. Vous avez raison quant au fait que je n'étais pas responsable de la tragédie. Cela fut une malédiction que la sorcière a lance contre moi en touchant ma tête. J'ai encore espoir qu'elle soit vaincue et que la demande que j'ai faite à la montagne soit réalisée.

— Alors, j'ai réussi. Vous vous avez trouvé avec vous-même. Vous ne semblez plus la jeune découragée et triste d'avant. Je suis heureux pour vous. Maintenant, je peux avoir le droit pour une bataille finale. Le rencontre des "Forces opposées" s'approche.

— Bataille ? De quoi parlez-vous ?

— C'est l'accord que j'ai établi avec Clemilda. Si j'accomplissais 3 défis et je pouvais vous convaincre de trouver votre destin, j'aurais droit à cette bataille. C'est la seule chance de rassembler les "Forces opposées" et les équilibrer à nouveau.

— J'ai compris. Peux-je contribuer ? Mes pouvoirs de mutante seraient d'une grande aide dans la bataille.

— Je ne sais pas. C'est très dangereux. Si on vous blesse, Christine, je ne pourrai pas me pardonner.

Je pense pendant quelques minutes dans la proposition de Christine. Est-ce qu'elle serait même nécessaire dans le champ de bataille ? Je ne savais pas quelle proportion aurait cette guerre.

— D'accord. Cependant, vous devez rester derrière moi. Je vous protégerai des ténèbres. Quant à cela, vous couvrez l'arrière avec ses pouvoirs de mutante.

— Merci. Quand est-ce que cela aura lieu ?

— Demain. Rejoignez-moi dans les ruines de la chapelle à 07:00 heures.

Je lui dis au revoir et lui demande secret quant à ma localisation. Elle est d'accord et part. Un certain remord me bat pour le fait de l'avoir acceptée dans la bataille, mais il est tard. Le lendemain serait définitif quant au destin de Mimoso et j'irais participer d'une bataille qui changerait complètement ma vie et évidemment celle de l'univers aussi.

La invocation de l'ange

Nous sommes arrivés, Christine et moi, à l'heure établie à l'endroit de la rencontre. Elle me demande la raison de cet endroit et je lui réponds que cet endroit avait été la porte de mes expériences. Je lui explique les détails concernant les "Forces opposées" et le déséquilibre actuel. Après cela, je lui demande de rester en silence et commence à invoquer l'ange, car il serait de grande aide dans la bataille.

— La guerre entre les "Forces opposées" s'approche. Dans cette lutte, des êtres matériels et immatériels vont se confronter. Notre groupe est constitué uniquement par deux personnes : Moi, le voyant et Christine, qui est mutante. Nous avons besoin d'une force supérieure à la force immatérielle qui nous donne une sécurité et pour cela nous demandons, au père, de nous envoyer son ange pour nous accompagner et nous protéger dans cette dangereuse bataille. Le destin de Mimoso est en jeu et la force du bien doit être entière.

Je répète la prière trois fois et dans la dernière je sens mon cœur tremble, la respiration irrégulière et mon sixième sens tout à fait vif. Un instant plus tard, mes portes sont ouvertes et avec cela je suis autorisé à percer les mystères de l'autre monde. Je vois, dans um grand salon du palais royal, une porte qui s'ouvre et sept anges supérieurs qui ensemble représentent Dieu lui même sortent à travers elle. L'un d'eux porte un calice dans sa main dont le contenue et ma prière insistante. Les sept anges s'approchent du trône ou se trouve Dieu Tout-puissant. Celui qui porte le calice le jette sur le feu qui à côté droit du père. Les tonnerres grondent et on entend des voix altérées. La porte entre les deux mondes s'ouvre et l'ange qui était avec le calice entre à travers elle. La porte est fermée et scellée derrière lui. En ce moment, mes portes sont fermées et je retourne à la réalité. Quand je reprends mon esprit, je vois Christine agenouillée à côté de moi, un ange de longues ailes incandescentes et brillantes illuminant l'ensemble du site. Sur son visage est écrit Roi des rois et Seigneurs des seigneurs. Ses pieds et ses jambes semblent être de feu et son corps svelte surpasse toute sculpture. Je reste debout pendant quelques instants admirant sa beauté. Alors, il décide de prendre contact avec moi par les forces de pensée. Il me demande de rester calme et de lever Christine, car elle n'avait pas des raisons pour l'adorer. J'obéis l'ange et je lui demande ce qui va se passer. Il me dit qu'il ne sait pas non plus, que la rencontre entre les "Forces opposées" est imprévisible. Il m'assure que nous serons en sécurité avec lui. Avec des forces renouvelées et avec protection du ciel, je décide d'essayer le même code de l'expérience antérieure. Avec toute la force de mon cœur, je crie :

— Nous sommes prêts !

Le sol tremble, le ciel obscurcit, les étoiles sont secouées et tout l'univers est touché par l'émotion du moment. La bataille finale allait commencer et l'avenir des deux mondes était un jeu.

La bataille finale

Le scénario continue à changer. Le sol disparait et l'ange doit nous donner des pouvoirs pour pouvoir voler. À l'horizon, une ligne de division apparaît, laquelle ressemble à un champ de force qui nous empêche de surpasser cette ligne. Donc, le moment où tout commence arrive. Une grande obscurité s'approche avec un vampire et avec un groupe d'hommes encagoulés. De l'autre cote se trouve Clemilda, commandant tout avec ses pouvoirs machiavéliques. Le conflit commence enfin. L'ange et le démon, Christine et le vampire, moi et les hommes encagoulés. La lutte entre les êtres immatériels est simplement inimaginable. Les deux bougent à une vitesse incroyable et ses coups sont très forts. À chaque impact, les deux mondes semblent trembler. L'affrontement entre Christine et le vampire est aussi équilibré. Elle utilise ses rayons de feu pour se protéger des avances du vampire. Je fais aussi face à un arrêt difficile. Les hommes encagoulés sont des combattants qualifiés. Je dois utiliser tous mes pouvoirs de voyant pour les affronter. La guerre entre les "Forces opposées" ne faisait que commencer et les difficultés étaient nombreuses.

La lutte continue et l'affrontement commence progressivement à changer. Quelques hommes encagoulés tombent à cause de la fatigue et je me sens plus libre. La lutte entre l'ange et le démon, entre Christine et le vampire continuait en équilibre, mais de mon coté le bien vainquait. Avec quelque plus de temps j'arrive à vaincre mes derniers adversaires. Alors, je me repose un peu et j'observe la lutte des autres. J'espère qu'ils remportent la victoire eux aussi. Clemilda s'est rendu compte de l'imminente défaite et avec ses pouvoirs elle invoque les morts-vivants. Ils sortent des tombeaux d'un ancien cimetière indigène et sont toutes les personnes que d'une façon ou d'une autre se sont détourné du vrai chemin. Ils sont mes nouveaux adversaires dans la bataille. Entre eux, je peux reconnaître Kualopu, un sorcier indigène qui a presque provoque l'extinction de la nation xucuru. Il est mon plus épouvantable adversaire, car de même que Clemilda, il domine les forces occultes. Avant de commencer la lutte contre lui, je me souviens des enseignements de la gardienne, des défis et de la grotte. Toutes ces étapes m'ont apporté un développement spirituel incroyable pour moi. Maintenant, je devrais utiliser cela à ma faveur dans la bataille. La lutte commence et les morts-vivants essayent de m'entourer dans le but de m'attaquer tous à la fois. Rapidement, je me libère de ce cercle et contre-attaque. Avec la force de mon attaque, quelques uns d'entre eux sont détruits. Kualopu commence à répéter une prière silencieuse et immédiatement, un cercle lumineux m'entoure et me laisse immobile. Les autres morts-vivants profitent pour m'attaquer. Le souvenir de la grotte vient à ma pensée, quand j'ai du faire face tout un scénario des miroirs. Trois reflets apparaissent et représentaient un jeune de quinze ans qui avait perdu le père, un enfant et une personne âgée. Je jouais contre eux avec tous ces aspects et j'ai découvert que aucun d'entre eux n'était présente, uniquement un jeune de vingt six ans, écrivain et diplômé en mathématiques. Le cercle qui m'avait pris représentait toutes les faiblesses que j'ai pu contrôler lorsque je suis entré dans la grotte. En pensant à cela, je me suis concentré sur mes pouvoirs et dans un élan, le cercle s'est rompu. Donc, je suis en mesure de les battre et j'ai détruit un grand nombre de morts-vivants. Kualopu recule en voyant ma force et dans un dernier coup j'ai pu le vaincre. En voyant cela, Clemilda s'est désespérée et elle a commencé à articuler sa dernière stratégie.

Pendant que Clemilda se préparait, j'ai pu observer que les autres forces du bien étaient en avantage face à la force opposée. Cela me rend heureux et calme. Je profite aussi le temps pour me reposer et reprendre mon souffle. Enfin, Clemilda se décide. Elle vient se battre directement contre moi. Utilisant les forces occultes, elle obtient une épée et un bouclier. L'ange voit ma situation et avec ses pouvoirs me donne les mêmes armes. L'affrontement commence et je suis étonné avec l'agilité de mon rival. Elle n'était pas amateur. Je suis à la défensive pendant un moment pour l'observer dans tous les sens. Mon attitude me fait perdre l'équilibre et la sorcière arrive à blesser mon visage. Je réorganise les idées et j'essaie de contre-attaquer. Ma réponse a un résultat et j'arrive à la toucher. Dans une autre fente, j'arrive à la désarmer et elle est sans défense. Donc, pour mieux équilibrer la situation, je jette aussi les miennes. Je la prends et nous mesurons nos forces. Elle invoque le démon et moi Jésus-Christ et sa croix. Immédiatement, elle tombe vaincue. Le démon et le vampire disparaissent, le soleil et le sol apparaissent. L'ange brille plus que jamais et au ciel je peux entendre un bruit de grande fête. J'avais réussis à rassembler les "Forces opposées" et aider Christine. Quelques minutes plus tard, l'ange me dit au revoir et disparaît. Mon voyage dans le temps avait été un succès et je le répèterais chaque fois que cela se montre nécessaire.

L'effondrement des structures existantes

Avec la chute de Clemilda, le nuage noir s'est dissipé, leurs amis ont fui et Christine est guérie. Avec cela, Mimoso a repris sa vie normale et le Christianisme repris sa place. Pour célébrer, Christine a organisé une fête dans le bâtiment de l'association d'habitants. J'étais l'invité principal. À la fête il y avait beaucoup de journalistes qui ne s'arrêtaient pas de poser des questions.

—C'est vrai, monsieur le voyant, que vous êtes l'homme qui a sauvé Mimoso des griffes d'une sorcière maléfique ? Comment cela s'est passé ?

—Eh bien, je n'ai été qu'un instrument du destin de même que ma camarade de lutte, Christine. Les "Forces opposées" étaient en déséquilibre et ma mission était celle de les rassembler à nouveau.

—Qu'est-ce que vous voulez faire maintenant ?

— Eh bien, je ne sais pas. Je pense que je dois attendre une nouvelle aventure.

— Êtes-vous marié ? Quelle est votre profession ?

—Non. Ma priorisation c'est mes études. Quant à ma profession, je suis fonctionnaire administratif. En plus, j'ai une licence en mathématiques et je suis écrivain.

Les questions continuent, mais je m'éloigne des journalistes. Je vais parler avec Christine pour savoir comment va-t-elle. Elle dit qu'elle a oublié la tragédie, mais elle est encore inquiète à cause de Claudio. Il est en prison il y a quelque temps et elle n'a pas de nouvelles. Elle réaffirme son amour et dit qu'il est inoubliable. Je la soulage et lui donne du courage. Je reste à coté d'elle pendant toute la fête, pour lui Donner de la force. Quand la fête se termine, je lui dis au revoir et retourne à l'hôtel.

Conversation avec le commandant

Avant de quitter le Mimoso, j'ai décidé de faire une dernière action pour Christine. Un grand amour comme celui de Claudio et elle ne pouvait pas rester sans une dernière opportunité. Alors, je suis allé à la maison du commandant redouté pour une dernière conversation avec lui. En entrant dans le jardin de la maison, j'ai annoncé ma présence et dans peu de temps j'étais face à lui.

—M. le commandant, je suis venu vous parler sur votre belle fille Christine. J'ai été il y a peu de temps avec elle et je me suis rendu compte de sa souffrance. Pourquoi vous ne donnez pas une opportunité au collecteur d'impôts, Claudio ? Regardez, il est le garçon le plus approprié pour elle.

— Ne vous mêlez pas à des affaires de famille. Je n'ai pas éduqué ma fille pour avoir comme gendre un collecteur d'impôts.

— Je me mêle parce que je suis ami d'elle et son bonheur m'intéresse. Vous rejetez Claudio parce qu'il est pauvre et simple. Avez-vous oublié votre enfance pauvre à Maceió ? Vous avez été simple dans le passé. Ce qui est important dans un être humain sont ses caractéristiques, son talent et charisme. La condition sociale ne nous définit pas. Nous sommes ce que nos œuvres disent.

Ma réponse a déséquilibré un peut le commandant et des larmes coulent de ses yeux avec insistance. Il les essuie par honte.

—Comment savez-vous tout cela ? Je n'ai jamais parlé à personne sur ce partie noire de ma vie.

—Même si je vous explique, vous ne comprendrais pas. Le cas est que vous êtes injuste avec Christine en la privant d'un véritable amour. Voyez-vous la tragédie que vous avez provoqué avec le mariage arrangé ? Ce système ne fonctionne pas.

Le commandant reste pensif pendant un certain temps et peu de temps après il répondit.

—D'accord. Je permets que les deux sortent ensemble et qu'ils se marient, mais je ne veux pas les voir ici. Ma fille continue à être une déception dans ma vie.

— Et quant à Claudio ? Allez-vous le libérer ?

—Oui. Aujourd'hui.

—M. le commandant, encore une chose. Je quitte mon emploi d'être votre journaliste. Je ne supporte plus les mensonges sur votre personne face à ce peuple.

Le commandant se met en colère, mais je le quittais déjà. En sortant, je me sens en bonne conscience, car j'avais rempli mon rôle. Maintenant, ce serait le destin qui se chargerait de joindre les deux cœurs qui s'aimaient vraiment.

Adieu

Finalement, le moment de la libération de Claudio est arrivé. Hors de la station de police, l'attendait sa famille et sa bien aimée Christine. Tout le monde était anxieux et inquiet à ce moment-là. À l'intérieur de la station de Police, Claudio signe les derniers documents pour être libéré.

— C'est fini, délégué Pompeu. Je peux m'en aller ? J'ai passé des moments de souffrance et d'angoisse ici. Je me souviens encore du jour où on m'a enfermé et c'est le pire jour de ma vie. (Claudio)

— Maintenant, vous pouvez. Voyez si vous ne flirtez pas avec des filles interdites, hein?

— Mon arrestation a été arbitraire et vous savez bien que c'est comme ça. Est-ce qu'aimer c'est un crime ? Je ne contrôle ce qui se passe dans mon cœur.

—Eh bien, vous êtes averti. Soldat Peixoto, accompagnez cet individu vers la sortie.

Claudio se retire et le soldat a obéit l'ordre du délégué . En sortant, Claudio regarda un peu en arrière comme s'il disait adieu à tous les moments qu'il avait passé en prison. Après, il regarda le ciel comme s'il regardait tout l'univers. Il se sentait libre et heureux, car il allait recommencer sa vie. Quelques minutes après, il serrait les membres de sa famille et Christine attendait aussi. Ils se sont serrés et s'embrassèrent longuement.

— Mon amour ! Vous êtes libre ! Maintenant nous pourrons être heureux, car mon père a permis notre relation. La montagne est sacré, puisqu'elle a répondu à notre demande. (Christine)

—C'est vrai cela ? Je ne crois pas ! Voulez-vous dire que nous pouvons rester ensemble et avoir nos enfants ? Montagne bénie. Je ne m'attendais pas à ce miracle.

Les deux continuaient à célébrer et en ce moment je m'approche. L'heure de mon départ s'approchait.

—C'est bien de vous voir ensemble et heureux. Je pense que je peux retourner tranquille pour ma vrai époque.

—Il faut vraiment que vous partiez ? Quel dommage ! Regardez, nous avons appris à admirer votre effort et votre détermination. Je ne vais jamais oublier ce que vous avez fait pour Claudio et moi, merci !

—Je sens aussi votre départ. À la prison, où nous avons été ensemble, je vous ai connu un peu et je pense que vous méritez une opportunité de la vie et de l'univers. Bonne chance ! (Claudio)

—Avant de partir, je veux vous demander une dernière chose, Christine. Est-ce que je peux publier un livre avec votre histoire ?

—Oui, avec une condition. Je veux donner un titre au livre.

—D'accord. Quel est ce nom ?

—Il s'appellera "Forces opposées".

J'approuve l'indication de Christine et je serre pour la dernière fois les gens présents. Ils faisaient tous partie de mon histoire. Avec des larmes aux yeux, je m'écarte d'eux et me dirige vers l'hôtel. J'allais préparer mes valises et partir. Au milieu du chemin, je me souviens de tous les moments que j'ai passés dans cet endroit rustique. Tout ce que j'avais passe, avait contribué à ma formation spirituelle et morale. Maintenant, je me préparais pour des nouvelles aventures et perspectives. Je m'approche à pas lents de l'hôtel. Je dis au revoir à tout ce qu'il y a autour de moi, pour la dernière fois et je conclue que je ne les oublierai jamais. Ils seront à toujours écrits dans ma mémoire comme des souvenirs de mon premier voyage dans le temps. Un voyage qui a changé l'histoire du petit village de Mimoso. En pensant à cela, je me sens heureux et réalisé. Quelques minutes après, j'arrive à l'hôtel et je vais dans ma chambre. Renato dort et je l'éveille. Nous préparons les valises et allons à la cuisine pour dire adieu à Mme. Carmem.

—Mme. Carmem, nous partons. Je voulais vous dire que votre aide a été très importante pour que je découvre les détails de la tragédie. En plus, je veux vous remercier votre hospitalité et votre patience.

—Je veux vous remercier tout ce que vous avez fait pour Mimoso. Nous étions sous une dictature et vous nous avez libéré. Je souhaite que vous pouvez réaliser vos rêves.

—Merci. Renato, dites au revoir à Mme. Carmem.

— Je voulait dire que vous avez été comme une mère pour moi pendant tout ce temps. J'ai aimé les repas et vos conseils.

Nous trois nous nous serrons et l'émotion du moment fait couler quelques larmes de mes yeux. J'arrivais maintenant à la fin d'une histoire où nous avions partagé pendant trente jours. Elle serait toujours spéciale dans ma vie. Après que nous nous séparons, nous allons vers la sortie et nous avons agité nous mains dans un dernier geste d'adieu.

En sortant, nous allons nous diriger vers le même point où nous avons fait le voyage dans le temps.

Le retour

En dehors de l'hôtel, je jette un dernier regard pour celui qui a été mon foyer pendant trente jours. Là-bas, j'avais eu ma première vision qui m'avait révèle toute une histoire. C'était la matérialisation du rêve du voyant, un être omniscient à travers ses visualisations. Avec les faits, j'ai pu entrer dans la ligne d'événements et agir pour défaire les injustices. Cela donnait de la paix et du bonheur à ma conscience, car j'avais accompli la mission qui m'avait confié la gardienne. J'avais réussis à rassembler les "Forces opposées" et aider Christine à trouver le vrai bonheur. En conséquence, Mimoso est retourné au sein du christianisme et beaucoup des fidèles pourraient adorer, louer et magnifier le créateur. J'aurais voulu pouvoir rester un peu plus de temps pour apprécier toute cette œuvre. Eh bien, je l'observerai en esprit. Je regarde Renato dans un clin d'œil et je me rends compte comment il a été important dans toute ma mission. Sans lui, je n'aurais pas pu prendre contact avec Christine et je n'aurais pas pu fuir de la prison. Ça a été vraiment important de l'emmener dans ce voyage.

Nous continuons à marcher et nous nous approchons déjà à de la colline de la montagne d'Ororubá. Une montagne que tous considéraient sacrée. Ce fut là que j'ai connu la gardienne, le fantôme, la jeune fille et l'enfant, j'ai réalisé les défis et entré dans la grotte la plus dangereuse du monde, esquivant des pièges et avançant des scénarios j'ai réussi à ce qu'elle réalise mon rêve et je suis devenu le voyant. Tout cela avait été vraiment important pour que je puisse faire le voyage dans le temps et transformer la ligne des événements. Maintenant, j'étais là, dans la colline de la montagne, accompli et pensant à la prochaine aventure. J'étais si concentré à cela que je ne me suis pas rendu compte d'une main qui me tirait. Je me retourne pour voir de quoi s'agit-il. C'était Renato.

— Que va se passer avec moi, monsieur le voyant ?

—Eh bien, tu dois retourner avec la gardienne qui soigne de vous, n'est-ce pas ?

— Promettez-moi de m'amener dans votre prochain voyage. J'ai aimé avoir rester trente jours dans le village de Mimoso. Pour la première fois, je me suis senti utile et important.

— Je ne sais pas. Seulement si c'est vraiment nécessaire. Voyons cela après.

Renato n'a pas beaucoup aimé ma réponse, mais cela ne m'intéresse pas. Je ne pouvais rien garantir sur l'avenir, même si j'étais un voyant. En plus, je ne pouvais pas prévoir ce qui allait se passer avec le livre que j'allais publier. Mes nouvelles aventures dépendaient de cela. J'oublie un peu ce sujet concernant le livre et me concentre dans la nature autour de nous : Les nuages gris, l'air frais, une végétation abondante et le soleil très chaud. Les sept jours que j'ai passé au sommet de la montagne m'avaient appris à la respecter complètement. Quand nous ne faisons pas cela, elle répond à la hauteur. Il y a beaucoup d'exemples de cela : Les désastres naturels, le réchauffement global et le manque de ressources naturels. La fin est proche si nous restons dans l'irrationalité.

Le temps passe et nous escaladons complètement la montagne. Nous retournons à l'endroit où nous avons fait le voyage dans le temps et je commence à me concentrer. Je crée un cercle de lumière autour de nous et nous ralentissons notre vitesse. Il fallait faire le contraire de ce que nous avons fait avant pour avancer dans le temps. Un vent froid bat, le cœur s'accélère, les forces gravitationnelles perdent le pouvoir et avec cela nous pouvons commencer à faire le voyage de retour. Le cercle de lumière se répand et les années passent : 1910, 1920, 1930, 1940, 1950, 1960,........2010. Quand Nous sommes arrivés exactement à ce point, le cercle se défait et nous sommes tombés sur le sol. Au moment de nous lever, je vois la gardienne et cela me rends plus heureux.

—Donc, vous êtes déjà arrivés. Vous avez rassemble les "Forces opposées" et aider la jeune fille, fils de Dieu ?

—Oui. Le voyage a été un succès et j'ai pu réorganiser le sens des choses. La grotte a été très importante pour que je réussisse ma mission.

—La grotte n'est qu'une étape dans votre chemin. Elle doit servir de soutien pour votre développement et apprentissage. Le voyant a encore beaucoup de défis auxquels il doit faire face. Soyez sage et prudent dans vos décisions.

—Eh bien, je vous retourne Renato. Vous aviez raison de l'envoyer avec moi. Il a été important. En plus, je voulais vous remercier pour toute l'attention et le dévouement qui vous m'avez consacré. Sans vos enseignements, je n'aurais pas vaincu la grotte et je n'aurais pas été devenu le voyant.

— Ne me remerciez pas encore. Vous devez retourner à cet endroit sacré si nécessaire. Alors, je vais apparaître pour vous montrer le chemin. Avant tout, souvenez-vous

: L'amour et la foi sont deux forces puissantes que si on les utilise de la façon correcte, elles produisent des miracles. En cas de doute ou dans la nuit obscure de l'âme, accrochez-vous à votre Dieu et à ces deux forces. Elles vont vous libérer.

Ayant dit cela, la gardienne disparaît avec Renato. Je suis resté debout quelques minutes, réfléchissant à ce que la gardienne venait de me dire. Nuit obscure de l'âme ? Je pense que je dois apprendre sur cela. J'ai pris mes valises et commencé à descendre la montagne. J'allais prendre la première voiture pour rentrer chez moi.

Chez moi

Je viens d'arriver du voyage et ma famille me reçoit avec une fête. Ma mère semble inquiète, car elle ne s'arrête de me poser des questions. Je lui réponds quelques unes et elle devient plus calme. Je vais dans ma chambre pour garder mes valises. Je regarde à nouveau les livres que j'ai lus pendant les dernières années et je me sens plus heureux, car le mien sera bientôt entre eux. Je fais maintenant part de la littérature et je sens beaucoup d'orgueil pour cela. Je détourne mon attention et j'observe qu'il y a plein de livres de Maths sur mon lit. Je sens un peu de culpabilité de les avoir abandonnés pendant environ un mois. Je commence à les feuilleter et faire des calculs. Enfin, de retour aux Maths, l'autre passion de ma vie.

Post-livre

Après avoir abandonné Mimoso, beaucoup d'événements ont eu lieu. Christine et Claudio se sont mariés et sont devenus parents de sept beaux enfants. La petite chapelle de S. Sébastien a été reconstruite et le gouverneur a tenu la promesse faite au commandant et l'a soutenu pour devenir Maire de Pesqueira. Il a été élu et a continué avec son histoire de domination et autoritarisme. Dans le passé récent, on a construit l'autoroute BR-232 et cela a fait que les services et les entreprises ont été transférés à Arcoverde (à l'époque du livre – village de Rio Branco). Après il est venue la suppression progressive du chemin de fer et Mimoso est devenu un village fantôme.

Actuellement, Mimoso compte avec 3000 habitants et l'économie du district est liée aux villes voisines telles que Pesqueira et Arcoverde. Essentiellement, elle tourne au tour de la production agricole et des salaires reçus par les retraités. Un des choses que l'on peut remarquer de Mimoso est la fondation Possidônio Tenório de Brito, laquelle à travers le juge retraité Aluiz Tenório de Brito offre des opportunités d'enseignement et de culture. Il a installé une Bibliothèque précieuse, monte un cours d'informatique et aussi une vidéothèque. Je suis l'un des jeunes favorisés par cette initiative et aujourd'hui je suis écrivain, auteur de "Forces opposées".

Fim

www.ingramcontent.com/pod-product-compliance
Lightning Source LLC
LaVergne TN
LVHW040138080526
838202LV00042B/2955